犯罪痕迹师

网络原名《谋杀禁忌》

II. 尸偶

黑眼圈 著

中国友谊出版公司

目 录
CONTENTS

第01章

毒枭的孙女

这一次，罗峰再也没有怀疑小鬼的话了，小鬼的话音一落，罗峰就冲了出去。小鬼说的方向是酒店大厅外面的门。罗峰跑得非常快，我们到酒店外面的时候，罗峰已经揪着人回来了。

那是个男人，男人一副惊恐的样子，罗峰把他踢倒在地上，问他为什么要盯着我们。男人一开始不肯说，在罗峰的威胁之下，男人才哆哆嗦嗦地说，是云高让他来盯着我们的。罗峰有些愤怒，嘴里骂道："那小子，我还没去找他，他就来找我了？"

我让罗峰不要生气，我把那个男人从地上揪起来，让他回去告诉云高，不必盯着我们。我实话告诉那个男人，我暂时不会对云高出手，但是有些事情，瞒得住一时，却瞒不住一世。告诉那个男人把这些都转告云高之后，我们放他回去了。

回到酒店的时候，罗峰的气才慢慢消了下来。他又暧昧地看着我，问："快说，为什么要帮云清，是不是看上她了？能被你看上，真是不容易。"

面对罗峰的调侃，我只是笑笑："云清这个人，总有一天用得上，不查云高，就当卖给她一个人情，替她请个好律师，算是再卖给她一个人情。"云清的化学天赋很高，她的有些手段，我到现在还没有弄明白。

比如我在天台上看到的那张散发着绿光的鬼脸，还有我在酒店里看到的五光十色的灯，以及接听罗峰的电话，却听到了女人哭笑的声音。罗峰耸了耸肩，拍了拍我："还以为你总算对女人上心了，没想到又是为了以后考虑。"

我点了点头："我不做浪费时间的事，一切都只是在为我自己铺路而已。钻钻法律的空子，能少判多久，就少判多久；能监外执行，就监外执行。"

罗峰答应了，港区的事情，算是暂时告了一个段落。

小鬼没有身份证，罗峰为了她能在大陆避过审查，还连忙让人去给她办了假身份证。罗峰经常两地跑，他的手下，也有很多用了假身份证，这点事，倒是难不了他。只是，罗峰一开始并不同意我带着小鬼。

他觉得带着小鬼可能会是累赘，而且，小鬼毕竟身份未知，带在身边太不方便了。

但是，罗峰的话却招来了小鬼的白眼，看小鬼的样子，好像随时都会扑上去咬一通似的。我已经做了决定，如果我们不管小鬼，那么小鬼就没有地方去了，而且，小鬼和玄一有关系，这才是我把小鬼带在身边的真正原因。

休息了一个晚上之后，我们乘上了离开港区的客船，之后，我们又乘上了回京市的火车。

到京市的时候，正是深夜。陈凡对我千恩万谢，然后和我们分开了。陈凡很开心，他帮助港区警方破获一起大案，不出意外的话，将会升职。罗峰盯着陈凡的背影，说这个人太没用了。

我只是笑笑，说陈凡也是我以后用得上的人。

再回到京市，我突然有了一种已经离开很久的感觉。罗峰让我和他一起回去住，我摇了摇头，拒绝了。罗峰叹了口气，在京市，他有一套自己的别墅，一个人住，已经不止一次让我和他一起住了，但是我都没有同意。

我回答罗峰，说我还是喜欢窝在自己的小屋子里。

罗峰没有勉强，把我和小鬼送回家之后，离开了。

我自己租了一套小屋子，有些破旧，两室一厅，小鬼说要和我一起睡，所以我们就挤在一间屋子了。夜里睡觉的时候，我听到小鬼在说梦话，她一直在叫玄一，还时不时地会发抖，我替她盖好了被子。

天亮之后，我第一时间找上了罗峰。

我问罗峰有没有玄一的消息。罗峰回来之后，已经详细地问过了，看他的表情，我就知道，恐怕要有坏消息了。果然，罗峰回来问过之后才知道，他的手下的确发现玄一到了京市。

他们跟到京市之后，也看见玄一在京市出现了几次。但是每次，他们想要直接绑下玄一的时候，玄一都会钻进拥挤的人群里，之后就不见了踪影。连续出现了几次之后，玄一就彻底不出现了，现在，玄一是不是还待在京市，罗峰也不敢确定了。

至于小眉，罗峰还没有找到踪影。

罗峰让我不要着急，说他再想想办法，我只得按捺住了心情。我带小鬼去了电脑房，上网查了一些资料。港区鬼叫餐的案子，并没有被大陆主流媒体所报道，所以我只能通过一些论坛和网站查询资料。

李德水被逮捕之后，非常迅速地走了司法程序。李德水的犯罪事实非常清楚，案件正在审理当中，不出意外的话，无期徒刑是免不了的。

小鬼站在我的身边，眨巴着眼睛盯着计算机的屏幕。电脑房里一直都有人抽烟，小鬼很快就被烟味呛到了，我查完资料，就和小鬼出了电脑房。这个时候，罗峰也给我带回了消息，他说，京市不是他的地盘，所以他能用的人没那么多。

罗峰说要带我去见另外一个人，说一定能帮上我。路上，罗峰跟我介绍了那个人，那人在京市一带混得开，而且做事很隐蔽。问起那个人是干什么的，罗峰竟然告诉我，那人是个毒枭。

我皱起了眉头，停下了脚步："贩毒的？"

罗峰点了点头，说那人叫王鉴明，道上的兄弟都称他明爷。王鉴明已经六十多岁了，亲人在二十多年前的"文革"中死了，只剩下一个二十多岁的孙女。罗峰虽然也在道上混，但是有些东西，他是绝对不会碰的，毒品就是其中一项。

我之所以能和罗峰走到一起，也是因为罗峰的为人。

罗峰拍了拍我的肩膀："为了查人而已，我和那个王鉴明没有走得很近，道上的交情而已。你如果不去的话，我们就回去。"

我摇了摇头："利用关系而已，你确定他能找到玄一和小眉吗？"

罗峰回答："反正他比我找到人的可能性大多了。"

我也不再反对了，继续和罗峰往前走。罗峰似乎欲言又止，我问他是不是有话要说，罗峰点了点头，终于把他的问题问出来了："很早之前就想问你，你似乎很痛恨那些贩毒的，为什么？"

罗峰还提起了一年前，我把一个贩毒的小贩打得半死不活的事情。罗峰说我当时看上去很可怕，他从来没见我那么激动过。我笑着反问他："如果我说我看不惯毒品祸害人，你信吗？"

罗峰摇了摇头："不信。"

我说："你是觉得我的心肠没那么好，对吗？"

罗峰耸了耸肩："算了。你不说我就不问了，你什么时候想说再告诉我吧，我们到了。"

罗峰说完，我就注意到，他已经带着我到了一个宅子外面。这是京市的四合院，古香古色的。我们一到，就有几个大汉出来接我们了，那几个大汉认得罗峰，嘴里叫着峰哥，把我们迎进了宅子里。

招呼我们坐下之后，有一个人走出来接待我们。那人看上去也才三十岁出头，长得还过得去。罗峰悄悄告诉我，这是王鉴明最得力的手下，叫孙煜骁，和罗峰有过几次来往。我对这个人不感兴趣，也不太在意他叫什么。

罗峰坐下之后，就问："明爷在吗？"

那个叫孙煜骁的人还没有回答，我们就听到了一道清亮的女声："我爷爷不在，你们找他干吗？"

很快，我看到从外面进来了一个女人，一头只到颈部的短发，发丝很细碎，风一吹，发丝显得有些凌乱但又有些俏皮。

女人的皮肤很白，看上去才二十岁出头，她的眼睛很大，一进屋，她的两只大眼睛就盯着小鬼。这个女人很漂亮，一个毒枭的家里，会有这样年轻的女人，我很快就联想到罗峰说的，这是王鉴明的孙女。

果然，那个叫孙煜骁的男人站了起来，对女人非常恭敬的样子。

女人直接朝着小鬼走了过去，一边走还一边说小鬼长得可爱。我微微一愣，刚想阻止，女人竟然直接蹲下身，把小鬼抱进了怀里。小鬼对除了我之外的人都充满敌意，经常别人一接近她就张嘴咬。

但出乎意料的是，小鬼竟然任由那个女人抱住了。

女人还在小鬼的脸上捏了捏，但是小鬼也没有生气。我站起来，把小鬼拉到了我的身后，女人这才站起来，她上下打量着我，问我找她爷爷干吗。罗峰在这个时候接过话，说想请他们帮我们找人。

孙煜骁还说要先通知一下王鉴明，倒是这个女人，竟然很爽快地就直接答应了。孙煜骁不好说什么，也就没说话了。女人告诉我们，王鉴明出远门了，要过一段时间才能回来。

我跟女人说了谢谢，女人摆了摆手，让我们下次来也把小鬼带上。

出了王家的宅子之后，我问小鬼怎么不躲。

── 第02章 ──

养古曼童的女星

小鬼挠了挠自己的脑袋，回答说："那个姐姐，身上好香。"

小鬼的这个理由让我有些哭笑不得，我揉了揉小鬼的头发，不再说什么了。边上的罗峰倒是调侃了一句："她叫王雅卓，是王鉴明的孙女。怎么样，长得不错吧？"

我记下了这个名字，说实话，王雅卓的确很漂亮。我问罗峰是不是看上人家了，罗峰摇了摇头，说他招惹不起。问起原因，罗峰才说王雅卓是王鉴明唯一的孙女，王鉴明家大业大，算是老一辈人当中最富有的那一个了。

不管是道上的，还是一些富商，都想把王雅卓娶回家，一方面是觊觎王雅卓的美色，另一方面也是最重要的，他们想要巴结王鉴明。王鉴明私底下贩毒，这是只有道上的一些人才知道的，据说，警方掌握了一些线索，但是却苦于没有证据，所以一直拿王鉴明没有办法。

王鉴明和大部分黑社会犯罪集团一样，已经逐渐开始做生意，为自己洗白，这几年，已经很少从事贩毒了，这也是警方拿王鉴明没有办法的原因之一。但是，王鉴明这些年虽然很少从事贩毒，但是只要一从事，贩毒量都巨大，涉及金额也是惊天巨款。

罗峰毕竟是港区帮会的大佬，有些事情他很清楚，我也没有怀疑。因为贩毒犯罪的特殊性，王鉴明有自己的联络网，罗峰说，王鉴明安插在全国各地的眼线，已经到了非常可怕的地步。正因如此，罗峰才会带我来找王鉴明，试图通过王鉴明找到玄一和小眉。

"前些年的时候，有不少人到王鉴明家里求婚，但是这几年，倒是没人提起了。"罗峰说。

我来了兴趣，问为什么，罗峰回答说，因为王雅卓太任性了，经常会把那些上门来求婚的人整得落花流水，还曾经把人弄残，送进了医院。但是王鉴明就这么一个孙女，对她宠爱有加，因为忌惮王鉴明，那些人也就只能吃哑巴亏了。

很快，王雅卓的名声就传开了，没人再敢打她的主意了。我回想起刚刚见到王雅卓的样子，说实话，王雅卓看上去有些俏皮，但还不至于像传闻中的那样。我把疑惑说出来，罗峰也皱起了眉头，说今天的王雅卓的确是有些异常。

但是小鬼却拉了拉我的衣袖："方涵哥哥，雅卓姐姐是好人。"

我不禁发笑，小鬼竟然已经开始这样亲切地喊王雅卓了。

罗峰已经把玄一和小眉的详细信息告诉了王雅卓，说接下来，我们只需要等消息就行了。我也没有着急，因为我们现在，确实是无计可施。我们经过报刊亭的时候，发现有不少人都围着报刊亭，叽叽喳喳地在讨论着什么。

出于好奇，我们走了过去。拿起报纸一看，才发现大家讨论的是报纸上对一个著名女星的报道。女星叫Z，出演过不少电影，很年轻，来自港区，这一年，女星和另外一个著名的男星因出演了一部动画电影，而被娱乐圈奉为金童玉女。

罗峰对娱乐圈的事情一直没什么兴趣。罗峰刚想走，我就叫住了他，他问我怎么了，我指着报纸下方的几个小字：古曼童。整版报纸，都被光鲜靓丽的Z充斥着。唯独这三个小字，有些不和谐。

仔细看下去，才发现报纸竟然报道了一个关于Z的传闻，报道说得很模糊，大致的意思是，根据知情人士称，Z在养古曼童。关于古曼童，我略有耳闻，罗峰不是很清楚，就问我古曼童是什么。

我没有回答，而是指了指围着报刊亭的人，他们议论的声音不小，我们都仔细地听了起来。罗峰有些诧异，因为在大家的口中，古曼童就是小鬼。这也是大部分人对古曼童的认知，但实际上，古曼童和小鬼有本质的区别。

古曼童的传说，来自东南亚。而关于小鬼的传闻，不管是国内还是国外，都有不少。

在东南亚，古曼童是圣物，由各种不同的材料制造而成，看上去像个童子。据说，古曼童是法师或者高僧将意外死亡的胎儿或孩子的灵魂加持入住在童偶身上制成的。

古曼童之所以被视为圣物，是因为古曼童内的灵魂天性善良，自愿入住童偶，并且可以保佑供养者家宅安康。而小鬼，相传是法师利用符咒，或者一些懂得养小鬼方法的人，强行将孩子的灵魂禁锢，来达到自己发财害人的目的。

小鬼因为被强行禁锢，怨念横生。相传，小鬼的供养者需要用自己的鲜血或者精魄喂养小鬼，不少人都被小鬼反噬，最终身体被掏空。

但是，随着时间流逝，越来越多的人已经把供养古曼童和养小鬼等同起来了。在普通人的眼里，这都是在供养阴邪之物，区分没有太大的意义。

我们把报纸放回报刊亭，朝前走去。小鬼牵着我的手，有些丧气地告诉我，她没有那么坏。我微微一愣，小鬼竟然以为我们说的养小鬼，是在说她。罗峰也笑了起来，他说这些东西全是在装神弄鬼而已。

报道古曼童的报纸，属于一家非主流的媒体，我和罗峰都清楚，那家报社很快就会被整改，大陆不允许出现这些负面报道。

我和罗峰都不信这些，一开始也没有把这段小插曲放在心上，一直到两天后的晚上，我接到了陈凡的电话。陈凡告诉我，他回去之后，被通报表扬，算是立了功，警衔升了，被抽调到一个中队里任职，大家都说，他是最有资格被提升为队长或者副队长的人选。

其实，陈凡的心思，我完全看穿了。因为我和罗峰有关系，陈凡巴不得不再和我联系，他会找我，除非是遇到难题了。果然，被我道破之后，陈凡说他所在的辖区内发生了一起失踪案，警方已经找了很久，但却没有找到人。

我冷冷笑了一声："所以，你要我帮你？"

陈凡回答："涵哥，我实在是找不到人了，你那么厉害，一定能推测出失踪者在哪里。"

我骂了一句："你把我当成算命的了？掐指一算就能算出人去哪了？"

我不打算帮忙，正准备挂电话，陈凡就用哭丧的语气叫住了我。他说，这起失踪案非常诡异，他刚到新单位，大家听说他在港区破获了一起灵异案件，所以队里就把这个任务交给他了。

陈凡本以为找个人很简单，就答应了下来，可是他一翻卷宗，才觉得自己被坑惨了。失踪者已经失踪好几天了，而且，失踪者的失踪传闻和女星Z扯上了关系。一听到Z女星，我就不挂电话了。

我让陈凡给我详细说说，陈凡很激动，马上不说废话了。

陈凡是昨天刚去新单位的，今天，他翻阅了卷宗。结果发现，失踪者是一个道士。不管是陈凡还是我，现在对道士这个宗教群体都非常敏感，因为我正在找玄一。这个道士在失踪前有目击证人看到他，就在几天前。

那一天，道士去见了Z女星。

之后，道观里的人就称，道士再也没有回道观了，警方找Z女星问过话，Z也说，道士和她分开之后，说是要回道观，此后便没了消息。我知道，如果光是这样，陈凡不会来找我，毕竟只是找一个人而已。

陈凡继续说，坊间传言，那个道士已经死了。无风不起浪，我问陈凡为什么会有这样的传闻，很快，陈凡说了三个我前两天才刚刚看到的字：古曼童。有不少人说，Z女星每次到京市来，都会去道观见那个道士。

那个道士在道观里的地位不高，有传言说他早年的时候和东南亚的高僧接触过，学了禁锢小鬼、供奉古曼童的方法。而Z每次来找那个道士，也是为了请求道士帮助自己供养古曼童，以求演艺事业发展顺利。

"你信了吗？"我问。

陈凡回答说："我当然不信，但是，我后来去查了这个Z，发现了一件非常诡异的事情。"

陈凡说，他翻出了港区两年前对Z的报道。那个时候，Z深陷一场绯闻当中，和秘密男友的床照被曝光，同时又有人传言Z脚踏数船，她的演艺事业进入了低谷期，只能暂时到大陆发展。

那个时候，Z染上了酗酒的毛病，还患了抑郁症，据说瘦得不到六十斤，也突然变得人老珠黄，像老了很多岁一样。

但是，在京市见了那个道士之后，Z没多久就又变得光鲜靓丽，体重也正常了，此后，Z又强势回归演艺圈，经过两年的打拼，又一次东山再起了。

"涵哥，我查了当时媒体登出来的照片，在短短的时间内，Z的外表就恢复了，太可怕了。"陈凡说，"关于Z养小鬼的传闻，就是从那个时候开始的。"

我和陈凡的通话还没有结束，罗峰就推门进来了，他告诉我，王雅卓查到了玄一的下落。

罗峰说，玄一在几天前见过一个人，而那个人竟然就是那个失踪的道士，见面的地点是在一座经常闹鬼的郊外老宅……

—— 第03章 ——

小眉现身

我怔住了，没有想到王雅卓会这么快传回消息，更没有想到，玄一竟然会和陈凡负责的一起失踪案扯上关系。我皱起了眉头，不知道这究竟是不是巧合，我总觉得，很多事情都是直接冲着我来的。

我向罗峰点了点头，让陈凡趁着午休的时候出来一趟，陈凡听到我要帮他，倒是很高兴地就答应了。挂断电话之后，罗峰才详细地对我说了起来。罗峰告诉我，王鉴明一直都没有回来，替我们查人的，是王雅卓。

我知道，厉害的不是王雅卓，而是王鉴明用来贩毒走私的那一张眼线网。陈凡才接案子不久，而且他也没有办法动用太多人，所以这个时候，警方的力量反倒显得没有王鉴明的眼线网强大了。

王鉴明的人查出来，就在几天前，玄一的确在京市出现过，而且秘密地和那个失踪的道士见了面。一开始我还有些疑惑，王鉴明的人是如何这么迅速查出来的，罗峰一说，我才感觉到了事情有猫腻。

玄一从港区来到大陆之后，先是在全国各地跑，那段时间，罗峰的手下是有跟着玄一的，但是很快，罗峰的手下跟丢了。玄一去向不知，但是很快，玄一出现在了京市，其实，最早发现玄一的不是罗峰，而是王鉴明的人。

说来也很奇怪，玄一到了京市之后，非但没有隐匿行踪，反而还数次到王鉴明的四合院外面走来走去。王鉴明的手下觉得这个人很奇怪，把他赶走了，但是没多久，玄一又会出现在四合院外面，走来走去。

那样子就像是刻意要引起王鉴明手下的注意一样。四合院很大，住着不少人，那都是王鉴明的鹰犬，也正是因为人多，所以不可能什么事情都上报给王鉴明。玄一数次出现，但是毕竟没有出什么事，因此四合院里主事的人一开始是不知道的。

直到罗峰跟王雅卓说了玄一和小眉的特征，并提供了玄一的照片，王家的四合院里才有人提起。据罗峰说，王雅卓直接问了那两个赶玄一走的手下，那两个手下说，当时玄一并没有穿着道袍，而是穿着一套老式的大风衣。

玄一数次出现，那两个手下最后也不耐烦了，就威胁玄一，说如果再不走，就直接动手打人。那两个人说，玄一在四合院外面，还不停地朝里面打望，像是要找什么人一样。那两个手下，最早的时候，也问过玄一是不是要找人，但是玄一也没有回答。

最后一次把玄一赶走的时候，这两个手下偷偷地跟了上去，他们担心玄一会对王家不利。他们跟了一段时间，就看见玄一和一个道士会面了，之后，会面的两人就往京市郊外的一条小路走去了。

那条小路很少有人走，因为那一带的居民都知道，朝那条小路走上一段，就能走到一座荒废的老宅，关于那老宅闹鬼的传闻，在那一带居民里，传得沸沸扬扬。那两个手下也知道这个传闻，所以一时之间没有想着要跟上去。

而且，当时天色已经暗了，他们就回来了。

之后，玄一就再也没有出现过，所以他们就没有放在心上。

直到王雅卓问起来，那两个手下才说起，再联系京市的失踪案，他们又隐隐约约地记起来，和玄一会面的那个道士和报纸上刊登的寻人启事的照片，好像是一样的。那两个手下向王雅卓汇报的时候，第一反应就是：玄一和那个失踪的道士，去了那闹鬼的老宅。

罗峰也对我应和："这玄一本身就诡异，他们可能真的去了那个老宅。"

我问罗峰，王雅卓派人去查那老宅了没有，罗峰点了点头，说王雅卓派人去查了，但是什么都没有发现。我想了想，说等见过陈凡之后，我要去一趟那闹鬼的老宅。这件事和王雅卓没有关系，和王家的手下更没有关系，想必去老宅查探的人，也只是敷衍了事。

罗峰同意了，快到中午的时候，我们一起出了门。我们和陈凡约在了老街的一个茶楼，刚进门，陈凡就对我们招手。陈凡提早到了，他面前的桌上，摆放着一个文件袋，我刚坐下，陈凡就笑盈盈地把文件袋推了过来。

"涵哥，靠你了。"陈凡脸上的笑，招来了罗峰的嫌弃，陈凡却不在意。

我把文件袋打开，陈凡直接把警局立案的卷宗和材料给我带了过来。我翻开卷宗看了看，把大致的情况了解了一下。失踪的道士已经五十多岁了，他不是京市本地人，而是从南方来的。

看到道士的祖籍，我就觉得有些不对劲了，因为那个地方离港区非常近。道士已经到京市有十几年了，这十几年的时间，他一直都默默无闻，在道观里的地位也不高。但是关于他的传闻，倒是有不少。

很多人，甚至道观里的其他道士都说，这个人早年与东南亚的高僧和法师有过接触，学习了供养古曼童的本事。但是，从来没有人见这道士用过，问起原因，那道士只是笑笑，说毕竟是阴邪的手段，道家人不应做这些事。

久而久之，大家就也都慢慢淡忘了，也有人认为这道士爱吹牛。

别人不信，但是，不知道为什么，Z女星却特别信。陈凡已经去那道观里查过了，道观里的人说，大概是在两年前，Z女星亲自到了道观。据当事人回忆，当时的Z，骨瘦如柴，面黄肌瘦的，好像被风一吹就能倒似的。

Z女星点名要见那道士，最后，那道士也见了Z女星，但是至于他们交谈了什么，就没有人知道了。山上的其他道士只说，那一天，Z女星在那道士的房间里，一直待到了深夜。道家中人两耳不闻山下事，他们当时还不知道这Z女星是谁。

我看着陈凡对那些道士的询问笔录，刚看完，陈凡又把几份报纸推向了我："涵哥，你看，这是港区关于Z养小鬼的传闻和照片。"

我拿起了报纸，报纸上的报道是两年前的。那个时候，Z刚经历了最严重的事业低谷期，报道中称，有记者偷拍到Z到各大寺庙和道观求神拜佛的照片，其中一张照片，Z的手里正拿着一个娃娃。

有人把那张照片放大了，照片中依稀可见，那是古曼童模样的人偶。Z手拿古曼童，被拍下这张照片的时候正是夏天，尽管Z戴着口罩，但是依稀可见她深陷的眼眶和脸颊，还有她的手，几乎可以说是皮包骨头了。据目测，Z那样子，体重最多只有六十斤。

那段时间，Z是没有任何工作的，因为深陷丑闻，没有经纪公司敢要她。据跟拍的记者说，骨瘦如柴的Z，在那段时间里，走遍了港区和大陆的很多寺庙和道观，终日求神拜佛。大约在两个月后，记者再一次偷拍到了Z的照片。

Z的手上依然拿着古曼童，但是，Z的外表已经比上一张被偷拍的照片，漂亮了不少，准确地说，是恢复了不少。说着，陈凡又把另一份报纸交给了我，果然，一对比，这张报纸上的Z只是比普通苗条的女人稍瘦一点而已。

那个时候，Z才刚满十八岁。

演艺圈是最容易让年轻人一夜爆红的圈子，Z就是在几年前一夜爆红的。

看了两张照片的对比，罗峰也倒吸了几口冷气。报纸上还有其他Z的照片，Z落魄的时候，的确已经丢失了光鲜靓丽的外表，看上去，完全不像是一个二十岁不到的明星，更像是一个已经人老珠黄的老妇。

"这古曼童真的这么神奇，短短几个月，就能让人发生这么大的变化？"罗峰问。

我死死地盯着报纸，我的心里也充满了诧异。一个人在经历重大变故后，患上抑郁症、厌食症等，的确会在很短的时间内变得消瘦不堪，特别是女人，非常容易变老，但是，患病容易医病难，Z的迅速恢复让我很吃惊。

"还有这几份报纸，说是有些记者在跟拍Z的时候，看到了一些恐怖的事情。"陈凡说着，又把几份报纸推给了我。

所有的报纸都是近两年的。Z通过两年的打拼，以真诚的道歉和努力，逐渐挽回了对她失去信心的影迷和歌迷。所以，港区偷拍Z的狗仔和记者又多了起来，其中有不少人说，Z经常一个人自言自语、自顾自地笑，手臂上会有各种可怕的抓痕。

甚至有人说，看到Z的身边，偶尔会闪现出一个恐怖孩子的鬼影。

"总而言之，不管是报道上，还是港区的网络上，都在疯传Z养古曼童。"陈凡揉了揉脑袋，"没想到这起失踪案竟然和Z扯上关系了。"

我正要说话的时候，突然走进来一个人，我怔住了，因为她是——小眉！

—— 第04章 ——

带血的古曼童

我猛地站了起来，小眉也注意到了我，但是，她根本就没有要逃的样子，反而在我们隔壁的位置上坐了下来。小眉前几次出现的时候，都非常诡异，但这次，她和普通人没有什么两样。

小眉的头发很长，一直披到腰间，京市的冬天比港区要冷上不少，小眉围着一条血一样红的围巾，围巾的颜色和她嘴唇的颜色一模一样。小眉看上去很漂亮，但这种美却让人觉得带着一丝阴冷，尽管小眉的嘴角是带着笑的。

我走到了小眉的身边，问她为什么会出现在这里，小眉抬起头，反问我为什么她不能出现在这里。我哑口无言，我一直想要找到小眉，但没想到的是，小眉竟然自己就出现了。但是，自她出现之后，我才知道，我好像拿她没辙。

罗峰走到我的身边，问我要不要直接把她给绑了。小眉也听到了罗峰的话，她把头扭过来，清澈的眸子直勾勾地盯着罗峰，好像在等他动手一样。我摇了摇头，低声对罗峰说，这里是京市，不能乱来。

而且，就算我们把小眉给绑了，我心中想要解决的疑惑，小眉也不会老老实实地告诉我。我想了想，索性坐到了小眉的身边，在小眉诧异的眼神下，我直接把小眉搂进了怀里，并把嘴凑到小眉的耳边，轻轻地问："你出现之后，会再消失吗？"

我能感受到，小眉的身体明显地颤抖了一下，但很快她又恢复了镇静。她只是笑笑：“你舍不得我吗？”

我点了点头：“是的，我舍不得你，我们当初没做完的事情，我还想接着做完呢。”说着，我的手在小眉的身上游走了起来，小眉的身体颤抖得更加厉害了，她马上站了起来，我看到小眉的脸红了。

“方涵，你不必试探我了。”小眉对我说，“你也不用担心，我不会再消失，你要找我很容易，或许，我们马上就会再见。”

小眉说完就朝着茶楼外面走去，她摆动的手上戴着一个银手镯，那手镯正是小眉从我身上拿走的。

小眉来这家茶楼，似乎就是想和我打个照面，经过几次的试探，我已经明白过来，这小眉内心其实没有她有时候表现的那么放得开。这也让我更加起了疑心，我在想，小眉不是一个风尘女子，为什么要在港区的声色场所里，以那样的方式接近我？

罗峰放心不下，还是派人跟着小眉了，但是我们在茶楼里没坐多久，罗峰的手下就说他们跟丢了。罗峰有些生气，但我知道小眉的手段，她非常擅长利用地势和人群，在港区，我就被小眉耍得团团转。

午休的时间过去后，我让陈凡等着我的消息。陈凡千恩万谢，带着卷宗和材料，屁颠屁颠地回去了。我和罗峰没有浪费时间，带着小鬼就准备去郊外那闹鬼的老宅看看，但是车子才开了没多久，罗峰的手提电话就响了。

罗峰接了电话之后，把车子停了下来，他的眉头紧皱着。放下电话之后，我问发生了什么，罗峰叹了口气，说王雅卓要跟我们一起去。

罗峰有些头疼，他是不想和王雅卓多接触的，但是，玄一的线索毕竟是王雅卓帮着查出来的，罗峰也不好拒绝。

所以，我们只能在车上等着王雅卓。

我点了根烟，我们等了快要一个小时，王雅卓才终于从后门上了车。王雅卓把自己裹得严严实实的，一上车，就说她好不容易才把跟着她的手下给甩了。

罗峰听了之后，叹了口气：“雅卓小姐，你可以跟我们一起去，但是一定要紧紧跟着我们，万一你出事了，我不好和明爷交代。”

罗峰不怕王鉴明，但是大家都是道上的人，不到万不得已，谁都不会撕破脸皮。王雅卓点了点头，算是答应下来了。王雅卓上车之后，把小鬼抱在了腿上，我发现，小鬼对王雅卓异常亲切，王雅卓好像也非常喜欢小鬼。

除了和小鬼打打闹闹，王雅卓表现得非常正常，和传闻中任性的样子完全不符。罗峰一边开车，一边透过车内后视镜纳闷地盯着王雅卓。王雅卓一开始没有和我搭话，等到她开口对我说话的时候，车子已经开到了郊区。

而王雅卓一开口，我就差点一口水喝呛了。王雅卓问我，小鬼是不是我的女儿，我发现王雅卓的语气还有点奇怪。我有些无语，回过头，反问她："你看我，像是十几岁就有孩子的人吗？"

王雅卓扑哧一声笑了出来，她摇了摇头。话一说开，就止不住了，在接下来的路上，王雅卓一直在找我说话，还时不时地笑。目的地距离我们出发的地方比较远，车子停下来的时候，已经是傍晚了。

罗峰在路上的时候，一直说心里有种不祥的预感，他考虑了很久，打电话给他的手下，让他们也立刻出发来这里，到时候好有个照应。

王雅卓和小鬼都已经睡着了，下车休息了一会儿，罗峰这才问我："你在想什么？你平时话没有这么多。"

罗峰是在指我一直和王雅卓搭话，我收起了脸上的笑容："利用而已，她的眼线网对我有帮助。"

罗峰不再多说什么。

我把她们都叫醒了，王雅卓有些兴奋，问我们是不是到了。看她的反应，我就知道，王雅卓一定是盯上那宅子闹鬼的传闻，觉得刺激好玩，所以才硬要跟我们来。

罗峰回答说，前面车子开不进去了，要下车走一段时间。下车之后，牵小鬼的变成王雅卓了，我们穿过一片林子的时候，天已经彻底黑了。

但是，王雅卓却觉得更加兴奋了，小鬼和普通小孩不一样，她一点都不怕。

我们拿着手电筒，林子幽森，温度骤降，林子里起了一层淡淡的水雾，在手电筒的光束下，那些白雾隐隐地飘动着。风一吹，那些白雾散开，带落了一片树叶。树叶很轻，掉在了我的后颈，像是有人正用手轻轻地撩拨着我的颈部。

借着手电筒的光束，我们大老远地就看到了一座老宅，就在林子外面。出了林子，荒郊野外，四周空荡荡的，那座老宅就那样耸立在那里。夜色朦胧，我们只能看见这宅子的轮廓，等走近之后，才看清这宅子。

宅子很大，像是老一辈富人建在郊外避暑用的。老宅已经不知道有多久的历史了，围墙破烂，有些地方砖块都塌了。罗峰一推开破旧的木门，冷风就吹了出来，木门被吹得嘎吱作响，围墙里面是一栋老式的屋子，只有一层楼那么高。

里面的那间屋子没有关门，王雅卓朝前走了几步，她手里的手电筒刚照向屋子里，门口的地方就闪过了一道人影！王雅卓吓得手电筒都掉在了地上，她尖叫的时候，我已经朝着屋子冲了过去。

可是，进到屋里之后，那道人影已经不见了。我迅速地在屋子里找了一圈，终于又一次看到了那个人影。那个人站在一个墙角的柜子边上，一动不动，我慢慢地朝着那个人影走了过去。

这是个女人，头发很长，看样子正低着头。我伸手要去拍她肩膀的时候，人影猛地转过了头，我看到了一张苍白的脸。

我长舒了一口气，这个人竟然是小眉。

小眉的嘴角扬起来，对我说："方涵，我说过我们很快就会再见。"

我问小眉来这里干什么，小眉没有回答，指着墙角的那个柜子，说柜子里有东西。柜子看上去很大，是被上了锁的，我将信将疑，从地上拿起一块大石头，砸碎了那把锁。柜子的门一下子就打开了，很多东西从里面蹿了出来。

我下意识地后退了几步，再仔细看的时候，我终于看到了那些散落出来的东西是什么。这个柜子里竟然装满了古曼童人偶，那些古曼童散落出来之后，密密麻麻地堆在了一起，它们每一个竟然都沾满了鲜血！

如果仔细看，还能发现每个富态的古曼童脸上还带着笑，只是那笑让看的人头皮一阵发麻。

"方涵，如果你告诉我一个秘密，我就告诉你老道长和玄一的秘密。"我身后的小眉，不合时宜地说了这句话，她看到这些古曼童，竟然一点都不吃惊。

我转过头，问："什么秘密？"

小眉的脸色凝重了起来："你为什么那么执着地要找到那个人？"

我回答："报仇。"

小眉笑了笑："你那么确定他就是你的仇人？"

我正要回答，王雅卓跑了进来，她告诉我，小鬼突然迅速地跑开了！小鬼的速度很快，他们反应过来的时候，已经来不及了，罗峰跑去追，但是之后人也不见了。

　　我骂了一声，跑了出去，我大声地叫着小鬼，很快，我听到了小鬼的哭声，小鬼在喊着什么，仔细一听，小鬼是在让玄一不要走！

　　玄一出现了！

　　我循着那哭声跑了过去，很快，小鬼的声音慢慢地消失了。

　　王雅卓和小眉跟上来的时候，全都愣住了。

　　小鬼和罗峰正倒在一堆古曼童的人偶里，他们的全身都被鲜血沾满了，罗峰的胸口插着一把匕首，而小鬼的嘴里还在低喃着什么，听清楚的时候，我身上的汗毛全都立了起来……

---第05章---

闹鬼的老宅

小鬼低声说，罗峰胸口的刀，是被一个老道士插进去的，小鬼三言两语的描述，让我立刻想到了老道长。我怔了两三秒，老道长已经死了，这是大家都知道的。我赶紧跑到罗峰的身边，罗峰胸口的血在疯狂地往外涌；而小鬼没有受伤，她身上的血全是罗峰的。王雅卓有些慌了，她问我要怎么办，还不停地说着话。

"闭嘴！"我冷冷一喝，迅速地冷静了下来。王雅卓被我吓到了，她不敢再说话，我把身上的衣服撕了下来，以最快的速度替罗峰止血之后，抱着他朝外面跑去，小鬼和王雅卓都跟了上来，只有小眉还站在阴森的老宅外面。

这个时候，我没有心思再去管小眉了。如果说有人能让我发自内心地感激并真正关心，那这个人绝对是罗峰。我有些着急了，好不容易上了车之后，正要开车的时候，有几辆车却挡在了我们的面前。

我目光如刀，从车上拿出了一把砍刀，谁要阻拦我送罗峰去医院，我就把谁干掉。但很快，我发现来的人竟然是罗峰的手下，他们说是罗峰让他们来的。我想了起来，罗峰在来的时候一直说心里不安，所以打电话让他的手下也赶来了。

没想到的是，罗峰心里不祥的预感竟然成了真。

我准备再往医院赶去的时候，刚刚还昏迷的罗峰突然叫了我一声，我赶紧回头，罗峰吃力地告诉我，伤他的人是老道长，他让我不用管他，赶紧带人去追。我放心不下，但是罗峰指了指自己的胸口，说他什么大风大浪没有见过，血已经止住了，他可以撑住。

罗峰受伤的是右胸，如果是左胸心脏的位置，他可能已经死了。罗峰的情况耽搁不得，我本来不同意，但是他的一句话却说服我："现在是抓住玄一和老道长最好的时机，如果我出了事，你要怎么替我报仇？！"

罗峰的话算是对小鬼说是老道长干的进行了确认。

我下车了，罗峰由他的手下火速地送去了医院。罗峰留了两个手下给我，王雅卓受了惊吓，她已经打电话通知王家的人了，很快这里就会有不少人聚集起来。穿过林子之后，我们又一次到了宅子外面。

小眉已经不在这里了，我们把宅子外面找了个遍，但是都没有玄一和老道长的踪迹。我的额头冒满了冷汗，我蹲下身，让小鬼把刚刚发生的事情详细地说一遍。小鬼身上都是血迹，看得人一阵胆寒。

小鬼说，我跑进老宅之后，她发现了附近有动静，很快，小鬼看到了玄一的身影，所以她就跑去找玄一了。而罗峰，在身后叫了小鬼几声，跟了上去。小鬼追到了罗峰受伤的地方，那里堆着很多古曼童，小鬼感觉到古曼童堆里有人。

罗峰就是听了小鬼的话，才去翻那个古曼童堆，但罗峰刚蹲下身，一个人就从古曼童堆里蹿了出来，一刀插在了罗峰的胸口上。小鬼并不知道老道长长什么样，但是根据她的描述，那个人的确很像老道长。

我们又一次回到了罗峰受伤的地方，几个人手里的光束全部打在了那个古曼童堆里，每一个古曼童的眼睛都死死地盯着我们。因为视觉偏差，我总觉得，我移动到哪里，那些古曼童的眼球就转到哪里。

所有的古曼童，长得都一模一样，它们的脸很肥硕，富态的脸上闪烁着诡异的笑容，特别是手电筒的光束，让这些古曼童看上去，更加吓人了。如果只是一个古曼童，很少有人会被吓到，但是这些古曼童密密麻麻，比之前从柜子里散落出来的还要多。

因为太多，我们没有办法计数，但是估计一下，这里绝对有数百个古曼童人偶，它们堆起来之后，甚至可以供成年人藏在里面。我皱着眉头，这个宅子太诡异了，先不说为什么会有人在这里放这么多古曼童，就说老道长，也足够让人头皮发麻了。

老道长在港区的时候，已经死了，这是我亲眼所见的，他的尸体还被警方带回了警局进行尸检，最后被推定为自然死亡。但是，不管是小鬼还是罗峰，竟然都说是老道长刺伤罗峰的。

我们盯着那堆古曼童看的时候，王雅卓突然又尖叫了一声，本想着来这里好玩的王雅卓，此刻脸色已经被吓得煞白了。我问王雅卓怎么了，王雅卓说屋子里有人影，很快，小鬼就应和了王雅卓说的话。

我不相信王雅卓，但却绝对相信小鬼的观察力。现在，谁都知道这个宅子不安全，我不放心把小鬼交给别人，于是把小鬼抱了起来。我让罗峰的两个手下保护好王雅卓之后，就手里拿着砍刀，慢慢地朝着宅子走了过去。

王雅卓在身后告诉我要小心，我又是一声冷喝，让她闭嘴。宅子里又恢复了死一般的沉寂，当我跨过门槛的时候，刚好刮起了冷风，冰冷的寒风像是要钻进我的骨子里似的。门后面什么人都没有。

小鬼似乎想要说话，我对她摇了摇头，小鬼马上就心领神会了。她给我指了个地方，示意我去那边看看。那个地方正是之前小眉站的地方，我慢慢地走了过去，握着砍刀的手已经出汗了。

但是，我到了那个地方之后，才发现那个地方什么人都没有。

我刚要回头，又马上止住了脚步。我猛地回头，盯着那个被我砸开锁的柜子看，之前散落在地上带血的那些古曼童人偶，竟然全都不见了！我还来不及吃惊，被我抱着的小鬼拍了拍我的肩膀，她又指了一个方向。

那是一道小门，穿过小门，就是这个宅子的内厅了。我深吸了一口气，慢慢地走了过去，很快，我听到了一阵女人的笑声，那笑声凄厉悠长，没多久，笑声又变成了哭声。声音在偌大的宅子里回荡着，那种感觉就像是有人正俯在我的耳边对着我喊一样，声音尖锐得几乎要刺破我的耳膜了。

我走得很慢，那声音正在慢慢变小。

我很确定那不是小眉的声音，也就是说，在这个闹鬼的宅子里，除了不知去向的小眉和外面的王雅卓之外，还有第三个女人。而且，听那尖锐的声音，更像是一个小孩，我把小鬼放了下来，让她跟在我的身后。

我快要靠近那道门的时候，一个东西突然从门里飞了出来，我下意识地用手去抓。我抓了个正着，一看，那竟然是一个古曼童人偶。我没有仔细去看，继续朝里面走去。终于走进那道门的时候，又是一阵冷风迎面扑来。

女人的哭笑声已经彻底消失了，内厅里空空如也，只有一扇被打开了的窗户。我迅速地跑到窗户边上，往外看的时候，什么都没有。我很快就明白过来，那人已经从窗户逃离了，外面漆黑一片，因考虑到小鬼的安全，所以我没有再跟着翻出去。

我牵着小鬼，又找到了王雅卓他们。

王雅卓问我找到没有，我摇了摇头。

这个宅子太大了，我们人又太少，而且为了安全，大家都不能分头行动。我知道，不管是玄一还是老道长，又或者是刚刚在内厅里装神弄鬼的那个人，恐怕是都找不到了。

就在这个时候，打着手电筒的王雅卓，突然非常惊恐地盯着我手里拿着的那个古曼童，借着手电筒的光，我也看清楚了，这个古曼童的眼眶里竟然镶着一对人的眼球……

第06章

人体制成

我这才发现，这个古曼童眼睛的部位和其他古曼童不一样。这个古曼童是木质的，木头上用颜料画出了古曼童的衣服和脸，但是眼睛的部位，被抠出了两个人眼大小的洞，而那两个洞里，塞着一对人的眼球。

我拿起古曼童的时候，王雅卓吓得后退了几步，就连罗峰的那两个手下也被吓了一跳。受了惊吓之后，他们开始吐了起来，因为，古曼童上镶着的那对眼球，已经腐烂了，只能依稀辨认出眼白和瞳孔的样子，流出来的红黄相间的脓水差点沾在我的手上。

我只是愣了愣，恢复了冷静之后，我开始仔细地观察那对眼球。看样子，这对眼球和人体分离至少有一周的时间了，否则这么冷的天，眼球不会腐败至此。我甩了几下，眼球没有掉出来，可见，眼球一定是被万能胶一类的胶水粘在古曼童上了。

眼球已经严重缩水，我没有办法分辨出这是男人还是女人的眼球。打着手电筒，近距离地观察那对眼球，我还闻到了福尔马林的味道，这是用来保存尸体或者器官的化学用品，看来，有人试图不让眼球腐败得那么快，但是最终失败了。

眼球的黑色瞳孔反射着手电筒的光，罗峰的两个手下不敢靠近，看见眼球里的光，他们哆哆嗦嗦，问我是怎么回事。不得不说，这两颗眼球镶在古曼童上之后，古曼童看上去更加诡异了。两颗腐败的眼球，加上古曼童嘴角诡异的弧度，仿佛这个古曼童是活的，正盯着我笑。

"这两颗人的眼球，可能是失踪的道士的。"我对他们说。

根据我对这对眼球离体时间的推测，正好和道士失踪的时间相吻合，再加上道士曾经来过这里，所以我做出了这样的判断。王雅卓问我要怎么办，我想了想，说必须报警，人死的消息瞒不住，我们来这里调查也瞒不住，如果我们不报警，之后查起来，查到我们，那就更难办了。

但是，我却没有直接通知警方，而是给陈凡打了电话。

陈凡已经睡着了，他听说这件事，马上说会尽快赶来。挂断电话之后，我们等了一段时间，罗峰的更多手下和王雅卓叫来的人都赶到了。这下，偌大的宅子，一共有二十多个人，大家也没有之前那么恐慌了。

大家打着手电筒，把传闻中闹鬼的宅子翻了个遍，很快，越来越多的人说，他们在宅子里的一些柜子里发现了古曼童。因为有我事先的交代，大家都没有用手去触摸那些古曼童，很快警方就会接手，如果在上面留下指纹，很麻烦。

但是，我砸开的那个柜子散落出来的带血的古曼童，却不知道去了哪里，大家找遍了整个宅子，也没有找到。之后，大家还去宅子外面的林子里查看了一下，还是没有发现什么可疑的人影。

我们又一次回到了罗峰受伤的地方，送罗峰去医院的手下给我传回了消息。罗峰已经被送进了急诊室，幸运的是，因为及时止血和受伤部位不是要害之处，所以罗峰没有生命危险了。我松了一口气，紧绷的身体也放松了一些。

就在这个时候，小鬼又拉了拉我的手，说她感觉那个古曼童堆里还有人。王雅卓拉了小鬼，她问小鬼究竟是什么人，为什么总是能发现大家发现不了的东西。王雅卓受了惊吓之后，情绪有些不稳定。

她的问题很多，这让我很烦，我又一次冷冷地让她闭嘴。王雅卓一愣，似乎没想到当着那么多她手下的面，我还是会这样对她说话。不出所料，很快就有人替王雅卓出头了，那个大汉走过来，指着我，刚想说什么，我就握住了那个大汉的手指，狠狠地往下压。

十指连心，大汉嘴里求饶了。我松开手之后，更多人想朝着我扑过来，但王雅卓吆喝了一声，王雅卓扫了我一眼，表情很复杂，但她还是让大家住手。我也没有搭理她，从风衣的口袋里掏出一双皮手套，戴上之后，小心翼翼地去翻那个古曼童堆。

真正翻起来之后我才发现，古曼童的数量比我想象中的还要多。我一个一个地去翻古曼童，很快，我又拿到了一个异常的古曼童。这个古曼童的眼睛，倒是没有问题，有问题的是古曼童的鼻子。

普通的古曼童，鼻子是雕出来，或者画出来的，而这个古曼童的鼻子，却是粘上去的，而且，是用人的鼻子粘上去的。这个鼻子，也已经严重缩水了，没有像那对眼球那样高度腐烂，但是凸起的部位，还是令看的人一阵恶心。

围着我的人，发出了一阵反应不一的尖叫声。我把这个古曼童放到了一边，继续翻了起来。我感觉，这只是一个开端，更加恐怖的事情还在后头。我忍着恶心，继续翻着。果然，慢慢地，我又陆续翻出了好几个异常的古曼童。

这些古曼童，身上的某个部位，各自由已经逐渐发腐甚至还流着血脓的人体器官黏合而成，有的是人的耳朵，有的是人的两瓣嘴唇，而最后一个古曼童，身上竟然包裹着人的皮肤。大家的反应也越来越大，我回头看了一眼小鬼和王雅卓。

小鬼从小是吃生肉长大，她没有太大的反应；而王雅卓，却已经被吓得一句话都说不出来了。

越往下翻，我闻到的异味就越大，那味道分明是尸臭。我开始动了大手脚，把堆得很高的古曼童全部翻开之后，我戴着皮手套的手摸到了一个人头一样的东西。人头露出来的时候，几乎所有人都往后退了。

手电筒的光束被挪开了，我转过头，王家的人我命令不了，但是罗峰的手下，见了我就像见到罗峰本人一样。在我的怒视下，他们只好颤颤巍巍地靠近了几步。手电筒的光束又一次照在了古曼童堆里。

我终于看清了，那的确是颗人头。只是，这颗人头早就已经血肉模糊了，空气里的尸臭味，更加让人难以忍受。在这么冷的冬天，如果没有伤口，在自然情况下，尸体还可以保持一段时间。

但是尸体在有伤口的情况下，会加速腐烂。

这颗人头，脸上的皮已经被剥了下来，我看到的只是一片已经血液凝固呈僵化状态的肌肉组织。皮被剥下来之后，肌肉组织长期暴露在空气中，更加容易腐败，这张脸已经开始发黑和发绿了。

除了脸被剥皮之外，这颗人头的两对眼球被剜了出来，鼻子被切下，两只耳朵也被割了下来，就连那两瓣嘴唇，也是生生地截了下来，只剩下零星的几颗牙齿暴露在空气里。脸颊上，还隐隐地可以看到森森白骨。

这下，围在我周边的人再也受不了了。他们从恐惧变成了恶心，很多人都当场吐了出来。闻着那浓重的尸臭味，我也差点没有忍住。我站起来，抓住尸体的肩膀，把尸体从古曼童堆里拉了出来。

这具尸体，只有头部是破损的，其他部位从表面上来看没有受伤。而尸体的身上，还穿着衣服，看那衣服的样式，是道观的道袍。

我已经基本推断了出来，这个人就是失踪的道士，而他脸上被割下来的皮肤和器官，全部被粘在了那些古曼童上！

—— 第07章 ——

恶心的尸体

已经是凌晨四点多，郊区起了大雾，整座老宅都被笼罩在白茫茫的一片雾中，远远望出去，外面的林子都看不清了，准确地说，五米之外的东西，我们都看不清楚了。大家挨得很近，我盯着地上那具尸体的时候，突然觉得手臂有些冰冷。

我转头一看，王雅卓的双手正抓着我的手臂。翻古曼童堆的时候，我把袖子挽了起来，当时太过紧张，我一点都不感觉冷，反而全身都很燥热。但此刻，冰冷刺骨的寒风让我全身的鸡皮疙瘩都起来了。

我皱着眉头，想把手抽回来，但是王雅卓却抓得很紧。王雅卓已经被吓坏了，我叹了口气，没有再搭理她。在场的，没有几个人敢去看地上的那具尸体，虽然大家都是大男人，也都见过大世面，但是这么恶心的尸体，不是谁都经常见的。

尸体没有嘴唇的嘴张得很大，隐隐看去，里面似乎还有什么东西在爬。我找了一根长树枝，在尸体的嘴里搅了两下，接下来的一幕，让所有人忍不住发出尖叫声，就连我，胃里也是一阵翻滚。

随着树枝的搅动，从尸体的嘴里迅速蹿出了非常多的蟑螂，那些蟑螂都不大，但是却密密麻麻。它们爬出来之后，有的停留在尸体被剜下眼球的眼眶里，有的又钻进了尸体没有耳朵的耳孔里，而大部分则是钻进了尸体的衣领里。

谁都知道，蟑螂在冬季很少出来活动，它们只会选择一些比较温暖潮湿的地方，而这具尸体正好给这些虫子提供了舒适的环境。我们退后了很多步，我忍不住开口："如果我推测的不错，这具尸体的体内器官已经被这些虫子严重啃食了。"

有人咒骂了一声："他妈的，是谁这么残忍？！"

那人说这句话的时候，大家都倒吸了一口冷气，因为，有几个古曼童被风一吹，从古曼童堆里滚落了下来。那几个粘着人体器官的古曼童，已经被我放进了一个袋子里，我把袋子绑好，暂时放到了一边。

总闻着尸臭味也不是办法，王雅卓的人说要离开，这个时候，王雅卓还紧紧地抓着我的手臂。我心里想着，王雅卓在这里碍手碍脚，走了也好。于是我对王雅卓说，让她先和她的手下回去，我留在这里等警察。

这个夜晚，王雅卓已经被吓了好多次了，不知道为什么，她一开始还比较不乐意，但是她的手下劝她，万一被盯上，对王鉴明也不好，王雅卓想了想，最后还是点头了。王雅卓扫了我几眼，最后没说什么，只是揉揉小鬼的头，让她小心一点。

但事实上，小鬼一点都不害怕。

很快，王雅卓和她的手下一起离开了。偌大的老宅一下子就又少了很多人，我看得出来，罗峰的人其实也很想走，没有谁愿意在这么恐怖的宅子里待着，更没有人想和这么恶心的尸体待在一块儿。

我和大家都退到了屋子外面坐着，远远地盯着那具尸体。我看了看手表，琢磨着陈凡差不多也应该来了。就在这个时候，我的手提电话突然响了，那是一个陌生的电话号码，我接起来一听，听筒里传来的是小眉的声音。

小眉让我到外面的林子里见她，并强调只允许我一个人去，说完，她就把电话给挂断了。我站了起来，让小鬼待在原地不要乱动，也不要随便咬人，还嘱托罗峰的手下照顾好小鬼，没事不要靠近她。

之后，我才大步地跑进林子。

天还没有亮，我手里拿着手电筒，林子里的浓雾在四处飘荡着，我在林子里找了很久，终于，我在远处看到了一道人影。雾太浓了，我看不清那人影的模样，但是这个时候，会在林子里等我的，就只有小眉了。

于是我大步地走过去，可是刚走没几步，那人影也动了，朝着远离我的方向走。或许是因为视觉的偏差，我总觉得，那人影的脚好像是不着地的，仿佛就那样飘着移动。幽森的树林里，树木的轮廓被彻底湮没在浓雾里，诡异的是，我一停下来，那人影也停下来不动了。

而我一挪动脚步，那人影又动了。

我隔着浓雾对那人影喊了一声："要我出来见你，还装神弄鬼！"

我的话音一落，那人影突然再次动了。这一次，那人影移动得非常迅速，几乎是一眨眼就消失在了林子的尽头，我刚想去追，一只手吧嗒一声搭在了我的肩膀上。危机感油然而生，我猛地回头，正准备一拳挥出去的时候，看到的却是一张苍白又无比熟悉的脸。

是小眉。

我有些诧异，小眉问我在看什么，我回过头，望着那人影消失的方向，头皮不自觉地发麻了。小眉在我身后，那么那个人影，是谁？

小眉问我在宅子里发现了什么，我这才收起自己的思绪，冷冷地反问了一声："宅子里发生了什么，你会不知道？"

小眉比我们要早到这个宅子，而且，是她告诉我柜子里有东西，我才拿石头砸开那个柜子的锁的。很明显，她知道不少事。小眉笑起来的时候，总让人觉得瘆得慌，她的头发被风吹起来，凌乱地覆在她的脸上，我只能看到她一只露出来的眼睛。

而那只眼睛，还直勾勾地盯着我。

小眉每次出现，都带着神秘感，她走起路来，一点声音都没有。

她对我摇了摇头，说她不知道宅子里发生了什么，只听到里面不停地传出尖叫声。听小眉的语气，不像是在说谎，我问她怎么知道柜子里有东西，小眉说屋里的柜子都锁着，她去摇晃了一下，听到里面有声音，刚准备砸锁，我们就赶到了。

我将信将疑，又问那些从柜子里散落出来带血的古曼童是不是都被她收走了。

小眉摇了摇头，她告诉我说，在我们带着受伤的罗峰走之后，她又进了宅子里徘徊，那个时候，散落在地上的古曼童已经全部不见。小眉还告诉我，她很快就听到了外面的动静，所以就追了出去。

她已经在这林子里找了很久，但是却什么都没有发现。

想再回去的时候，我们又有更多人待在宅子里，所以她只能打电话叫我出来。

小眉把自己的头发整理了一下，我盯着她，试图透过她的脸看穿她的心思。

"说回我们的那个交易吧，告诉我你为什么那么执着地要找那个人。"小眉总算说出了她的目的。

我一把掐住了小眉的脖子："我不喜欢别人总是问我的事，更不喜欢别人总是跟我谈条件。"

我没有用力，小眉也一点都不害怕。她保持着她的笑容，说："你就那么确定他是你的仇人？"

我冷冷一笑，小眉再一次问了我这个问题。其实，我早就看穿了小眉的心思，她绝对知道我找那个人是为了报仇。我已经回答了她的问题，但是她一点都没有要对我说老道长和玄一的秘密的意思，这个交易本来就不可能完成。

我松开了手："不要对我耍小心思，我知道你不会告诉我。说吧，你有什么目的？"

小眉点了点头："是的，我本来就不准备告诉你，因为我也不知道他们的秘密是什么。但是，方涵，你知道吗，你不是一个聪明人，你很容易被迷惑。"

我思考着小眉说的话，她的手抚上了我的脸。踮起脚尖之后，小眉把她的脸凑了上来，她的嘴唇和我的嘴唇，只有不到两公分的距离。

第08章

古曼童的反噬

小眉的嘴唇马上要贴上来的时候，我按住了她的肩膀，微微一笑，推开了她。我对小眉摇头："没有什么能够蒙蔽我的眼睛。"

小眉也不在意，她笑着退后了几步："你知道我说的不是女色。"

"不要对我拐弯抹角。你说和不说，对我都没有差别，我自己会查出来的。"我转过身，不准备再和小眉浪费时间，小眉在身后叫我，但我没有停下脚步，很明显，小眉还有话没有说完，于是她大喊了一句："你就不想知道老道长到底死了没有？"

我终于止住了脚步，小眉又走了上来，她刚要开口，我就抢过了她的话。我让她还有什么话没有说，一口气说了，不要再用一些小心思来把我留下。老道长已经死了，这是绝对可以肯定的事情，我也敢肯定，把自己埋在古曼童堆里，突然跳出来伤罗峰的，绝对不是老道长。

之前因为罗峰受伤，我心里着急，没有细想，但是现在回头一考虑，其实事情没有那么诡异。当时，天色很暗，事发突然，罗峰和小鬼根本不可能看清那个人的脸，而且罗峰跟随我去三松观，是在老道长死了之后，他并没有见过老道长本人，只见过照片。

他们会断言是老道长，绝对是因为那个人的打扮很像老道长，也就是说，是有人故意装成了老道长的模样。我疑惑的是，对方这样做的目的是什么。

小眉终于不再拐弯抹角了，她告诉我，她只是不想让我被蒙蔽了双眼而已。

又是一句玄而又玄的话，我嗤笑一声，问她是谁。小眉低着头，半天都没有回答，我又问她为什么会出现在这里，小眉回答了我的这个问题，她说，她在找玄一，有些事情她要当面找玄一确认。

这起命案肯定不是小眉干的。看那具尸体死亡的时间已经有一周以上了，而小眉在一周之内，还在港区出现过。她比我早了大约三天离开港区，最有嫌疑的是玄一。我不再搭理小眉了，我心里有一种难以言喻的自信：小眉不会再躲起来了。

否则，她不会突然这么频繁地出现在我的面前了。小眉还在身后不停地叫着我，我突然又一次想起玄一和我说的："我和小眉的一生，将会牵扯在一起。"

我回到宅子里的时候，大家都在叽叽喳喳地讨论着什么，仔细一听，他们讨论的是古曼童的反噬。关于古曼童，大家都或多或少有所耳闻，有的人说，这个道士是帮Z养古曼童的，很可能是遭到古曼童的反噬了。

也有人说，供养古曼童和养小鬼不一样，古曼童是慈悲之物。但是，某个人的一句话让大家都闭上了嘴："都是阴邪的东西。换作是你，你愿意自己的魂被禁锢在一个人偶里吗？"

大家的目光又不约而同地放到了那个装着用人体制成的几个古曼童的黑色袋子上。再次想到那几个古曼童，大家的脸色都不是很好看。我想了想，问大家知不知道这宅子闹鬼的传闻是从什么时候开始的。

这些人中，大部分都是从港区跟罗峰到京市来闯荡的，但也有几个是京市本地人。有人告诉我，宅子闹鬼的传闻大概是从两年前开始的，这个时间立刻引起了我的关注。因为两年前，正是Z女星到京市找那道士的时间。

关于Z供养古曼童的传闻，也大约是在两年前开始传开的。这个时间基本和这座宅子闹鬼传闻开始的时间吻合。我在想，这二者之间是不是有什么必然的联系。那个人继续说，这一带虽然偏僻，但是经常还是有一些乡下的行人路过的，如果遇到天色晚了，或者下了雨，行人都会到这荒废的宅子里暂时落脚休息。

两年前，陆陆续续有落脚的行人被吓着了。

附近一带的村民说，那些落脚的行人被吓得连滚带爬，逃出来之后对人说，他们在这宅子里听到了女人又哭又笑的声音。而且，听着声音，非常像个孩子，我马上就想到了我刚刚在屋里听到的那个声音。

每个人的说法都不太一样，也有人说，他们亲眼看到了一个飘来飘去的人影，那分明是个成年的女人，但是从她嘴里发出来的，却是小孩的声音。

还有更恐怖的说法：有人在宅子里看到了一个手里拿着木偶的女鬼，那女鬼没有脸，头发很长，移动的速度非常快，神出鬼没，很多人都感觉那女人就站在自己的身后，但是一回头，却什么都没有看见。

说到这里的时候，不少人不自觉地回过了头。

我正要开口，突然有人指着宅子大门的地方，惊恐地说那里有人。我望了过去，果然，浓雾中出现了几道人影。大家全部站了起来，我眯着眼睛，那几道人影越走越近，终于，看清来人的时候，大家都松了一口气。

陈凡赶到了，带着几个人，应该都是警察，但是没有穿警服。

有其他人在，陈凡还是摆了点架子。他装模作样地走到我的面前，说接到我的报案，问我发生了什么。我指着远处的古曼童堆，让他自己过去看，陈凡和那几个警察走了过去，我让罗峰的手下全部趁着这个时候走了。

他们都跑了出去，我牵着小鬼跟上了陈凡。陈凡看到尸体的时候，脸部的肌肉都扭成了一团，其他几个警察也都很年轻，似乎没有见过这么恶心的尸体，有人差点吐了出来。陈凡强忍着，打了一个电话，通知了他们中队。

等警方的人都赶到之后，天已经亮了。

有了光线之后，这闹鬼的宅子就没有夜里那么阴森了。跟随警方出警的法医正在对尸体进行现场初步勘验，其他侦查人员也都在现场搜集着痕迹。我作为报警人，自然接受了警方的现场询问。

陈凡在这个队里，地位还挺高的，至少现场的警察都听陈凡指挥。

陈凡终于聪明了一次，有警察问起我是谁的时候，陈凡悄悄告诉他们，我是他的特殊勤务。说白一点，就是警方的眼线，定期或者不定期地给警方提供线索。罗峰的手下离开，也被陈凡很好地解释了过去。

现场的询问结束之后，陈凡把我拉到一边，他有些紧张，他问我怎么发现了这具尸体。

我冷冷一笑："你不是要我查那道士的失踪案吗？人我给你找到了。"

陈凡回过头，扫了一眼那具正在被法医现场勘验的尸体，叹了口气："八九不离十就是那道士了，这起失踪案是解决了，可是更棘手的是这桩命案。我看看有没有办法把这起案子转交到大队里去。"

我马上摇头："这起案子必须由你的队伍侦查。"

陈凡刚想问我为什么，就遭我一个冷眼，硬是把问题憋了回去。我嗤笑了一句："我有办法让你升职，也有办法让你做不成警察，一切听我的，如果这起案子破了，你又是大功一件。"

陈凡愁眉苦脸的，他说没想到竟然又有一起大案发生了。陈凡盯着我，不知道是有意还是无意地说道："涵哥，为什么我总感觉，你到的地方就会有大案？"

其实，我自己也隐隐约约地感觉到这起案子和我有一定的关系。

我是来找玄一的，但却在这里发现了尸体。

我拍了拍陈凡的肩膀："不用担心，案子自然能破。你先想办法通缉一下玄一，他的嫌疑最大。"

第09章

不是凶手

陈凡一愣，问我为什么。我把道士失踪前，曾经和玄——起到这个地方来的事情告诉陈凡，陈凡听了之后，对我点了点头，说他马上派人去查。警方把现场的痕迹都提取了之后，已经是中午了，那具恶心的尸体被警方带了回去。

现场取证还在继续，我跟陈凡打了个招呼，带着小鬼先走了。我们第一时间赶去了医院，罗峰已经脱离了生命危险，我到医院的时候，他还在熟睡。一直到晚上的时候，罗峰才终于睁开眼睛。

罗峰的嘴唇发白，他问我找到人没有，我摇了摇头。罗峰叹了口气，让我扶他坐起来。病房里很安静，我没有把罗峰受伤的事情告诉陈凡，不然警方一查起来，会给罗峰造成不小的麻烦。

我问了医生罗峰的情况，那把匕首插得不算深，也算幸运，避开了致命部位。罗峰的身体硬朗，他点了根烟，抽了起来。我刚想把罗峰的烟拿过来，罗峰就摆了摆手，笑着跟我说，他十几岁的时候，正是港区最混乱的时期，他那个时候受的伤，比现在严重多了。

罗峰抽了几口烟，似乎自己也觉得不舒服，又把烟给捻灭了。他的脸色很憔悴，但他的目光却很阴冷，他有气无力地骂了一声："他妈的，下次让我逮到那个伤我的老道士，我非剥了他的皮不可，已经很多年没有人敢对我动刀子了。"

罗峰始终还是气不过，我问罗峰有没有看清那个人的脸。罗峰还很诧异，反问我那个人不是老道长吗。我刚想回答，罗峰就拍了拍脑袋："他早就死了，我差点给忘了。当时，我好像真的没有看清他的脸，就下意识地以为他是老道长。"

我点了点头："对方比较聪明，玄一和老道长关系密切，玄一出现在那里，你又看见一个老道长模样的人，自然就下意识地以为攻击你的人是老道长了。"罗峰觉得我说得有道理，点了点头，不过很快，他又有了新的疑惑：对方装成老道长攻击他干吗？

其实，这也是我所疑惑的。

为了调查，罗峰忍着胸口的疼痛和身体的虚弱，向我说起了当时的场景。罗峰说的，和小鬼所说的，没有太大的出入。只是，小鬼看见了玄一的身影，他并没有看见，他只看见小鬼突然跑开了，这才跟上去。

之后，罗峰跟着小鬼到了密密麻麻堆满古曼童的地方。罗峰问小鬼，玄一在哪儿，但是小鬼却指着那个古曼童堆，说里面有东西。罗峰描述起当时的场景，我的额头冒出了冷汗，那感觉就像是我自己在经历一样。

罗峰说他也感觉那个古曼童堆好像在动，于是他非常小心地走了过去。但是，他走近之后，发现那是风在吹，所以古曼童堆表层的人偶才动了起来。小鬼坚持说古曼童堆里有东西，罗峰只好俯身去查看。

就是那个时候，一个人影突然从古曼童堆里蹿了出来，罗峰防不胜防，胸口被插了一刀，如果不是他反应快，他可能已经没有命了。那个人的打扮和老道长非常相近，攻击了罗峰之后，他迅速地跑开了。

罗峰中了刀之后，没有力气再去追，他下意识地把小鬼护住，想要保住小鬼，但他往前一倾，和小鬼一起倒在了古曼童堆里。之后，我赶到了。当罗峰听了那古曼童堆里竟然有一具恶心的尸体之后，全身颤了颤。

"妈的，我竟然和那具尸体那么亲密地接触过，还不如在我身上多插几刀。"罗峰一副想吐的样子，"还有那个人，竟敢躲在古曼童堆里，他也不嫌恶心。"

从罗峰这里问不出什么，我只好嘱咐罗峰好好休息之后出了医院。外面很冷，出来的时候，我点了根烟，才抽了没几口，就发现远处有一道熟悉的背影，是王雅卓，她在医院外面来回走了几步，最后还是朝着医院走了过来。

一开始，她还没有发现我，我叫了她一声，她才注意到我。王雅卓走到我跟前，考虑了很久之后，才问我罗峰有没有事。

我盯着王雅卓，总觉得她怪怪的。罗峰和王雅卓并不熟，和王鉴明也只是道上的交情而已。我似笑非笑地盯着王雅卓，王雅卓似乎有些尴尬，那样子，和普通女人没什么区别，一点都没有传闻中任性刁蛮的样子。

我告诉王雅卓，罗峰没事了。

王雅卓给我递了一篮子水果，让我转交给罗峰，之后就跑开了。我又把水果送回了罗峰的病房，罗峰还有些诧异我怎么会回来，说了之后，他全身的鸡皮疙瘩都起来了。我笑着调侃，说是王雅卓可能看上他了。

罗峰马上摇头："千万别这样，我承受不起。"

再次从医院出来的时候，已经是晚上九点钟了，我接到了陈凡的电话。他着急要见我，我给了他家里的地址，回家休息没多久，他就到了。陈凡身上还穿着警服，他看到我窝在这么破的出租屋里，有些惊讶，还问我为什么不和罗峰住在一起。

他给我带来了法医对尸体的初步检查结果。通过对尸体表面检查分析，法医初步判断死者的死亡时间是在一个星期之前。通过辨认，警方也确认死者就是失踪的那名道士。尸体除了面部和头部之外，没有其他外伤。

死者的后脑有明显的伤痕，所以法医初步断定，死者的直接死因可能是后脑遭到重物撞击。更加精确的死因和死亡时间，需要通过解剖和技术手段才能确定，这要花上一段时间。而在犯罪现场，警方提取到了很多脚印和指纹，包括那些古曼童人偶上的痕迹。

我知道，警方一定提取到了很多不相关人员的身体特征，其中有我们这些人的，也有从前路过那宅子，在那宅子里落脚的行人的。不得不说，凶手选择在这个地方下手，很聪明，因为现场的痕迹干扰太多，警方很难找到和案件最相关的那部分。

我问陈凡有没有找到类似凶器的物件，陈凡摇了摇头，他给我带来了死者尸体的照片。我找了后脑伤口的几张不同角度的近照，伤口是不规则的，大约只有一厘米那么深，但是面积比较大。

一厘米的深度，位置在后脑，击打之后，就算不足以致死，一般也会致人昏迷。我一看照片，就推测死者的后脑不止遭过一次重物撞击。一次重物击打，一般面积不会太大，就算重物的体积再大，和后脑接触的范围也是有限的，所以我猜测，伤口面积之所以那么大，是因为重物不止一次地击打，造成了伤口扩大。

而且，伤口不深，在力相同的条件下，接触面积越小，压强就越大。举个简单的例子，用同等较小的力，针可以轻易刺穿人的皮肤，但是筷子就不行。假设凶手使用了可以致人昏迷的力，且使用的重物是尖锐的，那伤口不应该只有一厘米。

"凶器应该是比较浑圆的东西，表面没有太多的尖锐棱角。"我对陈凡说，"再到现场好好找找吧。"

陈凡："涵哥，你光是看照片就能分析出这些来？法医也说死者不止受过一次击打。"

我一笑："只是痕迹学的基础分析而已，你有空去钻研一下吧，对你有好处。"

正说着的时候，陈凡接了一个电话。

放下电话之后，陈凡告诉我，玄一有消息了，但是，他应该不是凶手……

第10章

刻意的不在场证明

　　我愣了愣，马上问为什么。我的心里已经起了疑惑，距离我让陈凡去找玄一的下落，才过去不到十二个小时，我惊讶于警方会这么快就有消息。要知道，找一个人不是那么容易的，王雅卓能有玄一的线索，也是因为玄一自己去四合院外面晃悠。

　　面对我的疑惑，陈凡也说不知道。陈凡找人的套路，非常老旧，案发现场是在郊外一个闹鬼的宅子，所以他就让队里的警察去宅子附近的居民区找玄一的线索，没想到，这还真让警方有了发现。

　　宅子附近，居民很少，但不代表一个人都没有。距离宅子方圆一公里左右的地方，有两个村落，警方就是在其中一个村落里找到线索的。王雅卓的调查果然是正确的，那一天，村里的村民也看到玄一和失踪的道士朝那闹鬼的宅子方向去了。

　　但是，玄一在半路的时候，就和道士分开了。玄一和那道士似乎绕了远路，也就是说，他们和我们走了不同的路。玄一和道士分开的地方正是在村口，当时是傍晚，村口有不少耕作结束的村民。

　　据那些村民说，玄一叫住了他们。玄一没有穿道袍，但那道士却是穿着道袍的，玄一满口道家话，村民隐隐地推测出玄一可能是入世的道人。玄一请求那些村民，让他借宿几日，并声称愿意给他们讲道、看相。

　　村民都是很淳朴的人，也很热心，很快就有村民答应了下来。本以为玄一会和那个道士一起住下来，但是最后玄一却和道士作揖道别了。那些村民说，道士去的方向正是闹鬼的老宅。

有好心的村民叫住道士，跟他说前面的老宅不干净，道士只是摆了摆手，继续朝着那个方向去了。村民还是担心，让玄一去劝劝，但是玄一也只是笑着说，道家中人岂会怕鬼。看着玄一自信满满的样子，村民也就不再劝说了。

之后，玄一住进了一个村民的家里，村里难得来了一个道长，大家都来了兴趣。玄一住进村子的那天晚上，就有很多村民找玄一看相，玄一非常热心，一个一个地帮他们看手相，据说一直到深夜才结束。

之后，玄一就在村民家里休息了。村子里都是贫苦人家，收留玄一的那个村民，住的是一间小砖房，除了厨房之外，就没有隔间了，一家两兄弟都窝在小砖房里，而玄一自然也是和他们挤一间房。

警方去问了那兄弟俩，他们称，他们睡得不深，所以确定玄一绝对没有半夜离开过。而且，他们还说，半夜起床上厕所的时候，看见玄一在打坐。后来问起来才知道，玄一睡觉的时候，都是打着坐睡的。

玄一在村里住了好几天的时间，白天的时候，村里总有人陆陆续续地找玄一看手相，或许是为了感谢村民的收留，玄一还在那个村子里做了一场法事，持续了两天的时间。也就是说，从玄一住进村子的那天，每一个时段都有人可以证明玄一待在村子里。

玄一有不在场证明，他不会是杀了道士的凶手。

警方不放心，还去查了那兄弟俩，通过各种排查，警方初步排除了那兄弟俩说谎的可能。我问陈凡玄一现在在哪里，陈凡摇了摇头，说是在昨天白天的时候，玄一和村子里的村民告别，离开了，之后去了哪里，没有人知道。

玄一应该还没有走远，毕竟昨天夜里的时候，小鬼是看到玄一的踪影才跑开的。陈凡这次也不笨，他已经加大警力，在老宅附近的区域搜索玄一的踪迹。但我知道，警方肯定没有办法一直把精力放在找玄一上，特别是已经初步排除了玄一作案的可能性之后。

我心里已经有了打算，玄一必须继续找，警方的力量没有办法利用，那我就继续利用罗峰和王雅卓的人。陈凡叫了我好几声，我才反应过来，他问我在想什么，我笑了笑，反问他："你不觉得，玄一的不在场证明非常刻意吗？"

陈凡一愣："涵哥，你的意思是，玄一的不在场证明，是伪造出来的？"

我摇了摇头："如果那个村子里的村民没有问题，那玄一应该就真的不是凶手，至少不是第一凶手。"

村子里的村民没有问题，他们就不会说谎，白天的时候，村里那么多村民都看到玄一了，按照警方的调查结果，每个时段都有人去找玄一看相，或者玄一在村里做了持续两天法事。村子距离那个老宅，有一公里的距离，来回加上杀人的时间，就算玄一谎称自己去上厕所，都来不及。

而夜间，那兄弟俩还起床上厕所了，他们看到玄一在打坐睡觉，这也使得玄一没有连续、充足的时间可以作案，而且，大家都挤在一间砖房里，如果玄一出门，不可能没有人发现。说到这里的时候，陈凡应和了："没错，队里的人说，玄一是睡在最里面的，他要出来，必须跨过那兄弟俩，而且门是破旧的木门，一打开就嘎吱作响，声音非常大。"

虽然没有亲自去调查，但是根据目前警方的调查结果，玄一的确没有作案时间，不在场证明也是千真万确的。但问题就出在，玄一为什么要去那个村子。玄一千里迢迢从港区到京市，也没见他怎么受苦，可见，他的盘缠很足。

三松观的香火钱很充足，玄一出远门，肯定带了不少钱，他完全可以住旅馆。若说是怕被警方查，他没有任何把柄在警方手里，根本不怕警方查才对，如果说怕我和罗峰查，他也可以去比较隐蔽的旅馆住，根本就没有必要去和村子里的村民挤一间房。

玄一爱清净，这是三松观里的道士都知道的，或者说，大部分道家中人都爱清净。

不仅如此，玄一和他们非亲非故，还不辞辛劳地把自己的所有时间都空出来，又是为村民看手相，又是为村里做法事，太过好心了。玄一是个道士，但是在三松观里很低调，除了为大家讲讲道，并没有什么其他的表现，大家也只是传言玄一不老，传言他道行很高，但是从来没有人见他展现过。

正因如此，我才觉得玄一的不在场证明太过刻意了，刻意到那几天的时间，每个时段都有人可以为他证明。陈凡已经明白我的意思了，他有些惊讶地张大了嘴巴："涵哥，你的意思是，玄一不是凶手，但是他可能知道那个道士会死，所以怕警方怀疑他，早早地就开始做准备？"

我点了点头："所以说，他有问题，他去见那个道士干什么还不知道，必须找到他。"

陈凡想了想，有些不确定地问我："涵哥，你觉得玄一有没有可能是间接凶手，或者帮凶？"

我摇头："可能性不大。如果玄一是帮凶的话，他不会去四合院外面晃悠，让王雅卓的人注意到他。我现在甚至有些怀疑，他是故意引起王家人的注意，让大家知道他和道士去了闹鬼的宅子。"

陈凡问我王雅卓是谁，我这才反应过来，陈凡没有见过王雅卓，也不知道王鉴明是什么人。罗峰比较高调，不少人知道他的身份，但是没有证据，也没见罗峰做了什么违法犯罪的事情，所以没有办法抓他。

但是王鉴明，属于藏得很深的那种人，至少像陈凡这种等级的警察，对他没有多少了解。

我转移了话题："你想个办法，我要去见Z女星。"

第11章

梦，车库

陈凡一愣，下意识地说女星Z哪是谁都可以见的。但是被我一个白眼一嗑，他把后面的话生生地吞了回去，我拍了拍他的脑袋，嗤笑了一声："记住，你是警察，不管是谁，只要是犯罪嫌疑人或者证人，你想见就都能见。"

失踪案发生之后，警方已经和Z女星有过接触了，Z也称道士失踪当天，的确和她见过面。只是，当时和Z接触的，不是陈凡罢了。陈凡这才反应过来，他马上点了点头，说他会尽快去安排。

又聊了一会儿之后，陈凡离开了。已经很晚了，我和小鬼都很长时间没有闭眼了，准备睡觉的时候，我发现小鬼又和上次一样在抽泣，这一次，我没有再问小鬼原因了。我知道，小鬼一定是又想玄一了。

虽然小鬼从小被驯养，但是她自己根本就辨别不了玄一那样对她，究竟是好还是坏。或许，在小鬼的潜意识里，生活就应该是那样：住野外，吃生肉。过了很久，小鬼终于慢慢入睡，我也闭上了眼睛。

第二天睁开眼的时候，小鬼已经醒来了，看到小鬼手里拿着的东西时，我的心猛地揪紧了，那是一把枪，子弹已经上了膛，我刚想叫小鬼放下枪，小鬼的嘴角就扬起了诡异的弧度，我瞪大了眼睛，下一秒，小鬼突然把枪口对准了我。

小鬼扣动了扳机，一声巨响，子弹朝着我飞了过来……

我全身一颤，猛地坐了起来。我身上的衣服已经被冷汗浸湿了，这是个梦！但是太真实了，我甚至能感受到子弹打进我胸口的剧痛感。小鬼已经醒过来了，她叫了我一声，我发现，小鬼正站在床边，盯着床底下看。

我皱起了眉头，马上下了床，我问小鬼在看什么，小鬼指着床底下，问我床底下的箱子里装着什么。我神色复杂地看了小鬼很久，最后还是俯下身，把那个箱子抽了出来，打开箱子，两把枪和一堆子弹露了出来。

小鬼伸手要去拿，我猛地喝了一声："不要动！"

小鬼马上把手缩了回去，她有些委屈地看着我。小鬼的样子有些可怜，但是刚刚的那个梦就像真的发生了一样。我告诉小鬼，这些东西绝对不允许她碰，否则，我就不要她了。我没有对小鬼这么凶过，小鬼的眼泪落了下来，点头向我保证，绝对不去碰这些东西。

这两把枪和这些子弹，已经藏在床底下一整年的时间了，我没有再用过。这些东西，是我在混社会的这些年里，想尽办法搜集来的。枪支管制非常严格，我很少会把它们拿出来。我放心不下，还把箱子推到了床底最里面，用杂物挡了起来。

到下午的时候，敲门声又响了，本以为是陈凡来找我，但门一打开，外面站着的却是王雅卓。我微微一愣，最后皱起了眉头，知道我住处的，没有几个人，王雅卓肯定是利用她的人查到了。

也就是说，我可能被跟踪了。

我有些不悦，但还是把心里的阴冷收了起来，我问她来找我干什么，王雅卓低着头，想了想，说想去看看罗峰。

"你知道罗峰在哪里，为什么要来找我？"我问。

王雅卓还是低着头，半天没说话。我没有问太多，我本来就要去医院，所以收拾了一下之后，就牵着小鬼，带着王雅卓往医院去了。在路上，我问王雅卓怎么老是一个人出来。王雅卓是王鉴明的孙女，王鉴明家大业大，觊觎王家财产和势力的人不少，和王鉴明结仇的人，肯定也不少。

王雅卓摆了摆手，说从小到大，不管是上学还是出门，王鉴明都派人跟着她，她觉得很不自由，好不容易王鉴明出趟远门，她才把跟着自己的人都甩开了。小鬼被我凶过之后，一直闷闷不乐。

本来小鬼和王雅卓有很多话要讲，但一路上，小鬼一句话都没有说。

到医院之后，罗峰正在抽烟，他单独住一个病房，护士也没有管他。看到王雅卓，罗峰马上把烟捻灭了，对王雅卓道谢，说是谢谢她送来了水果。王雅卓很大方地说了不客气，之后，病房里就陷入了死一般的沉寂。

气氛有些尴尬，罗峰偷偷朝我使眼色，示意我想办法把王雅卓支走。巧合的是，王雅卓自己主动说要去上卫生间。王雅卓离开病房之后，罗峰长舒了一口气，问我怎么把王雅卓带来了。

我笑了笑："我看她长得也不错，你如果喜欢，就要了吧，她想来见你，还先去找了我，或许是不好意思吧。"

罗峰愁眉苦脸地摇头："就是这个女人，我招惹不起。"很快，罗峰又说传闻中王雅卓怎么喜欢整人、怎么刁蛮任性。病房的门重新被打开的时候，罗峰马上闭嘴了，王雅卓问我们在聊什么，我笑而不语。

罗峰转移了话题，他问我案子调查得怎么样了。我把陈凡告诉我的调查结果跟罗峰说了一遍，罗峰眉头紧锁，听了我的分析，他也觉得玄一的不在场证明太过刻意了。我让罗峰再想想办法替我找玄一，罗峰还没有开口，王雅卓就抢着说，她也愿意帮忙。

在病房又坐了一会儿，王雅卓说她得回去了，不然王家的人找不到她，一定又着急了。王雅卓走了之后，一直没有说话的小鬼终于开口了："方涵哥哥，王雅卓姐姐真好。"

罗峰感觉到小鬼今天有些不对劲，趁着小鬼在一边玩的时候，他悄悄问我怎么了。小鬼的听力很好，我和罗峰的声音压得很低。我把自己做的那个梦还有小鬼发现枪的事情，告诉了罗峰。

罗峰叹了口气，说虽然是个梦，还是让我多长个心眼儿，毕竟，小鬼身上的谜团太多了。

傍晚的时候，陈凡终于给了我消息，通过电话之后，我离开了医院。陈凡正在医院外面的警车里等着我。陈凡没有带警察，我一上车，他就告诉我，他已经联系了Z女星的经纪人，好不容易才争取到今晚面谈的机会。

一开始，Z女星的经纪人还很不愿意，陈凡发了火，对方这才答应下来。陈凡手握方向盘，也有了底气："这些明星，还真当自己可以对警方耍大牌了！"

据说，Z女星还将在京市待两个月，她正在拍一部戏，经常往影视城跑。剧组考虑到Z女星住酒店不习惯，特地给她租了一套豪华套房。Z女星没有通告的时候，一般就住在那套房子里。

套房的位置比较隐蔽，据说是除了警方还有剧组自己的人知道，就没有其他人知道了。

车子停在地下车库之后，陈凡给Z的经纪人打了电话，Z的经纪人让我们在地下车库等着。我和陈凡等了好一会儿，Z的经纪人还是没有来，陈凡有些不耐烦了，嘴里骂了句："妈的，真当自己是大明星了？"

地下车库的光线很暗，只有几盏照明灯忽明忽暗的，我抬头看了看那几盏照明灯，仔细听，还能听到电流受阻发出的声音。我问陈凡觉不觉得奇怪，陈凡点了点头，说他觉得这个地下车库瘆得慌。

照理说，这么高档的一个小区，地下车库的灯应该时常维修，不应该会出现短路的情况。我正奇怪的时候，突然听到了一阵脚步声，地下车库一个人都没有，停满了车子，那阵脚步声回荡在空旷的车库里。

那脚步声越来越大，感觉越来越近，可是，我们却愣是半天没有看到一个人影……

—— 第12章 ——

女星的住处

一开始，我们还在等着那个人出现，但是直到那脚步声大到好像就在我们的身后时，我们才发现诡异之处。我们猛地回头，但我们的身后，一个人都没有，就连小鬼，都不知道那声音是从什么地方传出来的。

地下车库的灯，闪得更加厉害了，没过多久，就彻底不亮了。整个地下车库陷入了一片黑暗，陈凡有些慌了，因为那脚步声还在继续回荡着，听那声音，就像有人正在我们身边走一样。

陈凡问我要怎么办，我冷静了下来："慌什么，去车上拿手电筒。"陈凡闭了嘴之后，摸索着去车上拿手电筒了。地下车库暗得有点吓人，我只能勉强看到身边小鬼的身影，陈凡还没有拿到手电筒，地下车库里的脚步声又多了一道。

我转身一看，身边的小鬼又不见了。我立刻反应过来，多出来的脚步声，是小鬼的，我马上顺着脚步声的方向追了上去，我嘴里喊着小鬼，让她不要跑，但是小鬼也没有出声。小鬼的速度很快，她适应黑暗里的环境，但我却不适应，我很快就跟丢了。

地下车库，一下子又变得安静异常，脚步声没了，我只能听到自己的呼吸声。正着急的时候，身后有一道光束打了过来，陈凡气喘吁吁地跟了上来，递了一支手电筒给我。我嘴里骂了一声，又和陈凡在车库里找小鬼。

车库里的停车位不少，车子很多，我们几乎把每个角落都找了一遍。我们一边找，一边叫小鬼，可是小鬼却没有任何回应。陈凡有些着急了，我又叫了几声，小鬼终于答应了我一声，我顺着声音的方向走去，很快，我在一辆车的后面看见了小鬼。

小鬼正站着，手电筒的光一打过去，我才发现，车后面，不只小鬼一个人，还有一个头发很长很乱的男人，正坐在地上，他背靠着墙，像是正在昏睡，走近一看才发现，男人的手上拿着一个酒瓶，他的身上酒气很重。

陈凡小心翼翼地走到那个醉汉的面前，确认他有呼吸之后，陈凡才松了一口气。陈凡问我刚才是不是这个醉汉弄出来的脚步声，我摇了摇头，这个男人身上的酒气太重了，不像是在装醉，在醉得这么厉害的情况下，他肯定没有办法制造出那样的脚步声。

陈凡试图叫醒醉汉的时候，醉汉突然抬起了头。手电筒的光打在男人的脸上，看上去有些吓人。男人满脸胡楂，也不知道多少天没有剃了，他的两只眼睛瞪得很大，眼球里还布满血丝。

男人醉醺醺地喝了一声，陈凡往后退了几步。陈凡身上穿着警服，他似乎没想到这个男人竟敢这么凶悍地对他。陈凡从身上抽出警棍，刚想问话的时候，地下车库的灯一下子又亮了起来。

我算是看清了这个男人的全身。他身上很脏，看上去很落魄，灯亮起来之后，醉汉颤颤悠悠地站了起来，嘴里迷迷糊糊地说着什么，我听了半天也没有听懂。男人跌跌撞撞地要往外走，每走几步，就要跌倒一次。

我盯着这个男人的背影，陈凡正准备上去拦住他，但他的手提电话又响了。刺耳的铃声在地下车库里回荡了很久，陈凡接电话的时候，我注意到那个男人的身形猛地一颤，随后，他惊恐地四处看了起来，好像在找什么似的。

最后，男人突然死死地盯着一个方向，我转过头，那是地下车库的角落，黑漆漆的，我顺手把手电筒的光挪了过去，那里什么都没有。可是，男人就像见了鬼一样，叫了一声之后，跌跌撞撞地冲了出去，一副很害怕的样子。

陈凡挂断电话之后，骂了句："这醉汉抽什么风？不知道是从哪里来的穷醉鬼。"

我回答陈凡："这个人或许不太简单，你打电话通知一下附近的民警，看能不能跟上这个人，查一下。"

　　之所以觉得这个人不简单，是因为我刚刚眼睛一瞟，在男人的手腕上扫到了一块手表。那手表一看就很贵，不是有钱人家绝对戴不起。但是这个男人却落魄到蹲在地下车库里，我觉得有些问题。

　　陈凡马上照做了。

　　电话是Z女星的经纪人打来的，陈凡说对方有些抱怨，因为他没找到我们。我们一路朝原来停车的车位走去，路上我问小鬼为什么又自己一个人跑了，小鬼说了一句差点让陈凡吓破胆的话："这里有鬼。"

　　陈凡手里的手提电话差点落在地上，小鬼的话，再联系之前地下车库照明灯的异常，以及那奇怪的脚步声，的确让人觉得背脊发凉。我让小鬼详细说说，但是小鬼也说不清楚，只说她感觉这里就是有鬼。

　　我皱着眉头，仔细想着小鬼说的话。不知不觉中，我们已经走到了原来的地方，Z的经纪人已经在等着我们了。这是个大约四十多岁的男人，头发染成了金黄色，戴着墨镜，身上穿得金光闪闪的。

　　他有些不耐烦，告诉我们他的英文名叫Charlie Wong，说是让我们叫他查理就行。听他的口音就知道，他是土生土长的港区人。象征性地握了手之后，他带着我们上了地下车库的电梯，电梯摇摇晃晃的，我看了几眼查理，问他知不知道刚刚地下车库停电的事情。

　　查理微微一怔，反问了一句："又停电了？"

　　我笑了笑："查理先生，什么叫又停电了？"

　　查理的脸色有些不自在了，他告诉我们，最近经常听到有人说地下车库的照明灯忽明忽暗的。查理没有多说，但他的表情告诉我，这个地下车库，分明就是有问题。我想起刚刚那个醉汉，就问查理有没有在地下车库见过那个醉汉。

　　查理摆了摆手，有些懊恼地告诉我，他的确见过，停车的时候，还差点把人给碾了。

　　电梯门开了，查理带我们到了一间房间外面。我发现，房间外面站着好几个身穿黑色西装的大汉，看上去是保镖。那几个保镖要求我们提供证件给他们，否则就不让我们进去，查理也是这样要求的。

陈凡掏出证件之后，查理总算肯放我们进去了，但是我们进门前，查理说Z的档期很满，还需要休息，只允许我们交谈二十分钟。查理一个男人，叽叽喳喳、阴阳怪气的，倒是很符合大众对很多男性经纪人不男不女的印象。

进了屋子之后，浓重的烧香味就冲鼻而来。

屋子里也没有开灯，天还没有黑下来，我发现，屋子里的窗帘也没有拉开。陈凡嘀咕了一声，说Z的家里怎么阴森森的。房子很大，我们进了客厅，很快，我在客厅的桌子上发现了一个佛牌，佛牌前面还有一个香坛，里面插着三根香，看样子才刚刚被点燃没多久。

女星Z不在客厅里，陈凡有些不满："明明约好了，这时候要什么大牌！"

陈凡走到了卧室门外，开始敲起门来，敲了半天，Z也没有出来，陈凡越敲越大声，而我则拿起了那个佛牌，看佛牌的样式和上面的字样，应该是泰国的佛牌。传言不假，Z经常到庙堂里求神拜佛。请佛牌，在东南亚的一些国家很流行。

把佛牌放回去的时候，小鬼突然打开了桌下的柜子，她指着里面，让我看。

我的目光往柜子里一扫，柜子里，坐着一个小孩……

—— 第13章 ——

女星Z

陈凡没把Z女星喊出来，抱怨着走了过来。看到柜子里的小孩时，陈凡也吓了一跳，我挥了挥手，让他去把窗帘拉开。傍晚，太阳快要下山了，屋子里有了光线之后，我松了口气，因为那根本不是一个小孩，而只是一个古曼童人偶罢了。

但是，陈凡并没有因此放松，反而更加神经紧绷了，因为这个古曼童，和我们之前见过的，都不一样。一般的古曼童人偶，只有人的手掌那么大，或者再大上一些，可是，我们看见的这个古曼童，足足有三四个月的婴儿般大小。

这个古曼童，脸颊边的肉很多，两边的嘴角也微微上扬着，它的表面都被颜料涂满了，是肉色的，和真人的颜色非常接近。古曼童人偶坐在柜子里，两只手掌合在一起，像是在拜佛。

不要说光线不足了，就算此刻光线充足，我还是觉得这个古曼童人偶和真人很像，特别是它嘴角的笑容。诡异的地方，不止这一点，更加让人有些胆寒的是，这个古曼童，只有嘴在笑，它的脸部表情，分明是紧绷着的，而它的两只眼睛凶相毕露。

在大家的认知里，人的一张脸，只能有一种表情，至少不能同时有两种矛盾的表情，否则会非常不协调。而这个古曼童，却是一张脸有两种表情，如果只看嘴部，会让人觉得这个人偶很慈悲；而只看眼部的话，会让人觉得这个人偶透露着邪气。

最可怕的是，不知道为什么，我竟然不觉得古曼童的这张脸不协调。

陈凡吞了口唾沫，说这个古曼童有些吓人。我伸手，想去摸摸看这个古曼童是用什么做成的。我的手还没碰到古曼童，卧室的门就突然打开了，有人用非常尖锐的声音对我们喊："不要碰！"

我马上把手缩了回来，转过头一看，是Z女星。

Z女星本人比照片上还要漂亮不少，但她走近之后，我才发现她的脸色不是很好看，眼圈也有些发黑。女星把我们推开了，她马上关上柜子的门，语气不善地问我们为什么要乱碰她的东西。

本来陈凡还有些不好意思，但见Z说话这么不客气，他也来了脾气，他对Z女星怒喝："你知道我是来办案的吧，既然在房间里，为什么我敲门你不开？"

Z深吸了一口气，不再说什么了，而是朝着柜子的地方拜了拜，这才转身。我还以为Z是要招呼我们坐下，但没想到，她直接绕过沙发，走到窗前，又把窗帘给拉了起来。客厅一下子又暗了下来。

Z这才坐下，让我们也坐。我和陈凡都站着没动，Z女星用她非常不标准的普通话问我们："为什么不坐？查理跟你们说了吧，我们只交谈二十分钟，你们应该进来有一会儿了吧？算十分钟，你们还有十分钟。"

陈凡彻底控制不住自己的情绪了。陈凡这个人，平时比较怕事，在来之前，他也是对Z女星有些期待，毕竟是明星，但此刻，他也来了火，可见Z有多让人受不了。陈凡没有再压低自己的声音："Z女士，我们现在怀疑你与一起我们正在调查的案子有关系，警方来问话，请你如实回答，这是你的义务！"

陈凡的声音，把等在外面的查理给引进来了。查理自然是帮着Z说话的，问我们怎么这么不礼貌，还硬要把我们赶走。保镖也进来了，他们还想直接动手，我直接揪过查理，给了他一个过肩摔，踩在了他的身上。

查理嘴里喊着疼，还说要告我们。

我冷冷一笑："不要拿港区的那一套来对付我们，这里是京市。"

Z站起来，说要告我们警察动手打人，我盯着Z，目光阴冷了下来："先动手的，是你们，警察有权力动手。我再说一遍，这里是京市，你们要和我们谈法律，那我告诉你们，立案管辖的规定，可以约束你们。从现在开始，谁再阻碍我们办案，我们直接把你们带回警局。"

说完，我抬起了自己的脚。陈凡的脸色有些难看，我看得出来，他有些担心，如果被媒体曝光，舆论压力足以让他卸任了，尽管他没有犯错。查理站起来之后，揉着自己的胸口，他还想说什么，我就威胁了起来："Z果然和传闻中一样，养古曼童，而且脾气很差，狗仔和记者，应该会感兴趣。"

查理说不出话了，最后，他做了让步，让那些保镖都出去了。我们都坐在沙发上，Z让我们有话快问。我抬头看了看，问Z能不能把灯打开，Z说她在家喜欢暗一点。我嗤笑一声，没有再询问Z的意见，直接站起来，把灯打开了。

灯开了之后，Z下意识地挡住了自己的脸，陈凡掏出纸和笔，准备开始做询问笔录。仔细观察之下，Z的脸色看起来更差了。我第一个问题问的就是Z为什么脸色会这么差，Z和查理都是一愣，他们没想到我会问这样的问题。

查理有些不高兴："警察先生，这和你们调查的案子有关系吗？"

我微微一笑："有关系。我想知道Z女士是不是因为和案子有关系，所以心神不宁，脸色不好？"

查理："Z每天那么忙，脸色差很正常。"

Z也非常不耐烦，她的架子有点大："你们到底要查什么案子，我很忙，OK？"

我这才把道士死的事情告诉Z，话说出口的时候，我非常仔细地观察Z的表情。Z听到这个消息的时候，吓得马上站了起来，她表现出来的不是吃惊，而是恐慌。人的表情可以伪装，但是一些表情的细节，却很难隐藏。

在心理学中，称这些表情细节为微表情。

陈凡见到女星Z的反应之后，顺着试探性地问了一句："人是你杀的？"

我没有阻止陈凡，而是饶有兴致地盯着女星Z。Z还没开口，查理就着急了，让我们不要瞎说。

陈凡笑了笑："那你那么害怕干吗？"

Z慢慢地坐回到了沙发上，她的肩膀在发抖。查理坐到Z的边上，拍着Z的肩膀。

其实，我知道在不是装出来的前提下，Z会这么恐慌，绝对不是因为她杀了人。假设她杀了人，又知道我们来找她问话，她早就该做好准备，也该知道我们来找她问话，是关于道士的死，不可能会因为我们的一句话就吓得没了魂。

这其中，肯定另有隐情。

查理安慰了Z很久，Z的情绪才慢慢平复了下来。她抿着嘴唇，犹豫了好一会儿，才问我们："吴道长他真的死了？"

陈凡点了点头："警方已经辨认了尸体，死者的确为吴青山。"

吴青山，是那个道士的姓名。

Z的嘴唇颤抖着，又是沉默了很久之后，她问我们是怎么死的。

我把我们在闹鬼的老宅里，看见的尸体，还有那些用人体制成的古曼童，以及密密麻麻的古曼童堆，所有的事情，全都告诉了Z。Z的表情越来越惊恐，特别是听到"古曼童"三个字的时候。

陈凡偷偷问我Z为什么会这么害怕，我扭过头，朝着那个柜子扫了一眼。如果我推测的不错，教Z养古曼童的人，真的如外界传言的一样，就是吴青山。吴青山离奇死亡，所以Z也开始有些怕了。

"Z女士，希望你把你和吴青山之间的关系，还有吴青山失踪当天，和你的交谈内容，全部告诉我们。"我说。

可是，我的话音刚落，Z却像发了疯一样，冲进了自己的房间，把门关上了。

—— 第14章 ——

凶器，分外眼红

　　见Z女星又把自己锁在屋里，陈凡又去敲门，但是Z怎么都不肯出来了。查理有些为难，他求我们，让我们先回去，说等Z冷静下来，再安排我们见面问话。查理向我们做了保证，说一定会再安排。

　　我想了想，答应了下来。下了电梯，我们又回到了那个阴暗的地下车库，陈凡哆嗦了一下，问小鬼是不是确定这里有脏东西。小鬼非常肯定地告诉我们，在这个地下车库里，一定有鬼，而且，她说，刚刚在Z的家里，她也感觉到那地方有鬼。

　　小鬼的说法非常模糊，细问之下，她甚至不知道鬼是什么东西，也说不清是怎么感觉到这个地方有鬼的。小鬼身上的谜团太多，包括她说自己也是鬼。小鬼的表达能力一般，有些事情问多了，也没有结果。

　　我们上了车之后，陈凡迅速地把车子开出了地下车库，出来之后，陈凡才终于松了口气。他问我接下来要怎么办，我考虑了一下，让他问问之前那个醉汉跟上没有，陈凡马上打电话向附近的民警确认了一下，结果是，附近的民警没有发现什么醉汉。

　　女星Z的家，还有这个地下车库，很奇怪。我让陈凡随时和查理保持联系，尽快安排第二次见面。陈凡把我和小鬼送回家里之后，开车走了。

　　一个晚上过去，第二天起来的时候，小鬼又是醒着的，她和昨天一样，站在床边，盯着我的床底下看。我皱起了眉头，语气比平时严厉了一点，我问小鬼一直盯着床底下看干什么，她这才告诉我，她觉得箱子里的东西很眼熟。

我一惊，箱子里装的是枪和子弹。

但是，不管我怎么问，小鬼都说不出为什么会眼熟。我心里有些纳闷，小鬼敏锐的观察力，帮了我好几次，但是她也不断地在给我制造谜团。我想着的时候，小鬼竟然蹲下身，想要钻进床底下。

我马上把她抱出来，骂了一句："你忘记我说过什么了吗？"

被我一凶，小鬼的眼泪掉了下来，她点头："方涵哥哥说，不让我碰箱子里的东西。"

我没有心软，小鬼有时候的举动，太过危险了。

"从今天开始，你不仅不能碰床底下的东西，也不能像昨天那样，突然看到什么东西就跑开了，知道吗？"我一开口，小鬼哭得更凶了，她一个劲地点头，最后哽咽着问了一个问题：如果她看到玄一，能不能追上去？

小鬼的眼里满是期待，我深吸了一口气，摇头："如果看到他了，跟哥哥说，我一定会帮你找到他。你如果再让我担心，哥哥就不要你了。"

最后，小鬼还是哭着答应了。

整理了一下，我接到了陈凡的电话，他说警方有最新的进展了，而且，他有些为难地告诉我，可能需要请罗峰去一趟警局。警方的鉴定结果出来了，在古曼童堆里，有很多罗峰的血，他瞒不过去。

在警方的系统里，有罗峰的血液样本。但是，我马上就拒绝了，罗峰这个时候不适合去警局。我想了想，说我会到警局里，向警方交代。

一个多小时之后，我到了警局。除了上警校的时候在警局里实习过，这么多年来，这是我第一次进警局。陈凡已经在等我了，他告诉我，罗峰不能到警局来，警方肯定会到医院问话的。

我已经跟罗峰通过气了，所以也不着急。

到警局之后，有两个警察对我问了话。陈凡之前说我是他的特殊勤务，这个身份已经不能随意更改了。让警方怀疑的是，我作为陈凡的眼线，却跟罗峰一起出现在那个闹鬼的老宅里。

陈凡坐在一边，他没有开口，看上去有些懊恼。

我没有犹豫，直接说："凡哥在查罗峰，我是罗峰身边的卧底。"

陈凡有些吃惊。罗峰的名号，这一带的警察都听过，谁都知道罗峰是港区帮会的话事人，但是到了大陆之后，罗峰没有做违法的事情，开的公司也清清白白，没有落下可以供警方查的把柄。

问我话的警察也有些吃惊，扭过头问陈凡："你竟然在查罗峰？"

陈凡只好尴尬地点了点头。

警察继续问话，我把和罗峰串通好的说了出来。我告诉那个警察，是罗峰听说宅子闹鬼，一时兴起，就去那宅子看了看，没想到真的被人伤了。我明里暗里地提示那个警察，伤罗峰的人，可能和吴青山的案子有关系。

问不出什么之后，我出了办公室。陈凡和我出警局之后，又去了鉴定中心，我要亲自看看那具尸体。陈凡也把最新的卷宗材料带了出来，翻了翻，凶器已经找出来了，是一个铜制实心的古曼童，准确地说，数次击打吴青山后脑的，是古曼童的头。

古曼童的头是球形的，这和我之前分析的凶器模样相吻合。警方之所以确定凶器是古曼童，是因为在整个犯罪现场，只有那么一个铜制实心的古曼童，属于重物，并且，在古曼童的头部，发现了吴青山的血迹和体表分泌物。

我看了那个古曼童的照片，除了材质之外，和犯罪现场的其他古曼童并无区别。而那个古曼童上，也没有可疑人物的指纹和掌纹。

如我所料，警方没有办法通过犯罪现场内的足印锁定犯罪嫌疑人，因为犯罪现场的足印，实在太多了。警方初步认为，那些足印中，或许有凶手留下的，但是其他大部分是胆大的行人落脚休息时留下的。

很快，我们到了鉴定中心，有陈凡的帮助，我非常顺利地进入了停尸房。

吴青山的尸体被单独放在了一个停尸房里，偌大的停尸房，到处都是停尸台，但是却只有吴青山一具尸体。

停尸房里，充斥着福尔马林防腐剂的味道。

尸体已经经过处理了，尽管没有之前肮脏，但是看上去，还是有些恶心，特别是脸部，既被剥了皮，五官又都被挖出或者剜下。我仔仔细细地近距离观察了尸体，这个时候，陈凡也找来了尸检报告。

最终的尸检报告，和陈凡之前对我说的法医初步的分析，没有太大的出入，唯一不同的就是，死者的死因，不能百分之百地被确认为脑部遭到重击。死因分析是个复杂的过程，很多刑事案件，法医会给出多个可能的死因。

法医在尸体的体内，发现了迷药成分。所以，法医认为死者在死前，可能已经被迷晕，没有力气了，脑部遭受的重击，也未必能直接让死者死亡。因为，死者的全身肌肉非自然紧绷，似乎遭受了很大的痛苦。

法医给出的一项推论，让人胆寒：凶手可能是在吴青山没有完全死亡的情况下，挖走了他的眼睛、剜下了他的鼻子，还割走了他的两瓣嘴唇和两只耳朵，所以死者才会全身肌肉紧绷。

念出这项结论的时候，陈凡下意识地朝自己脸上摸了摸。

人没有死就毁坏人的面部器官，死者在死前，一定遭受了非常不人道的痛苦。

我皱起了眉头，从停尸房出来的时候心情有些沉重。

往外走的时候，突然有人叫了我的名字，我回过头，看到了一男一女，这两个人，我都无比熟悉。

女的，是我在警校时候的女朋友。

男的，是我被警校开除的罪魁祸首。

仇人见面，分外眼红，我突然想起了几年前，这两个人从宾馆里走出时的场景……

─── 第15章 ───

男人，女人

这两个人的名字，我永远都不会忘记。

男的，叫龚元海。

女的，是唐佳，我在警校时期的女朋友，这辈子的第一个女朋友，也是到目前为止的第一个。叫住我的，就是唐佳，我死死地盯着这两个人，心里阴沉到了极点，我突然看不透唐佳的心，我不知道她为什么有勇气叫住我。

龚元海和唐佳并肩站在一起，唐佳的身上，穿着警服，他们朝我和陈凡走了过来。陈凡搞不清楚状况，看到唐佳肩上的警衔比他高，还笑嘻嘻地伸出手要去和唐佳握手，嘴上还问唐佳是不是我的朋友。

唐佳伸手要和陈凡握在一起的时候，我按住陈凡的肩膀，直接转身就要走。但是唐佳却大步地挡在了我的面前，唐佳神色复杂地盯着我，我在她的脸上看到了愧疚，甚至还带着一丝同情和怜悯。

"方涵，我要和你谈谈。"唐佳对我说。

我摇了摇头，冷漠地回答："我和你没有什么好谈的。"

唐佳有些尴尬，欲言又止。陈凡想插话，但是被我一个冷眼阻止了，他站在一边，鉴定中心里人来人往，但唯独我们几个人像被冰封住了一样。我再次转身想要离开的时候，龚元海又挡在了我的面前。

我冷冷一笑，一把揪住了他的衣领，把他甩到了一边。龚元海身上西装笔挺，一个趔趄，差点摔倒，这下，鉴定中心里所有的人都把目光放在了我们身上。龚元海长得很清秀，脸方方正正的，胸前的领带，系得整整齐齐。

"女人就算了，你以为你也是女人，我不会对你动手？"我扬起嘴角，玩味地盯着龚元海。龚元海扶了扶他的细框眼镜，叹了口气，满脸歉意地告诉我说，他想让唐佳把当初没有对我说完的话说了，无意冒犯。

龚元海表现得非常有礼貌，像极了一个绅士，但也只是像而已，我知道，他的歉然，全都是在做样子，装给唐佳看的。我能看穿，唐佳和陈凡却看不穿，陈凡走到我的身边，低声劝我有话好好说。

而唐佳，更是直接有了点小脾气。她大步走到我的面前，没有压低自己的声音："方涵，你怎么会变成这样，以前的你，不是这样的！"

我眯起了双眼："我怎么样？"开口的时候，我举起了自己的手，放在了唐佳的脸上，手慢慢地往下滑，眼看就要到她的胸口了，"是这样？"

唐佳没有躲，只是肩膀都气得颤抖了起来。龚元海按捺不住了，他一步跨过来，要按住我的手腕，只是，我轻轻一抽手，龚元海抓了个空。我退后了几步："你真的以为我会动她？放心吧，我不碰肮脏的女人，她是你的。"

我转过了身，带着陈凡朝鉴定中心的大门走去。龚元海在我的背后喊："方涵，感情不能勉强，是我对不起你。但是，我和唐佳都不希望看到你自暴自弃，你在警校有污点，但是只要肯改，大家都会原谅你，你不要再和罗峰走得那么近了！"

龚元海的话，让我停住了脚步，陈凡诧异地盯着我，愣愣地问了我一句："涵哥，你是警校生？"

我的嘴角带着些苦涩，龚元海的一句话，让很多人都用怪异的目光盯着我，这种目光，在我离开警校的那天，也感受过。龚元海一直都是个心机很重的人，他的城府深到能骗过所有人。

我依然知道，他是故意这么大声喊的，为的就是让我难堪，也是说给他身边那个女人听的。果然，我听到了唐佳诧异的声音，她在问龚元海我是不是真的跟罗峰走得很近。之后的事情，我就不知道了，因为我已经大步地离开鉴定中心，回到了陈凡的车里。

陈凡上了车之后，没有开车。他的手握着方向盘，但看我阴晴不定的表情，他也不敢来和我说话。沉默了很久，外面突然飘起了细碎的雪花，冬天马上要过去了，这场雪，将是京市的最后一场雪。

"方涵哥哥，那个人是坏人。"小鬼坐在车后座，突然对我说。小鬼说的是龚元海，我深吸了一口气，回过头笑着摸了摸她的头。我问小鬼为什么，她说那个男人惹我不高兴了，所以是坏人。

小鬼让我露出了笑容，陈凡也在这个时候鼓起勇气，问我是怎么回事。我的目光放在他身上的时候，他马上又改口了。他尴尬地说，他只是随口问问，如果我不想说，他就不问了。

我犹豫了一下，还是开口了。

"我离开警校的那一天，天上也飘着小雪。"我说。

陈凡有些激动，我也不知道他在激动些什么："涵哥，你真的是警校的人！难怪你会这么厉害，法医学、痕迹学、犯罪心理学，你什么都懂！"但很快，陈凡把激动的情绪收了起来，他问我为什么会离开警校，还有那两个人是谁。

提起这两个人的时候，我的语气又冷了下来："男的叫龚元海，女的叫唐佳，唐佳是我以前的女朋友，和我同一届，主修痕迹学。龚元海比我大几届，我上警校的时候，他已经是警校的研究生了。"

我扭过头，有些嘲讽地问陈凡："你觉得龚元海主修什么？"

陈凡摇了摇头，我自己回答了自己的问题："犯罪心理学。"

尽管很不愿意承认，但是龚元海的确精通犯罪心理学，精通到曾经的我一步一步地踏进他的圈套里，无力为自己辩解，也没有人相信我说的话。我从一个受害者变成了一个人人喊打的施害者。

离开警校之后，我几乎没有再关注过警校和这两个人。我只听说，唐佳如愿以偿地进入了警队，前途畅通无阻；而龚元海，如今已经做了一所大学的心理学副教授，前程似锦，在学术界小有名声，也经常会参加一些犯罪嫌疑人心理分析的案件侦查会议。

和他们相比，我在所有人的眼里，都只是一个社会上的小混混儿而已。

我盯着车窗外，陷入了回忆里。

我听到了很多人的嘲笑，听到了很多严厉痛骂我的声音。

陈凡的话，把我拉回了现实，他问我为什么龚元海说我在警校有污点。

我没有对陈凡细说，或者说，我不想再提起这件事。我只问陈凡："我被警校认定为一个盗窃犯，差点坐了牢，你信吗？"

陈凡犹豫了很久之后，才摇头说他不信。只是，他说话的时候没有看着我，声音也有些底气不足。我一眼就看穿了陈凡的心思，在他眼里，我绝非什么善类，因为我和罗峰走得很近，也威胁过他。

他会接近我，只是想要利用我的能力破案而已。

他不知道的是，真正利用别人的，一直都是我。

我没有放在心上，我让陈凡开车。陈凡问我要去哪里，我说今天的调查就到这里，我想要回去休息。

陈凡没说什么，把我送回了家里。回到家里之后，我没有去管小鬼，倒头就睡着了，我感觉自己很累。

一个噩梦接着一个，我是被一阵急促的敲门声吵醒的。小鬼还在我身边睡着，我迷迷糊糊地看了一眼手表，现在已经是凌晨一点多了。我翻身下床，正准备去开门的时候，突然在窗子外面，看到了一个一闪而过的人影。

敲门声停下来了，我没有开门，而是先冲到了窗户边上，霎时间，我的睡意全无，因为窗台上放着一个信封……

—— 第16章 ——

有危险，又有命案

我的家在一楼，窗户外面是一片杂草丛。那道一闪而过的人影，已经不知道去哪里了，我打开窗户，拿起了那个信封。又是一个突如其来的信封，悉数下来，这已经是我收到的第三封信了。

前两封是在港区收到的，看字迹，是同一个人写的，只是我却不知道是谁。这个人，一直让我离开港区，让我去找他，还说能帮助我报仇，只是，他却一直没有透露他的身份，我也不知道要去哪里找他。

但我知道，这个人绝对不简单，因为在之前的信封里，还夹着我和爸爸以前的照片。

我没有任何犹豫地把信封打开了，里面只有一张信纸，看到纸上的字迹，我非常确定，这封信和前两封信，是同一个人写的。信纸上，只有简简单单的几个字："有危险。"

我微微一怔，就在这个时候，敲门声又响了。我猛地回头，小鬼也醒过来了，我对她做了一个手势，示意她不要出声。敲门声持续了一阵之后，又停了下来，我从墙角里抄起一根钢棍，轻轻地走到了门边。

我问外面是谁，但是门外却没有回应，我小心翼翼地打开了门，门外，一个人都没有。我的家在一条胡同里，我张望了一下，没有发现人后，刚准备回屋，就听到了有人在叫我，那是陈凡的声音。

很快，我看到陈凡朝着我跑了过来。我皱着眉头，问刚刚是不是他在敲门，陈凡点了点头，说他打我的电话，但是没人接，所以只好抽出身来找我。我注意到，陈凡身上穿着警服，这么晚了，陈凡会穿警服，说明他是有任务。

外面很冷，我让陈凡进屋。陈凡气喘吁吁地从桌上抄起一瓶矿泉水就拧开喝，趁着这个时候，我拿起了自己的手提电话，果然，上面有好几个未接电话的提醒，但是，我竟然完全没有听到。

我问小鬼听到没有，小鬼也摇了摇头。我马上觉得不对劲了，我睡得沉还能解释，但是小鬼从小风餐露宿，警惕性堪比野兽，不可能好几个电话铃声都没有把她吵醒。我深吸了几口气，刚刚没有注意，刻意去感觉之下，我在空气里捕捉到了一丝异常的味道。

窗户在被我打开之前是紧闭着的，我走到门口，蹲下身的时候，果然在门下的门缝处发现了一丝类似于灰烬的东西。我的心凝重了起来，有人用迷香，让我们睡死了过去！

我马上问陈凡刚刚敲了几次门，陈凡咽了好几口水之后，才说他是十几分钟之前来敲的门，但是没有把我们敲醒，还以为我们不在家。但是后来想想，放心不下，所以又折腾回来了。

陈凡只敲了一次门，刚刚那急促的敲门声，不是陈凡搞出来的。

我又下意识地把手里的信纸拿起来看了一遍，写信的人是在提醒我。

我正想着那个人是谁，陈凡就问我怎么了，我摇了摇头，问他这么晚来找我有什么事。陈凡一拍后脑："把正事给忘了，又出命案了！"

我坐在床沿："你是准备每一起案子都找我帮忙吗？"

陈凡马上摇头："不是，涵哥，我跟你说，我半夜被队里的电话吵醒，说发生命案了。命案发生的地方，就在那个地下车库！"

我马上站了起来，我们都亲身感受过那个地下车库的诡异，我让陈凡详细地跟我说说，但是陈凡说他也是在半个小时前接到通知的，他觉得问题很严重，所以就先来找我。这会儿，他还没有去过案发现场。

陈凡觉得不对劲，是正确的。

那个地下车库，和Z女星的住处挨得很近，而Z女星又和道士吴青山离奇死亡的案子有关系。我马上套了衣服，抱起小鬼就往外面走。车子开到那个地下车库的时候，现场已经有不少警察了，车库外面也被拉起了警戒线。

警方出警，把很多居民都给吵醒了，警戒线外面也围了很多看热闹的居民。会住在这个小区的大部分都是富人。现场也有很多便衣警察，陈凡很轻松地就开着车把我带进了地下车库，车子停在一边之后，小鬼在车上等着我，陈凡怕小鬼乱跑，还特地把车门给锁死了。

地下车库里面，还有一道警戒线，警戒线里面，才是真正的案发现场。陈凡让我等着，说他先进去打听一下情况。我也朝着警戒线里面打望，出警的警察有不少，还有几名法医装扮的人正蹲在地上。

尸体被人群挡住了，我看不清。

我正打望着的时候，地下车库里的灯突然又闪了几下，很多人都抬头去看上面的照明灯。照明灯发出了一阵电流受阻的嘈杂声，闪了几下之后，地下车库一下子又暗了下来。几乎是在同一个时间，一阵缓慢却有节奏的脚步声响了起来。

为了提取现场痕迹，有不少侦查人员手里本就打着手电筒，脚步声一响，大家都紧张地晃动着手里的手电筒，光束在地下车库里乱晃，看得人眼花缭乱。而那脚步声，越来越大，距离我们也越来越近。

我竟然有了和上一次同样的感觉：那脚步声就在我的身后。不知道是不是心理作用，我的背脊一阵发凉，仿佛我的身后，就站着一个人。我猛地回头，借着微弱的光，果然在我的身后看到了一个人影。

我正准备出手的时候，地下车库的灯光恢复了，那脚步声也戛然而止。我看清了站在我身后的人，是陈凡。陈凡也被我吓了一跳，他拍了拍胸脯，把我拉到他的车边，但是车窗一阵响动，又把他给吓了一跳。

是小鬼，她正在车里拍着车窗，好像有话要说。

陈凡把车打开，开了车窗之后，小鬼说的第一句话，就让我愣住了："方涵哥哥，这地方有鬼。"

又是同样的话，陈凡打了个哆嗦："姑奶奶，你为什么总说同样的话？你能不能说清楚一点？"

然而，小鬼还是说不清为什么她感觉这地方有鬼，但是她却又很笃定地重复了一遍："这地方就是有鬼。"

出警的警察也开始骚动了起来，地下车库的出口和入口，都被警方拉起了警戒线，但是由于出警匆忙，还有两个地方，警方没有封锁上：一个是上楼的电梯，另一个是上楼的步行安全通道。

我看见那些警察交头接耳，最后派出了一支七八个人的小队去那边查看。

陈凡说这地下车库实在有些瘆人，尽管人很多，但是车库还是显得空旷，阴森森的，大家每走一步，脚步声都要回荡很久，这让这个车库看起来更加吓人了。

我让陈凡别着急，问他情况打听得怎么样了。陈凡有些懊悔，说早知道会出事，当初就该把那个醉汉给拦下来，因为，死的那个人，正是我们之前看到的那个醉汉。陈凡告诉我，法医正在现场初步勘验尸体，他刚刚瞄了一眼尸体，但是很快就又把目光给挪开了。

因为，他感觉那具尸体有些吓人。

陈凡能带我混进来已经不错了，我没有办法近距离靠近尸体。

我让陈凡给我详细地说说，陈凡正准备开口说话的时候，人群里又骚动了起来。

陈凡的话被打断，他又跑过去看了一眼，地下车库，回荡着大家喧闹的讨论声。陈凡只看了一眼，就朝我跑了回来，他的表情更加难看了："涵哥，有人在车底下发现了一个古曼童人偶。"

—— 第17章 ——

惊恐，劝说

这起凶案，又和古曼童扯上关系了。陈凡接着之前没有说完的话，告诉我，他看了那个醉汉的尸体，虽然只是瞄了一眼，但是大晚上的，他还是被吓了一跳。那具尸体倒在血泊里，血流了一地，陈凡问了一下，法医说血是从死者后脑流出来的。

这并不可怕，而可怕的是，那具尸体仰躺着，双目瞪得浑圆，嘴巴张得很大，脸部的表情也极度扭曲着。陈凡犹豫了一会儿，缓缓地对我说："我感觉，他在死之前，好像看到了非常可怕的事情。"

陈凡这么一说，我不自觉地想起那天见到醉汉时候的场景。当时，陈凡接到了经纪人查理的电话，而那个醉汉，正一步一步摇摇晃晃地往车库外面走，但是他突然像发现了什么似的，四处张望，最后还神经兮兮地盯着一处幽暗却什么都没有的角落。

那个醉汉匆匆忙忙往外跑的时候，分明是受了惊吓。

陈凡有些紧张，现在，地下车库里的每个声响，都会让他的肩膀一颤。我让他不要想那么多，先去看一下Z女星，有人死在了地下车库，现场还发现了古曼童，Z女星有很大的嫌疑。

陈凡向队里交代了一下之后，和我一起上了电梯。电梯的声音不小，特别是开门的时候，会发出一声短促、清脆的提示音，我很确定，制造出脚步声的那个人，绝对没有乘坐电梯离开，否则，电梯的声音，我们绝对能够听得到。

电梯往上升的时候，我抬头在电梯里扫视了一圈，我发现了一个监控摄像头，我提醒陈凡等下来后，尽快去调取小区里的监控画面，看能不能发现什么。出了电梯之后，我们到了Z女星的房间外面。

这一层，只有两个房间，一间是女星Z住的，另一间是Z的经纪人查理住的。陈凡分别按了两个房间的门铃，但是过去很久，都没有人来开门。我让陈凡不用按了，Z肯定不在家，因为门外一个保镖都没有。

陈凡打了查理的电话，过了很久，电话才有人接。陈凡问查理在哪里，听了好一阵之后，陈凡才挂断电话。放下手提电话之后，陈凡才告诉我，女星Z昨天白天和晚上，都有戏份，剧组拍摄到晚上十一点多才结束，第二天一大早还有Z的戏份，所以查理和女星Z都跟剧组睡在了影视城里。

陈凡没有跟查理多说，只说等天一亮，就会去影视城找他们。查理和Z都是名人，特别是女星Z，陈凡一点都不担心会找不到他们。我们又回到了地下车库，在陈凡的提醒下，警察立刻去找监控室把监控录像给调取了。

警方派出去的小队也回来了，他们没有在附近找到可疑的人。

警方把尸体抬出了地下车库，车库被列为凶案现场，暂时停止使用了。我出小区的时候，天都快要亮了，雪没有停的意思，反而越下越大了。陈凡跟着警队回警局了，我牵着小鬼，慢慢地朝家里走去。

小鬼有些开心，因为下雪了。港区那地方，很少下雪，在小鬼的印象里，她没有见过雪，她还指着路灯下飘飘洒洒的雪花，问我那是什么。但我们没走多久，就又有人叫住了我，听到那声音，我没有回头，牵着小鬼更加迅速地朝前走了。

身后的那个人还在不停地喊着我的名字，她追了上来，挡在了我的面前。

是唐佳，我们一隔好几年没有见面，没想到的是，现在不到十二个小时，我们就见了两次，而且每一次，都是她叫住我。唐佳的身上也穿着警服，她跑来的方向，正是那个小区。我停下脚步之后，唐佳也不说话。

我四处看了看，玩味地笑了一声："龚元海呢，你们不是天天腻在一起吗？"

唐佳咬了咬嘴唇："方涵，我在工作，他不可能跟来。案子发生的地点在女星Z住的小区，社会影响大，上头让我来看看。"

我打断了唐佳的话："对不起，你在干吗，我不想知道，你和他怎么样，我更没有兴趣知道。"

唐佳拦住了我，不管我朝哪个方向走，她都挡在我的面前，我的心里也有火了。牵着我的小鬼在这个时候挣脱我的手，眼看就要冲上去咬唐佳了，我马上喝止住了小鬼。小鬼面目狰狞的样子把唐佳吓到了。

我把小鬼拉到身后，让唐佳有话快说。

唐佳收拾了一阵之后，问我这几年过得怎么样。

我冷冷一笑："唐佳，我好像和你没有任何关系了。"

唐佳："方涵，我知道你心里不甘心，但是，感情这种事情，真的不能勉强。"

我朝前走了两步："唐佳，你太高看你自己了，你认为我到现在心里还会不甘吗？我只是有恨而已，不是恨你背叛我，而是恨你瞎了眼，爱上我痛恨的人。"

唐佳的上齿咬着下唇，下唇几乎都要渗出血来了。穿着警服的唐佳，没有了当年的娇弱，她被我的话呛得说不出话来。过了很久，唐佳才抬起头，路灯把她的影子拉长："方涵，如果不是因为我和他在一起，我想不通为什么你会那么恨他。"

我的声音冰冷："你的记性不好啊，你记得吗，离开警校的那天我就说过，我被龚元海陷害了。"

唐佳却连想都没有想就摇头了："他不是那种人。"

"他不是那种人，我就是。"我心里有些苦涩，但是我并没有表现出来："离开警校的时候，你就不相信我，过了这么多年，你依然不相信我。自始至终，我在你的眼里，就该是一个彻头彻尾的犯罪嫌疑人。但是我告诉你，等你有一天看清龚元海那畜生的真面目，你将会欲哭无泪。"

唐佳打断了我的话，她的脸因为生气涨得通红："我不准你这么说他！"

我又是一声冷笑："你们要怎么恩爱，都和我没关系，但是希望你们滚远一点，不要在我的面前晃，否则，你知道，我什么事都做得出来。"

唐佳的脸色很难看，她问我，知不知道现在是在威胁一个警察。

我面无表情："这个职业，现在在我的眼里，不过是一坨又脏又臭的东西而已。"

唐佳深吸了一口气，好不容易情绪才和缓下来。

"方涵，我不想再看你一错再错。你本来很优秀，没有人可以和你比，警校也是念及你的才华，才给你一个改过自新的机会，你不能一错再错，不要再和罗峰那个犯罪分子混在一起了！"唐佳一字一句地对我说。

我厉声喝了一句："闭嘴！你根本不知道当初发生了什么，凭什么对我评头论足。你只需要跟着那个畜生，从我身边滚开。"

说完，我拉着小鬼的手大步地走开。

但是唐佳还在我的身后大喊着："我刚刚看到你和那个叫陈凡的警察在一起，我问过别人，他们说你是他的特殊勤务，还说陈凡在查罗峰，但这根本不可能，陈凡很怕你。你不要乱打什么主意，否则，我不会放过你！"

唐佳的劝说，像是卡在我心里的刺一样，让我很不舒服。我没有再搭理她，带着小鬼离开了。

回到家的时候，天已经大亮。

我没有再睡，小鬼让我不要生气，还不停地扮鬼脸逗我笑，我的心里舒服了不少。

休息了两个小时之后，我和陈凡又见面了，我们约好要一起去影视城找女星Z和经纪人查理。

路上，陈凡给了我一份资料，那是警方初步的调查结果。

—— 第18章 ——

Z的异常

　　档案袋一打开，几张照片就掉了出来。这是死者尸体的照片，果然，照片上的尸体，和陈凡向我说的一样，让人发怵。死者，的确就是我们那天看到的那个醉汉，照片上的他，胡楂比起之前更加浓密了，脸上也很脏，看上去非常落魄。

　　尸体的双目瞪得浑圆，眼球几乎要从眼眶里掉出来似的，那眼神，似乎在告诉我们，他在死之前，看到了非常可怕的东西。不仅是两只眼睛，还有他的嘴巴，也是张得非常大，因为天太冷，他的嘴角都有些裂开了。

　　除此之外，就是尸体的面部表情了。死者的面部肌肉有很多地方是扭曲着的，看样子是死前受到了很大的惊吓。法医学和心理学观念认为，尸体肌肉扭曲，也就是表情，或许可以反映死者死前那一刻的心理。

　　大部分非自然死亡的人，尸体面部表情都不是正常的，大部分人表现出来的是痛苦。

　　虽然照片上的尸体，看上去像是很惊恐的样子，但是我也没有直接下定论。人的心理和临时反应，都是一个非常复杂的过程，表情，或许能表现一个人的内心，但两者却没有必然的联系。

　　表情可以伪装，就算是不伪装，脸上产生的表情，也未必和内心一一对应。比如人在开心的时候，可能会面无表情，可能会笑，也可能会喜极而泣。平常的情况尚且如此，更不要说生死之际了。

陈凡听了，摇了摇头，他说想不通这表情除了代表惊恐，还能代表什么。

我想了想，继续翻看陈凡给我的资料，我没有找到法医给出的初步死因分析。至于后脑的伤口，因为尸体才被发现没多久，头发还没有被剃掉，所以伤口也被乱糟糟的头发挡着，我看不清。

陈凡说时间实在太紧了，尸体送到鉴定中心的时候，天已经亮了。他好不容易才搞到这几张照片，之后就匆忙地来找我了。我把资料收了起来，说等看了伤口再说。假设尸体的表情真的代表惊恐的情绪，那死者可能是瞬间死亡的。

死者的面部表情非常夸张，而人的情绪，一般不会长时间维持。特别是惊吓，惊吓和恐惧，有交叉，但也有不同。一般而言，恐惧这种情绪，可以较长时间地维持；而惊吓，一般是瞬间性的。

如果要严格区分的话，恐惧突然达到顶峰的那一瞬间，可以称之为惊吓，而之后，惊吓会消退，如果心里还害怕，那将转化为被称为恐惧的情绪。死者的嘴张得非常大，甚至嘴角都有些裂开，眼睛也是瞪得不能再大了，这一般是受到惊吓的瞬间表情。

人一般很少瞬间死亡，而只要死亡是个过程，那死者的表情，就应该会有变化，至少他不会长时间连续性地表现出这种瞬间表情。但是，这种瞬间表情却被定格在了尸体上，这似乎隐隐地说明，死者还来不及变换表情，就已经彻底死亡了。

陈凡听了我说的，反问了一句："所以，他是瞬间死亡的？"

"不确定，脑袋没有碎开，就算是后脑遭到重击，也不至于瞬间死亡。"我回答，"而且，就算是瞬间死亡，脸部表情也不该这么紧绷，人在刚死没多久的时候，身体肌肉会有一段松弛期，一般两个小时之后，才会进入尸僵状态。"

陈凡被我说糊涂了，确实，在我的推测当中，有互相矛盾的地方。我突然觉得有些头疼，我不是警察，所以没有办法直接接触尸体和案件，这给我造成了非常大的不便。

影视城在快要到郊区的地方，尽管如此，这里的人还是很多，有不少人就在外面等着，只为那些影星出来的时候，看上他们一眼。陈凡给查理打电话之后，我们又在外面等了一会儿。这次，查理倒是没有故意拖延时间，他很快就出来接我们了。

往影视城里面走的时候，我们终于知道为什么查理这么快就出来了。

他支支吾吾，最后说了一句："我听说，小区里昨天晚上发生了点事？"

我马上点头："是的，发生了一起命案，查理先生，还记得我上次在电梯里跟你说的那个醉汉吗？"

查理之前承认他在地下车库见过那个醉汉，还说当时差点把他给碾了。查理一惊，反问我："那个人死了？"

我笑了笑："怎么，你有话要说吗？"

其实，在第一次向查理提起那个醉汉的时候，我就知道查理有话没有对我说。查理犹豫了一会儿，似乎觉得事关重大，还是对我老实交代了。他说，他打过那个醉汉。问起原因，是因为那个醉汉之前竟然摸索到了Z女星的房间外面。

那个醉汉第一次出现的时候，身上还很干净，查理和保镖都以为他是不知道从哪里得知Z住处的狗仔，所以把他轰出去了。本来还担心消息传开，准备换地方，但是过了两天，查理发现并没有大批记者和狗仔到小区来，所以他也就暂时放下心来。

没想到的是，第二次，查理和女星Z开车回地下车库的时候，又见到了那个醉汉。就是在那一次，查理差点不小心把倒在地上的醉汉碾死。那醉汉似乎想去抱Z女星，查理一生气，让保镖把他打了一顿。

之后连续好几天，他们都发现醉汉在地下车库里，因为有保镖阻拦，醉汉没法接近Z的住处。查理和Z彻底受不了了，准备换地方的时候，那醉汉突然又不尝试上楼了。不过，查理打听了一下，那个醉汉经常烂醉如泥地窝在地下车库里。

而且，地下车库断断续续停电的消息，也在那个时候传开了，车库本来就有些阴森，很多人甚至索性不把车停在车库里了。而查理也很少去地下车库了，他说，那天之所以会让我们在下面等，就是因为他到地下车库的时候，走得很小心，生怕被那个像疯狗一样的醉汉给咬了。

我问查理为什么那天不说，查理阴阳怪气地回答："我怎么知道那个醉汉对你们而言那么重要，你们也没问。"

我不再和查理争论，他已经把我们带到了Z拍摄的地方。

雪下了一夜，地上堆起了一层不算太厚的雪花。Z正在和一个男星走戏份，但是短短几分钟内，导演喊了好几次停，看得出来，Z完全是心不在焉。导演有些懊恼，但又不好开口说Z，只得让大家先休息一会儿。

查理叹了口气，说自从我们见了Z之后，她就这副样子了，不管查理怎么安慰，就是不管用。

Z低着头，恍恍惚惚地朝着我们走来，她像没看见我们一样，直接绕过我们，坐到了一边。

我四处看了看，这个影视城有些破。

查理告诉我们，因为昨天突然下雪，剧组突然决定趁着下雪天拍一场戏，所以昨天夜里才忙到那么晚。剧组要求第二天一大早，趁着雪化前，再拍一场，于是查理和Z只好住在这里了。

查理说，陈凡凌晨给他打电话的时候，大家都在影视城的临时休息室里睡觉。

我向陈凡使了一个眼色，让他去问问剧组，看查理说的是不是真的。陈凡马上找借口跑开了，我则和查理一起朝Z走去。

可是，我们还没接近Z的时候，Z突然站了起来，手里比画着，嘴里还在自言自语地低喃着，只是她的声音很小，断断续续的，我听不懂她在说什么。

四周聚集起来的人越来越多，突然，Z挽起了袖子，她粉嫩的手臂上竟然到处都是可怕的抓痕……

—— 第19章 ——

怨念

　　围观起来的人，都交头接耳着，查理有些生气了，他喝问那些人看什么。在查理的怒喝声中，大家都慢慢地散开了，但是我注意到，大家还是在偷偷地看着女星Z。查理有些慌了，他跑到Z的面前，摇晃了几下Z的肩膀，Z这才恢复正常。

　　查理赶紧把Z的袖口拉了下来，我走到Z的面前，皱着眉头问Z手臂上的抓痕是怎么回事。Z低头不语，查理似乎有意要隐瞒，他扫了我一眼："警察先生啊，这是Z的隐私吧，好像和你查的案子也没有关系。"

　　查理的港区口音很浓，听得让人一阵发笑。我耸了耸肩，点头："好，那我们就来聊聊和案子有关系的内容。"说完，我坐了下来，看着女星Z，问道，"现在，你可以告诉我上次没有说完的话了吧？"

　　上次提到道士吴青山死后，Z先是很惊恐，后来又像发了疯似的冲回房间了。这次，提起吴青山，Z的肩膀还是颤抖了一下，她犹豫了很久，才从喉咙里憋出了一句话："警察先生，我怀疑，是古曼童杀了吴道长。"

　　Z的声音非常沙哑，她的脸上化着浓妆，看不出是否憔悴，但是她眼白处的红血丝却在告诉我，她这两天没有睡好。我沉住气，Z总算肯开口提古曼童了，不管是吴青山的案子，还是那个醉汉的死，都跟古曼童有关系。

　　我想了想，问为什么。

　　Z低着头，沉默了很久之后，说起了吴青山失踪当天和她见面时候的场景。每一次，到京市，都是Z去拜访吴青山的。在Z的眼里，吴青山虽然在道观里没有什么名气，但却是真正的得道高人，Z也首次向我承认，是吴青山教她供奉古曼童的。

尽管外界一直都在传言，但是Z却从来没有承认过。如果让媒体知道这个消息，演艺圈恐怕又要掀起惊涛骇浪了。Z说，两年前，她因为一些绯闻，迈入了事业的低谷期。那个时候，Z才刚刚成年而已。

Z说得很含蓄，我也没有说破。大家都心知肚明，Z的床照被曝光，照片很多人都看过，因为Z的表情迷离享受，Z的玉女形象大损，之后又传出Z同时和多名男子交往并发生关系，Z彻底被演艺圈冰封了。

Z告诉我，那一段时间，她很消沉。情绪消极到甚至好几天一口饭都不吃，也是在那个时候，Z得了厌食症和抑郁症。不仅吃不下饭，也睡不着觉，抑郁的情绪让一个才十几岁的女孩消瘦得可怕，人也像老了几十岁，皮肤也暗淡变黄了。

这一些，一点都不夸张，精神上的疾病和心理的压力，在几个月内，的确可以让人变成那样。Z处于事业低谷期的样子，我也在报纸上领略过了。说到这里的时候，查理也叹了口气："那段时间，真的是太痛苦了，Z自杀了好几次。"

港区的传言闹得沸沸扬扬之后，Z只好暂时离开了港区，这是查理的主意。Z说，查理是她生命里的贵人，多亏当初查理没有放弃她，她才有机会卷土重来。离开港区之后，Z就一直跟着查理，查理带Z去看了很多心理医生，但是都不管用。

眼看Z一天一天消沉，最后瘦得几乎是皮包骨头，查理越发着急了。辗转反侧，他们在非常偶然的机会下，听说了东南亚供奉古曼童的方法，查理和Z一开始都不信这些，但是在那种情况下，他们也只能病急乱投医。

于是，他们开始拜访各地的庙堂，希望能找到可以作法的高僧或者道士，因为查理听说，供养古曼童，必须有高僧或者法师作法加持。最终，查理在京市听说吴青山早年的时候，向东南亚的高僧学过这种道术，于是就抱着试一试的心态到道观里找人。

查理没有见到吴青山，因为吴青山只肯见Z，并且，吴青山竟然像早就知道Z会去找他一样，这让查理开始有些相信吴青山不是招摇撞骗之徒。

那一天，Z一直到很晚才从吴青山房里出来，Z出来的时候，手上捧着一个偌大的古曼童人偶。那个人偶，和查理了解的古曼童不太一样，足足有三四个月的婴儿那么大。查理和Z这么一说，我马上就想起了Z住处柜子里那个偌大的古曼童人偶。

我打断了他们的话："你们不觉得那个古曼童人偶有些奇怪吗？"

查理一愣："你见过？"

看来，Z没有和查理说我们打开她家柜子的事情。Z回答我，一开始她也觉得那么大的古曼童人偶，嘴是笑的，眼睛里却满是邪气，有些吓人，但是慢慢地，不知道为什么，她越看越觉得那个古曼童满是慈悲。

Z说，吴青山告诫过她，只要供养古曼童的人心是善的，那古曼童必然是善的，所以她也不再害怕。我问Z吴青山还说了什么，Z犹豫了一会儿，还是开口了："吴道长告诉我，古曼童虽善，但是毕竟是禁锢了意外死亡的孩子的灵魂，不能长期使用，否则对古曼童的灵魂太不公平，他只让我使用一年的时间，告诫我必须按期交还。"

我算了算时间，Z供养那个古曼童人偶，足足有两年，早就超过一年的时间了。

我让Z继续说，Z叹了口气，说那个古曼童的确非常神奇。把古曼童供奉在住处之后，很快，她的食欲和睡眠质量全部得到改善了，老去的皮肤得到了恢复，凹陷的脸颊也慢慢正常了。

那恢复的时间，简直令人咂舌。

不仅如此，Z的演艺事业也上升了。

她原以为她的影迷和歌迷不会原谅她，但是在查理的策划下，Z数次公开道歉，逐渐挽回了自己的影迷和歌迷。

就在Z的演艺事业上升的时候，一年的时间到了。

Z和查理商量之后，都不太愿意把古曼童送回去，他们都沉迷在了巨大的成功当中。

大约在半年前，也就是Z在供养古曼童一年半之后，Z的手臂上，突然莫名其妙地多了很多抓痕，也有记者偷拍到Z在自言自语。但是事后，Z却完全记不起来，她甚至不知道自己手臂上的抓痕是怎么来的。

那些抓痕，好了一段时间之后，又突然会莫名出现。

这下，查理和Z才着急起来，他们赶到京市，求吴青山帮助。

"吴青山说了什么？"我问。

Z回答："吴道长说……古曼童的灵魂被禁锢太久，已经产生了怨气……"

吴青山告诉Z，再收回古曼童也没有用了，古曼童，必须跟在Z的身边，因为古曼童已经彻底盯上了Z。吴青山做了一场法事，让Z不用害怕，让她每日祭拜古曼童，同时利用佛牌，去除古曼童身上的邪气。

的确，Z的住处也有烧香和佛牌。

"吴道长还说，让我绝对不能丢弃古曼童，不管是养古曼童，还是养小鬼，这都是大忌。一旦丢弃古曼童，古曼童将化成游魂来复仇。"Z说着，肩膀都在发抖了，"但是，就在一个星期前，吴道长见了古曼童之后，脸色大变，说他也控制不住古曼童了。"

原来，Z和吴青山见面那天，是在谈论这个。

吴青山看上去是个受害者，但他本身问题也很大。

"那天我很着急，我问吴道长要怎么办，吴道长看了几眼古曼童人偶之后，匆匆地离开了，他说，他要去找一个高人求道。"Z说道，Z不知道吴青山去找谁了，但是我知道，那天吴青山是见了玄一的。

就在这个时候，陈凡回来了，他俯身在我耳边说了几句话，我的目光，放到了查理的身上……

—— 第20章 ——

养鬼的传闻

我盯着查理看，他有些紧张，问我在看什么。陈凡在我耳边偷偷告诉我，查理和女星Z说的都是真的。昨天夜里，剧组的确因为京市突然飘雪，临时决定加拍两场雪景戏，一场在昨天深夜，一场在今天一大早。

陈凡还跟我说，剧组对女星Z有些抱怨，因为这些天，Z总是心不在焉的。昨天夜里，整个剧组加班加点，就是为了抓住下雪的天气，拍一场好戏，但没想到的是，Z总是出错，一直到深夜，那场戏也没有拍成。

剧组只好放弃，跟查理商量，让Z一定要好好拍第二天的这场戏，没想到的是，Z今天的状态比昨天夜里还要不好。剧组好不容易才请到Z担任女主角，自然不敢轻易得罪Z，而且，在演艺圈里，谁都知道查理的脾气不好，很少有人会和查理直接对着干。

剧组的工作人员告诉陈凡，Z心不在焉，查理也有些心烦。昨天深夜，剧组请求查理和Z直接留在影视城过夜，查理还大动肝火，不愿意留下来。查理过惯了好生活，在影视城待了整整一天，最后还什么都没拍成，他已经对此很恼火，影视城的条件又不好，他一开始是反对的。

最后是Z主动向剧组道歉，说会留下来过夜，免得赶不上第二天一大早的拍摄，查理才妥协。整个剧组对查理和Z都有意见，但是大家都不敢当着这两个人的面表现出来，陈凡以警察的身份去询问他们，剧组的人就像打开了话匣子一样，好好抱怨了一通。

陈凡问得很仔细，剧组只在影视城申请到了几间房间，查理和Z就各自占了一间。那房间，隔音效果非常差，据挤在其他房间的工作人员说，他们整个晚上都没有睡好。我还盯着查理和Z女星，Z一直低着头，查理受不了我的目光，有些着急了："警察先生，你看什么？你倒是说话啊。"

我微微一笑，恰巧在这个时候，剧组又喊Z去拍摄了。我没有着急，让Z先去拍戏，等结束了再问话。查理有些惊讶，因为前一次见面，我们以警方的名义非常强硬地让他们配合调查。

Z站了起来，也没有看我，就朝着布景走了过去。我和陈凡站在了边上，查理还坐在原来的地方，唉声叹气地盯着表情和动作僵硬的Z。

陈凡问我怎么突然不着急了，我反问他，着急有什么用。陈凡撇了撇嘴，而小鬼，从我们进影视城之后就非常安静。

我问陈凡为什么剧组的人昨天夜里都没有睡好，陈凡四处看了看，神秘兮兮地告诉我，剧组的人，听到了Z自言自语的声音。因为影视城条件差，剧组申请到的几间房，隔音效果也不是特别好，一般只有工作人员才会在影视城里临时歇脚。

"我刚刚去问大家的时候，大家说起了Z养小鬼的传闻。他们说，之前还以为那只是查理的炒作方式，但昨天夜里听到Z自言自语的声音时，大家就都有些害怕了。"陈凡对我说。

大家说，Z自言自语很长时间了，但是大家都不知道Z在说什么，毕竟隔着一道墙，Z说的话有些模糊。没有人敢去打扰Z，后来，大家听到了查理的声音，听那样子，是查理进了Z的房间。

之后，Z就不再自言自语了。

大家终于迷迷糊糊地睡了两个多小时，但是很快，他们又被一阵响了很久的电话铃声给吵醒了。大家都听得出来，那是查理的电话铃，算了一下时间，那电话，正是陈凡给查理打的。

原本我们还有些怀疑查理和Z，但是看样子，他们都有不在场证明。

我盯着布景里的Z，她又被导演喊了几次停。

大家的脸上都不是很高兴，但又都没有说破，导演最后索性暂停了上午的拍摄，让Z去好好休息。Z慢慢悠悠地又走了回来，查理拍着Z的肩，让她不要多想。出了影视城，我们上车，和查理与Z一起去了他们住的小区。

发生了命案，地下车库被封锁了，我们只能把车子停在小区外面。第二次到Z的住处，我们一进门，还是感觉一阵阴冷。不知道是不是心理作用，我觉得Z的住处，温度要比其他地方还要低。

我发现，Z进屋之后，也没有伸手开灯的习惯，而是直接坐在了沙发上，然后招呼我们坐。窗帘也是拉着的，屋里有些闷。根据上次Z反对我们开灯拉窗帘，我推测Z可能在家的时候，真的习惯待在一片幽暗中。

我一点都不客气，直接把灯打开，Z开始有些紧张，她四处张望着，像是在找什么东西一样。而小鬼的一句话，让Z和查理都吓到了："方涵哥哥，这里有鬼。"

这已经不是小鬼第一次说这话了，我注意到，Z的目光，一下子就落在了那个紧闭着的柜子上。我叫了Z一声，让她继续之前没有说完的话，Z犹豫了很久，才再度开口，这一次，她直接哭了出来。

Z说她真的不知道该怎么办，她说她已经被噩梦缠身很久了。在她的梦里，总有一个看不清脸的小孩在叫着她的名字，那个小孩的声音阴冷，让人分不清是男是女，那个小孩总是在喝问Z为什么要把他强留住。Z突然脱下了她的外衣，很快，她起伏的身形显现了出来，但是，这个时候，谁都没有心情去看Z的身材，因为，她把她的袖子拉了起来。

之前，只是匆匆地瞟了几眼。

这一刻，我们算是彻底看清楚了。Z手臂上的抓痕，比我们想象中的样子还要严重，那些抓痕都不长，但是有的已经结了疤，还有的肉都被抠了下来。陈凡倒吸了一口冷气，这种伤痕，出现在漂亮的Z身上，这么一对比，更是让人觉得头皮发麻。

Z的情绪有些不稳定，她突然跑过来抓着我的手："是古曼童，这一定是它抓的。"

Z说，这种抓痕，都是在她一觉醒来的时候，突然发现的，为什么会有这种抓痕，她一点印象都没有。我转头去看查理，查理也不知道什么时候抽起了烟，我们都没有想到，平日里风光的Z和查理，此刻会这样颓废。

"我养古曼童的传闻都是真的，我真的不知道该怎么办了。"Z哭着对我说。

我已经把道士吴青山和醉汉的死，详细地告诉了Z和查理，这就像是导火线一样，把Z和查理原本就有些着急的情绪给点燃了。Z说，只要我能帮她，她愿意向公众道歉，以后再也不去碰那个古曼童。

我皱着眉头，一时不知道应该怎么回答。

如果把Z的话总结一遍，那就是Z和查理的确让吴青山帮助他们养古曼童，而Z认为吴青山和醉汉是被古曼童害死的，因为Z和查理没有遵照吴青山的嘱托，及时把古曼童归还，被禁锢的古曼童灵魂这才充满了怨念。

Z的肩膀颤抖得更加厉害了："求求你，我已经受不了了，我经常看见脏东西，就在这个房间里，在这儿，在那儿！"Z松开了我的手，开始神经兮兮地到处指来指去，被Z这么一闹，查理和陈凡也都紧张地四处张望。

查理的表情也像是要哭出来了，他突然补了一句："我也看到过两次人影……"

我微微一愣，让查理说清楚。Z和查理过一会儿补一句话的行为，已经让我有些不耐烦了，但是查理还没有开口，Z就像发了疯似的冲向了小鬼！

—— 第21章 ——

销毁人偶

Z的双手向前伸，朝着小鬼的脖子处掐去。我抢先一步，把小鬼拉到了一边，正要怒喝的时候，我才发现，Z的目标根本就不是小鬼，而是小鬼身后的柜子。Z把那个柜子打开了，再次看到那个偌大的古曼童，我的心里还是有些别扭。

Z突然抱起了那个古曼童，就要往外面走，查理挡在了Z的面前，紧张地问Z要干吗。Z的眼眶都红了，她说她要把这个罪魁祸首扔了，查理极力阻止，他的声音都颤抖了："你忘记吴道长说的了吗，绝对不能丢弃古曼童，否则古曼童会变成恶鬼！"

查理已经开始和Z用港区话交流了，陈凡没听懂，只能愣愣地站在一边。

Z摇头，说她实在受不了了，就连吴道长都死了，没有人能够拦住充满怨念的古曼童，她不想再担惊受怕，她一刻都不想要再和这个古曼童人偶待在一起了。查理已经拦不住Z了，可是，就在Z往外走的时候，她突然尖叫了一声。

Z跌坐在地上，那个古曼童也被摔在了地上。查理马上跑过去，问Z怎么了，Z惊魂未定，指着地上的古曼童人偶，颤颤悠悠地说："它对我笑了。"

查理也不敢过去拿那个古曼童了，我走了过去，从地上把古曼童捧了起来。终于，我接触到了这个古曼童人偶。人偶有些重，是用木头制成的，不得不说，涂上颜料之后，光从外表来看，没有办法辨别这个古曼童的材质。

我捧着古曼童，对Z说："它的嘴，本来就是笑着的。"

Z却摇头，非常惊恐地回答："不，它张嘴了！"

我把古曼童递到了Z的面前，Z一开始还不敢看，在我的几次示意下，她才终于瞟了一眼。或许是看到古曼童没有异常，Z又接过了古曼童，朝着外面跑了出去。外面的几个保镖也拦不住Z，我们迅速跟了上去。

查理一边跟着，脚还在一边颤抖着，他求我们赶紧把Z拦住，但是我阻止了陈凡。我想看看，Z要去干什么。Z以非常快的速度冲进了电梯，我们跟上去的时候，电梯门已经关上了。我们只好往安全通道跑。

我们经过每一层，都要看一下电梯是不是已经停下来了，最终，我们发现Z乘着电梯，到了地下停车库。警方已经在电梯里贴了标志，禁止通往地下车库，但是Z根本不管。我们跑到地下车库的时候，跨过了警方拉起来的警戒线。

警方早已经提取了该提取的痕迹和线索，地下车库里空荡荡的。

我看到Z已经跑了很远，查理在后面气喘吁吁地追着。我倒是不着急，如果我要追上Z，只是几秒钟的事。Z跑到了一辆车的旁边，我们都没有反应过来的时候，她已经把古曼童丢在地上，自己上了车。

她有车钥匙，看来那车是她的，一直停在地下车库。陈凡着急了起来，他紧张地喊："涵哥，她要出去了。"

我摇摇头："别急，外面被警方设置了路障，出口的铁门也是关着的，她走不了。"

果然，Z没有把车往外开，而是开着车去碾轧被她丢在地上的古曼童。Z已经彻底慌了神，古曼童是实心木制成的，又怎么可能被碾坏？车身摇晃了几下之后，Z又下车了，她见没用，便拿起古曼童，连着用力地上摔了好几下。

古曼童的表面掉了一些木头，趁着Z还没有再捡起古曼童，我就把古曼童拿了起来。我对Z一笑："不用那么麻烦了，这个古曼童，我帮你销毁。"

Z愣愣地问了我一句："你不怕被它缠住？"

我摇头，说不怕。查理劝了Z很久，Z才终于肯上楼去，往回走的时候，陈凡指了一个角落，说那里就是醉汉遇害的地方。Z和查理都看了过去，他们的脸上都充满了恐惧。

把他们送回去之后，我和陈凡离开了。我劝查理，给Z换个地方，加强安保，免得出事，查理很难得地跟我们说了谢谢。

从车库出来的时候，已经是下午一点钟了。我们在陈凡的车上，陈凡问我要去哪里，我问他看过监控录像没有，他摇头，我让他想办法把监控录像拿出来。很快，车子停在了警局外面，陈凡进去了。

我在车上，捧着古曼童人偶观察了一会儿，除了感觉上的怪异，我没有再发现什么奇怪的线索了。

警局外面的人不多，陈凡很快就拿着一个黑色袋子出来了，但是他刚出警局的门，就被人叫住了。我扫了一眼叫住陈凡的人，把古曼童人偶放在车上，让小鬼不要乱动之后，下了车。因为，叫住陈凡的，是唐佳和龚元海。

我暗骂了一声，这两个人，是我最不想见的，但是回京市之后，我就像被缠上了一样，总是见到他们。唐佳正在和陈凡说着什么，陈凡的警衔没有唐佳高，所以一直点头哈腰着，我走到警局的门口，问了一声："你和他说什么？"

唐佳扫了我一眼，没有隐瞒："我在问他，和你是什么关系。"

龚元海站在唐佳的身后，依旧是西装笔挺，他脸上带着笑，只是那笑容，看得我一阵恶心。

"我是他的特殊勤务，警察安插两个眼线，很奇怪吗？"我反问。

唐佳皱着眉头："方涵，你不要装蒜了，你是不是威胁了陈凡？"

我嗤笑一声："我喜欢和什么人交朋友就和什么人交朋友，如果你觉得我做了违法犯罪的事情，大可以把我抓起来。"

龚元海插嘴了："方涵，唐佳是在跟你好好说话，你不要发脾气。"

陈凡很尴尬，但最后，还是他解了围。陈凡告诉唐佳，我的确是他的眼线，被安插在罗峰的身边，调查罗峰。

唐佳怒喝陈凡："没有组织的命令，你敢私自行动，你不怕我告诉上级，给你处分吗？"

陈凡有些慌了，而龚元海还一个劲地在一边应和唐佳。我突然有一种捏死龚元海的冲动，但我还是忍了下来，我嗤笑了一声："你要告诉上级，就去吧。"

唐佳的脸微微涨红："方涵，你以为我不敢吗？"

我点了点头，面带嘲讽地回答："我知道你敢，你去吧。不过，我还是劝你擦亮眼睛看看你身边的人吧，你们真的很适合在一起。"

说完，我带着陈凡上了车。在我的要求下，陈凡踩下油门，把车朝我家开去了。

路上，陈凡有些担心，他问我唐佳会不会真的去告诉上级。

唐佳从前是一个很娇弱的女警校生，但她也在警察这个职务上摸爬滚打了一些年头，如今已经和从前完全不一样了。唐佳并不像是在开玩笑，恐怕她真的会去向上级报告。所以陈凡才会这么担心，他说，如果上级知道了，可能真的会给他处分。

我摇了摇头："不用担心。"

陈凡马上问："为什么？"

我的声音冷了下来："我说没事就没事，你再那么多话，我会现在就让你当不成警察！"

陈凡马上闭上了嘴。

到了我家之后，我把家里的影碟机和黑白电视都搬了出来，接了线之后，陈凡把刻印出来的监控录像影碟片塞了进去。

我们非常仔细地看了起来。

京市还不比港区，这年代，尽管是高档小区，但是监控摄像头还是没有几个。

悉数了一下，监控摄像头一共只有四个：大门一个、后门一个、地下停车库一个、电梯间一个。

"我刚刚问了，他们说其他监控摄像头都没有什么异常，只有停车库的那个摄像头有问题。"陈凡说。

—— 第22章 ——

诡异的监控

陈凡没有看过监控录像，他也只是听警局里的人说地下车库的监控画面诡异，至于究竟诡异在哪里，他也不知道。我们盯着监控画面，开始慢慢地调整监控的时间。监控摄像头很小，小区里有很多监控盲点。

大门的地方，人来人往，据说警方正在排查非本社区的人员，想看看能不能查出什么。同时，因为案发地点在小区的地下车库，所以小区里的人被划分到了犯罪嫌疑人的范围内，警方也正在逐一询问。

陈凡告诉我，警方已经正式把吴青山和醉汉的死并案侦查了，理由很简单：两起案子的案发现场，都有古曼童人偶。只不过，警方到目前为止还没有一点进展，那个醉汉的身份，也正在紧张的辨别当中。

陈凡一边快速地跟我说着案件的进展，一边死死地盯着监控画面。我们没有在监控画面中看到可疑的人影，我知道，如果凶手是外来人，那按照正常思维，他是不会通过大门进入小区的。

再高档的小区，外围也有可供爬进的围墙或者栅栏，小区是开放式的，凶手想要进去，方法有很多。监控的时间，已经被我们调到了距离尸体被发现前一个多小时，法医已经给出了初步的死亡时间：死者大约是在尸体被发现前一个小时死亡的。

地下车库，也只有在车库入口的地方有一个监控摄像头，再往里面就什么都看不到了。我不确定这个监控摄像头能不能捕捉到醉汉的身影，但很快，我松了一口气，因为他出现了。地下车库的照明灯夜间也是开着的，陈凡刻印出来的监控画面，已经经过警方的技术处理，可见度还算高。

醉汉和我们第一次见他一样，手里拿着一个酒瓶，摇摇晃晃地从外面慢慢地进了地下车库的入口，每走几步，醉汉还会朝自己的嘴里灌两口酒。看醉汉的样子，他还穿着我们第一次看见他时穿的衣服。

就在醉汉马上要消失在监控摄像头的可视范围内时，他突然停下了脚步。他扶着墙吐了，吐完之后，他又准备朝里面走，可是他却像突然看见了什么一样，在车库入口的地方东张西望着，最后，他的头固定在一个方向，不再动了。

他正盯着车库的里面，可惜的是，监控摄像头没有办法记录下车库里面有什么。

醉汉盯着车库里面看，持续了大约十几秒钟。之后，他突然往后踉跄了几步，跌坐在了地上，倒地之后，他还拖着屁股不断地往后退，这样子，分明是受了惊吓。陈凡低喃了一声："那天他在车库里就这样了，现在又这样，车库里，到底有什么让他害怕呢？"

陈凡问出这个问题之后，自己的肩膀突然颤了一下，我知道，他一定是想起小鬼说地下车库里有脏东西的话了。我没有搭理陈凡，继续盯着监控画面。醉汉退了一阵之后，又不再退了，他伸手揉了揉眼睛之后，似乎镇定了下来。

大约十几秒之后，醉汉又扶墙站了起来，他手里拿着酒瓶，又慢慢地朝里面走。很快，他的身影消失在了监控画面里。我总算明白了，那些警察之所以会跟陈凡说监控录像很诡异，是因为死者在死前疑似看到了什么可怕的东西。

陈凡镇定了下来："这个世界上没有鬼，没有鬼。"陈凡重复了两遍，好像是在给自己吃定心丸，他转头问我，"那他看到的，应该就是凶手了？"

我摇头："一个凶手能把人吓成这样，除非是他手里就拿着刀，准备砍人了。那醉汉还有意识，没全醉，如果真的看到凶手要杀他，除非他自己想要寻死，否则他不会后来又进去。"

陈凡微微一愣："涵哥，你是说，这个醉汉在寻死？"

我依然摇头："你的脑袋不开窍，如果他要寻死，不会自己动手吗，何必要在受惊吓之后，选择被凶手杀死？"

陈凡挠了挠头，他盯着我，等着我的解释。我正准备开口的时候，监控画面里又出现了一道人影。但看清人之后，难免有些失望，因为监控画面上出现的人，还是那个醉汉。醉汉倒退着，又出了车库的入口。

他后退得很急，好几次都差点跌倒。

他又停在了之前呕吐的地方，他站住脚之后，又朝里面打望。画面比较模糊，没法观察到醉汉的表情，但是看那动作，绝对是在害怕。不过，让我不解的是，醉汉在望了一会儿之后，又进了车库。

之后，直到一辆车开进了车库，那个醉汉都没有再出现了。这个时候，监控画面暗了一些下来，我立刻推测是车库里的照明灯又出问题了。我让陈凡打电话问问，陈凡马上照做了。果然，陈凡一问，说当时地下车库里的灯的确是暗着的。

警方询问了最先发现尸体的那个人，那个人因为和朋友应酬，所以晚归。据他说，开车入库的时候，照明灯又坏了，他开得很小心，但还是差点把尸体给碾到，还好他及时发现了。看到尸体的时候，那个人吓坏了，匆忙地报了警。

之后，他觉得地下车库太阴森，就冲进了电梯间，一直等到警方赶到，通知他，他才又回到地下车库。只是，当警方赶到的时候，地下车库里的灯又亮了。

警方问清楚之后，已经去调查小区里的供电间了，但是目前还没有结果。

其实，之前因为居民的投诉，小区物业已经去供电间查了一下，只不过，他们没有发现电路有什么问题。

那辆车出现，距离醉汉最后一次出现，过了一个多小时的时间。根据法医推定的死亡时间，也就是说，醉汉第二次进入车库没多久之后，就被杀死了。

陈凡抓着脑袋，骂了一声："妈的，这个醉汉到底是怎么想的，为什么那么怕还要进去，里面有宝藏不成？"

看完监控录像，天都快要黑下来了。

我对陈凡说，车库里没有宝藏，但是既然醉汉那么害怕还要进车库，肯定有理由。查理之前说过，这个人好几次要纠缠女星Z，再根据他已经在车库待了不少日子，我推测，他会一直待在车库，可能和女星Z有关系。

按照醉汉狂热的样子，或许有可能是极端的影迷或者歌迷，想要见上Z一面。但是，就算如此，他也没有必要终日喝酒，就连身上的衣服也不换。

因为醉汉的身份还没有确定，所以我也不好妄加推测。

陈凡离开了我家，他说等第二天再联系我，明天，法医的尸检报告也差不多要出来了。

门窗锁上之后，我开始仔仔细细地观察从Z那里拿回来的古曼童。从外表上，我看不出这个古曼童有什么异常，但是小鬼却告诉我，她觉得很熟悉。小鬼的话，让我有些惊讶，她熟悉的不是古曼童，而是制成古曼童的木头。

小鬼说，她觉得这木头的味道闻上去，好像是之前在哪里闻过的。

我凑近了一点，细细一闻，木头，的确散发着淡淡的香味，如果不是仔细闻，根本发现不了。这木头的树种未知，但是的确有一些树木，木头在被锯下来很久之后，都会保持着天然的香气。

小鬼的嗅觉很灵敏，我不怀疑她说的话。

小鬼从小到现在，待过的地方，无非就是三松观和那个声色场所，所以小鬼很可能是在三松观里闻过相同的味道！

第23章

阴谋？你要小心

我从房间里翻出了一把锯子，从外面看不出这古曼童的异常，我决定锯开看看。这个古曼童人偶，或许是本案的关键物，我本想着要不要交给警方，但是小鬼的一句话让我下定了决心。

我小心翼翼地从古曼童头部的地方开始锯，木头很脆，也没有受潮，很容易就被我锯开了。古曼童的脸，被我锯成了两半，本以为这个古曼童是实心的，但锯开之后，我才知道，古曼童的腹部中心，有一个方形的小空间，有手掌大小。

这个木头，绝对有黏合的地方，否则不可能凭空在木头内部掏出一个空间来，而且，里面还有一张照片……有黏合，就必然有细缝。只不过，这木头的周身都被颜料涂满了，从外表来看，看不出来细缝在哪里。

那张照片，掉在了地上，我皱着眉头，俯下身，捡起了那张照片，看到照片上的内容时，我彻底惊住了。

照片上的人，竟然是我！

这张照片，应该是我几年前拍的，我还有一些模模糊糊的印象。我没想到，竟然会在古曼童的体内发现一张自己的照片。我突然产生了一种奇怪的念头：女星Z每天都在供奉这个古曼童，那她拜的究竟是古曼童，还是照片上的我？

让我惊讶的还远不止于此。在这张照片上，还写着几个血红色的字，意思是，只要我一出现，就杀了我。这张照片，让我想起了我在离开港区之前，云清对我说的话。云清以我不要调查云高为条件，告诉了我一个三松观的秘密。

云清曾经在三松观的止步门内见过我的一张照片，上面也写着字，大概说的是只要我出现在港区，就杀了我。云清还翻出了其他很多照片，在之后的一两年时间里，港区发生了很多看似是意外事故的死亡事件，只有云清知道，死的，都是照片上的那些人。

云清总是劝我离开港区，也是因为这个原因。

我惊讶得说不出话来了，云清所说的都是真的，古曼童人偶里的照片，很可能就是云清当初在止步门内见到的照片。而小鬼又说制成古曼童人偶的木头味道很熟悉，很可能材料也来自三松观。

再加上吴青山见了玄一，种种迹象都在表明，这古曼童，和三松观有关系。

古曼童是吴青山交给女星Z的，里面为什么会有我的照片，恐怕只有吴青山和三松观的人知道了。我迅速地把被我锯开的古曼童人偶收了起来，正准备离开家的时候，我再一次在窗口的地方，看到一道人影一闪而过。

等我再打开窗户去看的时候，那道人影又不见了。只是这一次，窗台上再也没有什么匿名信了。我眯起了双眼，关上窗户之后，隐隐约约地听到了门外有脚步声，我把小鬼拉到一边对着门喝了一声："是谁？！"

可是，没有人回答，但我肯定，外面绝对站着一个人。

我手里还拿着锯子，打开门之后，我以非常快的速度按住了门外人的肩膀，还把锯子架到那人的脖子上，只要我稍微一用力，锋利的锯齿就能割破她的喉咙。

"如果不是我收了手，你可能已经死了，你知道吗？"我松开了手，门外站着的是小眉。

天气很冷，但是小眉穿的衣服却很单薄，她的脸被冻得微红。但是，她却一点都不在乎，她四处看了看，这才露出一个笑容："我知道。"

我问："为什么我在门里叫你，你不出声？"

小眉："如果你知道是我，还会见我吗？"

我蹙眉："为什么不会？"

小眉又问了一句："以后都会见我吗，不管发生了什么？"

显然，小眉话里有话，我问她什么意思，她却不说。小眉朝屋里扫了一眼，问我她能不能进去坐坐，我还没有出声，屋里的小鬼就喊不行。小眉看了几眼小鬼，笑了笑，没在意。

我问小眉知不知道小鬼的身份，小眉摇头。

我问小眉知不知道古曼童案是怎么回事，她还是摇头。

"你什么都不肯说，来找我干什么？"我皱起了眉头，声音也冷了下来。

小眉犹豫了一会儿，让我换个安全的地方住。我笑着问这地方哪里不安全，但实际上，我的心里满是震惊。小眉似乎知道，我在这里会有危险。这地方，确实已经不适合居住了，窗外闪过两次人影，还有之前用迷香让我和小鬼熟睡的人，都使得我们很危险。

小眉摇了摇头："不安全。方涵，你不需要知道太多，你只要知道，我不会害你。"

我嗤笑一声："为什么接近我？"

小眉："不能告诉你。"

我有些恼了，我也没对小眉客气，直接骂出了声："你他妈有病吧，什么都不能告诉我，还来接近我，有人拿刀逼着你接近我吗？逼着你什么都不能告诉我吗？"

小眉的脸色突然有些复杂，她让我只需要尽快换个安全的地方住就行了。说完，她转身往外走，我又问了一遍："你知不知道匿名信，是谁给我的？"

小眉回过头，她脸上的表情已经告诉我，她什么都不知道。

"方涵，你要小心。"

我愤愤地把门关上了，小鬼拉着我的手，让我不要生气。

确实，我的心里不是很舒服，被人刻意隐瞒着的感觉，很不好，尤其是小眉还明目张胆地不告诉我。

小眉出现的频率越来越高了，出现的方式都还算正常，至少不像在港区出现的几次那么诡异了。不再诡异，是真的，但却更加神秘，这也是真的。

考虑了一会儿，我收拾了一些重要的东西，包括床底箱子里的两把枪和子弹。我背了一个大背包，离开了家，小鬼问我是不是不再回来了，我摸了摸她的头，说暂时不会再回来了。

这地方，的确已经不安全了。

我觉得，我被卷入了一场巨大的阴谋旋涡里。

我和小鬼到了医院，入夜之后，探病的时间已经过了，我磨蹭了很久，才终于进了罗峰的病房。罗峰没有睡着，看到我之后，他马上告诉我，他明天准备出院了。

我问他伤口怎么样了，他摇了摇头，说没事。

罗峰的脸色很苍白，不适合出院，但我也没有勉强他，我知道他不会听我的。让罗峰困在医院里，倒不如直接让他去死。

我把近两天发生的事情，全部都告诉了罗峰，罗峰满脸诧异。

"有人还潜到你家附近了，这太危险了。"罗峰想了想，让我去他家里住。罗峰在京市的弟兄不算太多，但还是有一些人的，在他那里，能有个照应。因考虑到小鬼的安全，所以我这次没有拒绝罗峰。

我让罗峰打电话给港区的弟兄，去调查一下三松观的世俗弟子和道士，除了玄一之外，有没有离港的。

古曼童和三松观有关系，我担心这起案子和鬼叫餐一样，是三松观的人干的。

罗峰马上照做了，挂断电话之后，罗峰好像有话要说。

他看了看小鬼，我马上意识到了问题，我把小鬼抱到了病房里的另一张病床上。过了好一会儿，小鬼终于睡着了。

罗峰这才开口："有人接近你，还用了迷香这种东西，我想，会不会是那个人要害你？"

我叹了口气，说我也不知道。

这些年，我一直都在找他，终于有他的线索了，却没想到，人不但没找到，我还被卷入了港区的鬼叫餐的案子中。

—— 第24章 ——

盗窃犯，盒子

那个人，叫段坤，曾经和我的爸爸一起蹲过监狱。我在小的时候，见过段坤，他们被警察抓起来的时候，我才十二岁，这两个人因为一起盗窃案被逮捕，坐了两年牢，在我的老家那边坐的牢。

在我的印象里，我的亲人，只有爸爸一个人。他被抓起来之后，我被强制送到了一家早期的福利院，当然，那个时候还不叫福利院，也没有固定的名称，实际上，就是好心人收留孤儿的地方。

我在那个地方待了两年，在其他孩子的眼里，我是个异类。他们都是孤儿，我不是，他们不会因为没有爸爸而自卑，但却会因为我的爸爸是个劳改犯而嘲笑我。从小到大，我经历过三次最黑暗的生活，在福利院度过的那两年，就是其中一次。

其实在爸爸被抓起来之前，我就知道了爸爸是个盗窃犯，只是，那个时候我还小，也没有上过学，因为日子过得艰苦，我也并不觉得爸爸有什么做得不对的地方。直到现在，我依然认为，爸爸虽然为法律不容，但是按照民间的说法，他是个侠盗。

他不会去偷穷人的东西，只偷有钱人的东西，而且，每次偷东西，都只偷一点，以供我们温饱。后来想起来，爸爸偷窃的手法很高明，除了那一次坐牢，从来没有被逮住过。正因如此，我才觉得爸爸那次坐牢很蹊跷。

段坤和爸爸是同行，也是最好的朋友。

我只记得，警察在某天破门而入，直接带走了爸爸。后来，有人通知我，爸爸被抓走是因为盗窃。那起盗窃案，发生在爸爸和段坤被抓前几天，那个时候，根本没有什么监控摄像头，爸爸作案的手法一向隐蔽，这几乎就注定，过去那么多天，警方应该是无迹可寻的。

可是，爸爸却偏偏又被抓了。

两年后，爸爸从牢里出来的时候，我已经十四岁了。他告诉我，他也不知道为什么会被警方找到线索。我以为我终于能离开那个福利院了，可是爸爸却又告诉我，他要去办一件大事，让我在福利院等他。我还清楚地记得，那天爸爸和段坤一起离开的时候，我盯着他们的背影，心里有些担心。

果然，爸爸在几天之后回来了，但却是全身血淋淋地回来了，福利院里的人都吓坏了，爸爸走路跌跌撞撞，直接把我拉出了福利院。爸爸的身上一直在流着血，他撑着最后一口气，把我带到了没人的地方。

爸爸倒下了，他的手里有一个盒子，盒子上着锁，他告诉我，盒子里有一样很重要的东西，是他偷来的，他让我带着盒子走，不能把盒子交给其他人。十四岁的我，已经能分辨出爸爸的语气。

我知道，那个盒子里有非常重要的东西。

"不要打开盒子。"

那是爸爸对我说的最后一句话。直到断气的时候，爸爸也没有说他为什么血淋淋地回来，也没说盒子里究竟是什么。我哭得死去活来，把爸爸埋了之后，我竟然还傻乎乎地想要回福利院。

但是我远远地就看到，福利院着火了，当时正是晚上，福利院火光冲天，有很多人站在福利院外面。有人发现了我，我没命地跑着，他们在后面追着我，我记得，我跌进了沟里，醒过来的时候，我没有死，但是那个盒子却已经不见了。

我还没来得及搞清楚盒子里是什么，盒子就已经不在我手上了，幸运的是，我活了下来。我知道，父亲的死和那些人有关系，和那个盒子也有关系。

病房里的酒精味很浓，不知不觉，我想起了这些陈年旧事。这些事情，罗峰都知道，但是也有罗峰不知道的。

"你到十四岁都还没有上过学，那你后来是怎么进入警校的？那些年，你又是怎么生活的？"罗峰问我，这已经不是他第一次问我这个问题了。

我摇了摇头，罗峰叹了口气，耸了耸肩："我习惯了，等你想说的时候，再告诉我。"罗峰很快就话锋一转，"我还是觉得，要害你的人，可能是段坤。"

爸爸死后，我找过段坤这个人，一开始，我以为他和爸爸一起死了，但是后来我才知道，这个人没有死。但是他却躲了起来，我找不到他，我这才觉得，或许爸爸的死和他有关系。但是我也不确定。

不过可以肯定的是，他绝对知道其中的来龙去脉。

罗峰冷哼了一声："如果不是他干的，他干吗东躲西藏，我看，他是害怕你找他报仇，所以才想害你。"

"我有一种感觉。"我对罗峰说，"从在港区发现他的踪迹，一直到现在，很多事情主动找上了我，我的爸爸到底是怎么死的，那个盒子里究竟有什么重要的东西，会给他带来杀身之祸，我都要查清楚。"

这个秘密，已经压在我心底很多年了。

进入警校，也是想能拥有更多资源，调查当年的事情。考入警校，需要调查身份背景，罗峰一直疑惑，我的爸爸坐过牢，我是怎么避过审查，进入警校的。

"可惜的是，我被龚元海那个畜生陷害了。"我冷笑了一声。

被警校开除，混迹社会的那段时间，也是我三次黑暗经历中的其中一次。

因为被陷害盗窃，爸爸的盗窃犯背景，也被龚元海挖了出来，我还记得，当时警校里的很多学生，都说我是遗传了爸爸的犯罪基因。简直不能想象，犯罪遗传的观点，竟然会从专业的警校生口中说出来。

这也是我为什么痛恨警察的一个原因。

罗峰："我早就说过，找人直接把那畜生给做了，你又不肯。"

我摇摇头："留着那个畜生吧。"

罗峰突然坐了起来："你不要跟我说，你还顾虑你那个跟别人上床的女朋友。"

我不回答了，罗峰叹了口气，不再多说。

一个晚上，就这么过去了。第二天，罗峰坚持要出院，医院的护士和医生拦都拦不住，我们走出医院的时候，发现王雅卓就站在医院外面。罗峰走路还有些艰难，看到王雅卓，罗峰的脸色变得有些"精彩"。

小鬼马上跑了过去，抓住王雅卓的手。

王雅卓扫了我一眼，对罗峰说恭喜他出院，罗峰也只是敷衍地点了点头。

因为王雅卓帮了我们不少忙，罗峰出于道义，只能把她也请到了他的家里去。

罗峰的家很宽敞，王雅卓一坐下，我就问她玄一的踪迹查得怎么样了。

王雅卓摇头，说她派人找遍了整个京市，都没有找到玄一。王家在京市的眼线网，除了警方，应该没有人可以比得过了。

我有些失望，但是王雅卓说，她一定会继续找人，让我放心。

我们在罗峰家里坐了好一会儿，大家都没说什么话，气氛有些尴尬。

我一直在等陈凡的电话，他说会给我送尸检报告和警方的最新进展，这起案子彻底和我扯上了关系，就算我不想查，恐怕也躲不过了。终于，等了一阵之后，陈凡给我打来了电话。

但是，陈凡却在电话里，气喘吁吁地问我："涵哥，你是不是在罗峰家？"

我说了声"是"。

"涵哥，快逃！"陈凡说完这句话的时候，罗峰家的外面一阵骚动。

我挂断电话，和罗峰一起去开门。

门一开，只见外面站着很多警察，罗峰的手下拦着警察，不让他们进来。

而带头的，竟然是唐佳。

她一脸严肃："罗峰，我们怀疑你涉嫌谋杀，跟我们回警局吧。"

我目光一扫，看到远处，正站着一个人，是龚元海，他正有些得意地望着我。

第25章

欲加之罪，何患无辞

我终于知道陈凡为什么在电话里匆匆地说让我和罗峰快逃了，估计他是听说唐佳有什么行动，所以才打电话来通知我们。只是，陈凡自己也糊涂了，唐佳带了这么多警察来，显然代表她的行为是警方的行为，如果我们逃了，那问题就更严重了。

远处龚元海的两只手插在口袋里，我看得很清楚，他脸上带着得意的笑。但是，才一个照面，龚元海的身影就进了围墙后头，在场的，除了我，应该没有人看到他。罗峰身上还带着伤，他脸色苍白，说话的声音也很沙哑。

不过，罗峰见过大世面，一点都没有被吓到。罗峰问唐佳凭什么来抓他，唐佳又重复了一遍她刚刚说的话。理由是，怀疑罗峰涉嫌谋杀，至于谋杀案，说的自然是吴青山在闹鬼的老宅被杀的案子。

罗峰骂了一声："法医给出的死亡时间是在很多天之前，那个时候老子还在港区，怎么杀人？"

唐佳冷笑了一声："看来，你的消息挺灵通的，竟然连警局内部的侦查消息都这么了解。"唐佳说这句话的时候，还在我的身上扫了几眼。罗峰被唐佳呛得说不出话来了。他的手下已经蠢蠢欲动了，不过罗峰毕竟还是办大事的人，不要说在京市，就算是在港区，明着和警方动手，他也是吃不了兜着走。

罗峰一个眼神示意，他躁动的手下都安静了下来。

我自然不会让罗峰那么容易被带走，我走到了唐佳的面前，伸出了手，唐佳问我干什么，我嗤笑一声："来抓人，不带拘留令或者逮捕令吗？"我知道，唐佳绝对没有这两样东西，很明显，警方没有任何证据证明罗峰是凶手，在这样的情况下，唐佳是拿不出这两样东西的。

罗峰是警方忌惮的大头，但是一个港区帮会的话事人，不是说灭就能灭的，警方一直很慎重，在找关于罗峰犯罪的证据。时机不到，照理说，警方不应该这么冒失地来抓人。我能想到的，只有一个原因：唐佳打了个擦边球，想借这起案子，给罗峰一个警告，也顺便让我不要再继续和罗峰走在一起。

唐佳犹豫了一会儿，直接告诉我她没有这两样东西。

罗峰大笑了起来："贱人，没有这两样东西你就想来带我走，如果不是因为你以前是方涵的马子，我早就对你不客气了！"

在场的人都有些诧异，特别是唐佳身后的那些警察。他们已经明白过来，罗峰口中的方涵，就是我。在他们眼里，我会和罗峰在一起，肯定也是什么帮会的成员，他们没想到唐佳曾经和我有关系。

果然，唐佳的肩膀都有些颤抖了。罗峰的手下也起了哄，说什么不要以为我们当中没有懂法律的人，就算是警察，也不能随随便便来抓人。

唐佳的脸涨红之后，又马上恢复了青白色。唐佳深吸了一口气："犯罪现场发现了罗峰的血迹，其中也有不明身份的人的指纹和足印，加上罗峰当晚出现在老宅的形迹可疑，情况紧急，警队有权先抓人。"

唐佳硬是把理由圆了起来，我刚想反驳，罗峰就拍了拍我的肩膀，他示意我不要再继续争下去了，他愿意和警方走一趟。我想了想，的确，和警方闹得太僵，对我和罗峰都没有好处。警方没有证据，扣人也扣不了多久。

罗峰主动配合，让那些警察有些惊讶，不过，他们还是带着罗峰离开了。

那些警察都离开之后，唐佳还站在原地，她盯着我，眼神似乎在告诉我，她有能力抓罗峰，自然也有能力抓我，这是一种警告。但是，我只是耸了耸肩，嘲笑地问了一句："是龚元海建议你来抓人的吧？"

唐佳问我为什么会这样认为，我有些嘲笑般地盯着她："你回去告诉龚元海，最好离我远一点，有些事情我不想追究，不代表我没有能力追究。他如果再缠着我，他会连自己怎么死的都不知道。"

唐佳一副不可置信的表情，她说没想到这种话，竟然会从一个曾经的警校生口中说出来。她还在替龚元海辩解，在她的眼里，一直都是我错怪了龚元海，甚至她觉得我会这么痛恨龚元海，是因为她和龚元海在一起了。

"唐佳，我最后说一遍 你对我来说，早就不值得成为我痛恨别人的理由了。你隐瞒也没有用，这次抓罗峰，你绝对没有通知上级，你还是想想怎么跟上级解释吧。"说完，我转身，准备进屋的时候，我又止住了脚步，"罗峰说得没错，你很贱，真不知道你是真傻还是假傻，龚元海就在这附近。"

直到门关上的那一刻，我还听见唐佳在问我什么意思，她根本不知道龚元海刚刚到这里来了。

我的心里有些阴冷，坐在沙发上，王雅卓问了我一句："那女警察，是你女朋友？"

我一个冷眼，让王雅卓闭上了嘴。罗峰的手下都问我该怎么办，我让他们不要着急，说不出意外，二十四个小时之内，罗峰就会被放出来。除了现场的血迹，这案子，和罗峰八竿子都打不着。

我没想到的是，龚元海竟然能劝动唐佳擅自抓人。

我们在罗峰的家里等了一会儿，有人进来告诉我，外面又来了一个警察，我知道，那是陈凡。我让陈凡进来了，一见到我，陈凡就气喘吁吁，问我罗峰是不是被带走了。我点点头，让他详细地告诉我是怎么回事。

唐佳和陈凡不在一个队里，准确地说，他们是上下级的关系，因为案子和女星Z牵扯上了，所以上级不放心，就让唐佳来领导侦查了。陈凡也是非常偶然地知道了唐佳的这次行动，果然，据陈凡所知，唐佳的抓捕行动，不是上级的命令。

"应该调查的不去调查，不该抓的人却抓了起来，警方能破案就有鬼了。"我还是不停地嘲讽着，嘴上这么说，但是我的心里却有些凝重。龚元海会在这附近出现，这代表唐佳的抓捕行动，可能真的有龚元海挑拨建议的原因。

但仔细一想，唐佳也不是傻子，如果不是对她有利的行动，她也不会乱来。

我想到了一种对罗峰很不利的情况：唐佳可能想借着这个机会，直接介入对罗峰的调查。警方一直都没有放弃调查罗峰，但却从来没有非常大胆的举动，看来，唐佳想来个先斩后奏，之后再说服上级，让她介入对罗峰的调查。

如果能查出什么来，对唐佳来说是大功一件。

龚元海主修的是犯罪心理学，他对人的心理把握得非常好，以这种理由说服唐佳，也不是不可能。

港区鬼叫餐的案子，死的四个人和我有关系，而我又和罗峰一起出现在港区。现在，吴青山的案子，犯罪现场又有罗峰的血迹，就算明知道罗峰不是凶手，但罗峰连续两次和重大凶案有细微的关联，这或许让唐佳觉得，抓罗峰的机会来了。

唐佳既然敢擅自主张抓了罗峰，恐怕也是有把握说服上级的。

想到这里，我让罗峰的手下吩咐下去，短期之内，所有人都不要喝酒闹事，其他大行动更是不能有。至于罗峰的公司，我很了解，公司内部，完全是清清白白的，只要小心点，就不会出什么问题。

这个时候，不能让警方抓住任何把柄。

谁都知道那八个字：欲加之罪，何患无辞。

—— 第26章 ——

相同之处

罗峰的手下马上照着我说的吩咐了下去。在此之前，罗峰的手下一直都没有放弃寻找玄一的踪迹，但显然，他们现在不适合再做这件事了。如果警方要查，很容易查出来罗峰的手下正在找人，这对罗峰不利。

我想了想，扭头面向王雅卓，我还没有开口，王雅卓就对我笑了笑，再次强调她一定会帮我继续找玄一的踪迹，王雅卓很大方，让我还有什么需要她帮忙的，都可以尽管开口。但很快，王雅卓又有些为难："我爷爷快回来了，我帮不了你几天了，等他回来，我要用人，就没那么容易了。所以，如果你有什么要我帮忙的，趁这几天的时间，快说吧。"

我感激地一笑，我要王雅卓帮忙的，除了继续找玄一的踪迹，还有一件事：把Z女星养古曼童的消息传出去。尽管已经有传言了，但是我认为，那传言还不够凶猛，我让王雅卓想办法推波助澜，最好是能通过媒体和网络论坛。

网络论坛才刚刚兴起，但是传播信息的效果却是不可估量的。

王雅卓没有犹豫，马上答应了下来。陈凡问我为什么要这么做，我拍拍他的肩膀："过段时间你就知道了。"

陈凡也没有多问，把他带来的资料交给了我。

那个醉汉的尸检报告已经出来了，我看了法医给出的尸检报告。尸体的后脑，的确和吴青山的尸体一样，遭受过重击，但是也有不同。吴青山的后脑，被连续击打了好几下，而醉汉的后脑，只被击打了一下。

那伤口不深，不足以让醉汉瞬间死亡，这就注定，他死前受到惊吓的瞬间表情，不可能直接定格。果然，我往下翻，法医给出的死因，并不是后脑的重击，法医综合种种迹象做出推定：死者死于心脏骤停。

简单来说，是猝死。

这种死法，是脑袋被全部碾碎等死亡方法之外的，死亡时间最短的一种死法。尸体全身最诡异的莫过于死者的表情了。法医对尸体的面部肌肉也进行了专项的勘验，他们发现，死者的嘴，已经是最大限度地张开了。

死者的面部肌肉，也是拉伸开来的。

看到这里，我又想起了自己之前的推论。这种表情，绝对是惊吓，一个人，只有在最惊恐的那一瞬间，才会露出这样夸张的表情，之后，就算再怎么恐惧，面部表情相对而言，都不会这么夸张。

然而，这却有矛盾。就算醉汉是猝死，他死亡之后，周身的肌肉不可能马上僵化，这样的表情，不可能保持住才对。陈凡指着给我的照片，说这实在太诡异了。尸体已经被鉴定中心清理过了，头发也被剃了。

醉汉的五官，更加突出地展现在照片上：双目浑圆，嘴巴大张。

这的确是疑点之一，而疑点之二，是醉汉为什么会猝死。人已经死了，以目前的技术手段，还没有办法从尸体上查出死者是不是患有心脏类的疾病。但是，大部分猝死的人，都有一些疾病，否则，就算受了再大的惊吓，直接猝死的可能性也不大。

醉汉的眼白里布满了红血丝，法医从尸体身上检测出来的酒精浓度，也到了一个非常骇人的地步。但是，醉汉当时又是可以自主行动的，说明他没有醉得不省人事，这样一来，他身上的酒精浓度会那么高，可能是因为他已经连续饮酒好几天了。

醉汉的精神并不好，身上的衣服也好几天没有换，那么冷的天，终日窝在地下车库饮酒，这增大了他猝死的可能性，如果再加上他心脏有些问题，猝死，不是不可能。

以上醉汉的情况说明，可能是有什么外在因素触发了他的情绪，增加了猝死的可能性。

"涵哥，很多人都说，醉汉是看到了什么不干净的东西，所以才吓死了。"陈凡突然这样对我说。

我点了点头："他可能见鬼了。"

陈凡诧异万分："涵哥，你也认为有鬼？你不是一直不信吗？"

我摇了摇头："我不信，不代表这个醉汉不信。你忘记那个地下车库的脚步声了吗？那地方，也在闹鬼。"

醉汉的死和吴青山的死，有很大的共同之处。两个犯罪现场，都非常恐怖——郊外的老宅，闹鬼的传闻由来已久；那个地下车库，虽然还没有传出闹鬼的传闻，但是已经有不少人，包括我，都知道它的照明灯经常忽明忽暗，还有越来越近的脚步声。

犯罪现场有相似之处，而凶手的犯罪手法也有相同之处。

不管是吴青山还是醉汉，他们的后脑都遭到了重击，而且，现场都发现了古曼童。地下车库发现的那个古曼童，通过痕迹比对，也已经被确定为凶器了。凶手都用古曼童敲打受害者，这是第二个相同点。

陈凡点了点头，觉得我说得有道理，但是他问我，分析这些有什么用。

我笑了笑："分析凶手的作案心理。"我把尸检报告丢给了陈凡，让他看醉汉后脑的伤口深度，那个伤口，虽然不足以直接致命，但是从伤口就能分析出来，这击打，用的力气不小。一般人后脑，遭受那么重的敲打，至少脑袋肯定会开始犯浑。

更不要说，那个已经醉酒的醉汉了。

陈凡还是没听明白我的话，王雅卓倒是非常聪明，她骂了一句："你是警察吗，怎么这么笨。方涵的意思是，如果凶手先那么用力打了醉汉的后脑，那个醉汉直接就倒地了，哪里还有机会看到什么可怕的东西，然后吓得猝死。"

陈凡恍然大悟，尸检报告中，并没有对猝死和后脑遭受重击的时间先后做出认定，原因很简单：法医判断不出来，因为两个时间挨得太近了。

醉汉的表情，很真实，人的真实表情，是没有办法从外部伪造出来的，所以我肯定，醉汉那种表情，肯定是因为他看到他认为可怕的东西才产生的，而那东西，很可能就是他认为的鬼。做出这样的推测，并非无凭无据，不管是我们第一次见醉汉，还是在监控画面中，醉汉都是一副惊恐的样子。

而如果醉汉是后脑遭受到重击之后才猝死的，是有可能，因为猝死，归根结底是身体内部的机能活动，并不一定需要外在的惊吓。但是，如果醉汉不是因为情绪被触发而猝死的，他就不会产生那样真实夸张的瞬间表情。

正如王雅卓所说的，那么用力的击打，足以让醉汉发蒙，昏迷过去了，他又哪里有机会看到可怕的东西。

所以，醉汉先猝死，后脑再受重击的可能性更大。

这样一来，又有一个新的问题产生了：既然醉汉已经猝死倒地，为什么凶手还要在醉汉的后脑用力击打，留下伤口？

这行为，看似有些多此一举，要知道，血肯定会溅出来，沾在凶手的身上，这样凶手被找到的可能性就更大了。如果不是有特殊的目的，凶手不会这么做。

被我一问，陈凡皱着眉头仔细思考了起来。

我也站了起来："凶手，是刻意让这起案子，和吴青山的死有更多的相同点，这就是他看似多此一举的原因。"

犯罪地点都闹鬼，现场都有古曼童，死者的后脑都遭受了重击，这两起案子，很明显挂上了钩。除了这个原因，没有其他理由能解释为什么凶手要在尸体后脑补上一击了。

—— 第27章 ——

塑造表情，匆忙作案

一开始，我还想凶手是不是怕醉汉没有死透，所以才补上一击，但是后来一分析，我就立刻否定了自己的推测。死者死的时候，应该是仰躺着的，或者是侧躺着的，至少不会是趴着的。原因很简单，死者的正面，特别是脸部，没有任何伤痕。

醉汉猝死的那一刻，如果是往前倒，最后趴在地上，不可能一点擦痕都没有，地下车库的地面是粗糙的，再细微的擦伤，法医都可以鉴定出来。

而如果是侧躺或者仰躺，根据后脑伤口的位置，凶手都必须先让死者的后脑全部露出来，才能使用现场留下的那个古曼童击打死者的后脑。如果凶手只是怕死者没有死透，根本不需要这么麻烦，人的正面，致命部位实在太多了。

所以，凶手击打死者后脑，明显是带着目的性的。可以想象当时的场景：死者已经猝死，躺在了地上，而凶手却把尸体翻了过来，再在尸体的后脑补上了一击。

可是，据陈凡说，警方在发现尸体的时候，尸体却是躺着的，这说明，尸体曾经不止一次地被翻动。陈凡彻底犯难了，他骂了一句："这凶手是在玩尸体，先把尸体翻过来，补上一击之后就算了，砸完脑袋之后，又把尸体给翻了过来，他这是要干吗？"

"为了塑造死者的表情。"我回答。

逐步的分析，已经让我有了头绪。

陈凡反问："涵哥，表情没有办法从外部被伪造出来，这是你说的。"

我点了点头："不管用手捏，还是用其他方法，的确都不可能让一具尸体有那么真实的表情，但是定型或者放大已经产生的表情，却很容易。"

凶手在击打死者后脑之后，没有马上离开，而是又把尸体给翻过来，呈现警方发现尸体时的仰躺状态。一般而言，杀了人之后，凶手确认没有在现场留下痕迹之后，都会迅速逃离，而不是再去翻尸体。

很显然，第二次翻动尸体，凶手也是带着目的性的。

凶手想让醉汉的死，和吴青山的死，有更多的相同之处，但实际上，这两具尸体，却有非常大的不同。吴青山的脸全被毁了，而醉汉的脸却是完整的。我敢肯定，如果有充足的时间，凶手也会像杀死吴青山那样把醉汉的五官全部剜下来。

陈凡问我为什么凶手要让两起案子有那么多的相同之处，我笑着问他："第一起案子，你的第一直觉是什么？"

陈凡想了想，也不知道是冷，还是心里害怕，他打了个冷战，回答："感觉吴青山是被古曼童害死的。"

并不只陈凡一个人有这种感觉，特别是在确定吴青山帮助女星Z供养古曼童之后，更多人有这种感觉了。更何况，那个闹鬼的老宅，古曼童堆积成山，吴青山还死得那么恐怖。

"没错。"我回答，"凶手绞尽脑汁，让第二起案子和第一起案子有更多的相同点，也是为了把案子和古曼童反噬扯上关系。"

这又是一个想要制造无头灵异悬案的人。

根据对凶手犯罪心理的推测，凶手会制造出更多和第一起案子相同的地方。醉汉的脸完好无损，那是因为凶手没有时间去剜醉汉的五官。

"不知道这凶手是聪明还是傻。"我对陈凡说，"没有做得和吴青山的尸体一样，但他在醉汉尸体的脸部，还是动了点手脚。"

当分析到这里的时候，我已经想明白为什么死者在死后，竟然能将夸张的瞬间表情定格在脸上了。凶手第二次翻动尸体，就是为了固定和放大死者死前产生的惊恐表情。

人死后，肌肉还是松弛的，醉汉猝死前，双眼和嘴巴应该是张大的，但是如果没有外力借助，这样的表情应该无法保持住，至少，嘴巴不会一直保持着最大限度的张开。可以想象，醉汉死后，凶手把醉汉翻了过来，用手使醉汉的双眼和嘴保持张大的状态，也把死者的脸部肌肉拉伸了。

冬天，尸体进入尸僵的时间要更短，尽管如此，凶手一定至少在尸体边上停留了几十分钟。

等他离开的时候，醉汉脸部的表情已经随着尸僵而定型了。

陈凡听了之后，有些惊讶："他停那么久，不怕突然被人发现吗？"

"他怕。"我回答，"所以，他作案的时候，地下车库的灯是暗着的。"

发现尸体的人称，他开车进入车库的时候，车库里没有亮灯，直到警方赶到前没多久，灯才亮起来。车库里的灯，可能也是凶手搞出来的把戏。

深夜，会去停车库的人，本来就没有几个。地下车库很安静，如果有人进去，凶手听声音就能发觉了，暗着灯，就算有人进来，他也不容易被发现。在尸体被发现之前，他完全可以找机会偷偷溜走。

凶手，绝对早就摸清了地下车库的地形，所以他在黑暗中行动起来也没有太大的障碍。我们听到的脚步声，十有八九也是凶手故意制造出来的，他的目的，就是为了营造出另一个闹鬼的凶案现场，然而，我们却没找到人，这也足以说明他对地下车库的熟悉。

小鬼坐在王雅卓的腿上，王雅卓的下巴抵在小鬼的脑袋上，这两个人，看着都有些可爱。

王雅卓对案子也有很多的了解，不知道是觉得好玩，还是真的想帮我，她把小鬼放到一边的沙发上，也参与了我和陈凡的讨论。

"凶手杀了第二个人，会不会是想加深第一起案子的悬疑感，让警方更加无法破案？"王雅卓这样猜测。

我想都没有想，直接说不可能，王雅卓问我为什么。

"第一起案子，现场根本没有任何可以查出凶手身份的线索，如果只是想通过第二起案子，让第一起案子更悬疑，根本没有必要。而且，就算像你说的那样，凶手也应该精心筹划，可是，你们不觉得，这第二起案子和第一起案子比起来，有一些草率吗？"

我的这一段话，让王雅卓和陈凡都陷入了深思。之所以说第二起案子草率，是因为凶手没有像第一起案子一样，把尸体的五官剜下来，如果凶手真的像我推测的那样，想把案子归结到古曼童身上，最好的方法，是制造出和第一起案件一模一样的尸体。

可是，凶手没有。

连环杀人案，可能是因为凶手心理变态，也可能是凶手要挑战司法权威，但是因为第二起案件的相对草率，我排除了这两种可能。

在警方无迹可寻的时候，凶手如果真的想要再犯第二起案子，完全可以有充足的时间准备。但是，凶手却匆忙下手，可能性只有一个：不能再让这个醉汉活下去了。

陈凡打了个响指："难道这个醉汉，知道一些什么，很可能会暴露凶手的身份？"

我点了点头："我现在怀疑，正是因为我们见到了醉汉，才加速了醉汉的死亡。"

凶手犯案匆忙，不代表是临时起意。那个地下车库闹鬼，已经有一段日子了，凶手明显已经预备了很久。但是，这预备，或许还没有完成。我们以警察的身份发现醉汉之后没多久，凶案就发生了。

不会有这么巧的事，凶手可能早就开始筹划杀醉汉了，但是因为我们的出现，所以凶手慌了起来。

如果我们的推测都是真的，那么，确认这个醉汉的身份，更加有必要了。

── 第28章 ──

供电间，锁

我问陈凡醉汉的身份查出来没有，陈凡摇了摇头，说还没有。并且，陈凡告诉我，警方多次排查小区的供电间，依然没有发现电路有问题，为此，警方还专门找了电工。我想了想，又问陈凡小区的供电间在什么地方。

陈凡回答，这不归他负责，他也不知道。

最后，我们决定再往小区跑一趟，从罗峰家里出来的时候，王雅卓还没有要回去的样子，她牵着小鬼，还一直和小鬼逗笑，我问："你不担心罗峰吗？"

王雅卓摇了摇头："我为什么要担心？"

我正不解的时候，王雅卓又补了一句："我感觉你很厉害，你说他一天之内能出来，他就一定能出来，担心也没有用。"

王雅卓笑起来的时候，两颗虎牙露了出来，她的皮肤很白，在冬天的阳光底下，显得有些透明。陈凡看傻了，被王雅卓狠狠地瞪了一眼之后，才恢复了正常。据我所知，陈凡这么大岁数了，也没有谈过恋爱，王雅卓这么漂亮，他有些把持不住。

在上车之前，我偷偷地把陈凡拉到一边，警告他不要打王雅卓的主意。陈凡还不知道王雅卓的身份，他注定要成为我利用的一颗棋子，他不能再和其他犯罪势力的任何人扯上关系。陈凡马上可我为什么。

我拍了拍他的肩膀："罗峰的女人，你也敢动？"

陈凡的肩膀一颤，最后还是对我点了点头。

到小区的时候，已经过了中午，我们第一时间找小区的物业带我们到供电间去。供电间的位置，竟然就挨着地下车库，和地下车库非常近，从供电间到地下车库的安全通道，也就是一会儿的事。

供电间的四周，也是一片黑漆漆的，靠着地下车库的照明灯提供光线。物业的人愁眉苦脸地告诉我们，自从被业主们纷纷投诉说车库的照明灯经常闪烁之后，他已经找了非常多的电工来维修，可怪就怪在，没有人查出电路有什么问题。

供电间不大，电箱的声音却很大，我在墙上看到了几个电闸开关，那几个电闸开关边上，贴着标签纸，标签纸上写的是对应的供电区域。陈凡问我看出什么来没有，我摇头："我不是修电的，我能看出什么。"

陈凡："那我们到这儿来干吗？"

我没有搭理陈凡，转身看了一眼供电间的门，门上，有一把锁，已经锈迹斑斑了，我们进来之前，门是上锁的。我问了一下物业的人，他说平时供电间都是上锁的，几次带人来维修，也没有见锁有损坏。

我把锁从门上拿了下来，陈凡突然又在我的身后问："涵哥，该不会又是一个会开锁的人吧？"

陈凡问我的时候，我已经开始观察手里的锁了，我轻轻掰了掰，感觉锁有些松动，我试着从自己的口袋掏出一把大小合适的钥匙，插了进去，轻轻一转动，锁果然开了。陈凡非常诧异，问我怎么有供电间的钥匙。

那个物业人员也是看得一愣一愣的，我又换了一把大小合适的钥匙，插进去之后又是一扭，锁再次打开了。这下，物业人员和陈凡更加惊讶了，他们问我是怎么做到的，陈凡还傻乎乎地问我，什么时候学会开锁了。

我把锁交给了陈凡，让他带回警局，这是重要的证物。

这个凶手，耍了一个小把戏。我敢肯定，凶手曾经非常仔细地勘察过地下车库，最终才选定了供电间，我让陈凡让警方再去排查案发前几天的监控录像，特别是地下车库的照明灯异常之前，这样说不定能找到凶手勘察地下车库时的身影。

一把锁，就算锈迹斑斑了，也不至于损坏到能被大部分钥匙轻易打开，我怀疑，锁已经被调了包。大部分钥匙能轻易打开锁，只能说明锁芯里的刻痕经过特殊的设计，以能够和大部分钥匙配对。

"如果我猜得不错，凶手早就趁地下车库没人的时候，砸破了原来的锁，换了他从外面搞的锁。这个供电间的电路，也没有问题，每一次照明灯出问题，都是凶手亲自动手搞的鬼。"我这样告诉陈凡。

供电间没什么人来，没有人会去注意原来的锁长什么样子，凶手只需要找一把生锈的锁来替换就行了。没有谁会无聊到拿着不是配对的钥匙来试着开锁，而物业人员每次用配对的钥匙都能打开这把锁，锁又没有损坏，所以大家自然而然地忽略了这把锁。

凶手会这么做，除了是为了不让大家知道他进入过供电间，也是为了让他今后进入供电间更方便。可见，凶手需要经常进入供电间，而进入供电间的目的，自然是为了让地下车库的照明灯一直闪烁，制造出和郊外老宅一样闹鬼的案发现场了。

车库照明灯闪烁的时候，我们听到了电流短路的嘈杂声，这通过手动拉闸，可以做到。只要不把闸拉满，让通电的两片金属稍微触碰，电流的流通，自然有些不太正常。因为锁没有损坏，加之物业人员的嫌疑被排除，所以警方没有想到照明灯闪烁，竟然是凶手靠着每次进入供电间手动完成的。

他们把所有的注意力，都放在了电路是否有问题上。

"也要特别注意一下小区内部的人，凶手经常出现在供电间，可能就是长住小区内的人，这样行动起来才方便。"我想了想，"特别是醉汉死的时候，没有不在场证明的人。"

陈凡有些激动，他说他这就回去把锁交给警局，并查看监控录像。这只是我的推测而已，但是如果查了锁芯，且确实是经过特殊刻痕处理的，那我的推测，十有八九是真的。

陈凡说着就要往外跑，我按住了他的肩膀，问他急什么。

陈凡和王雅卓都把目光放在我的身上，我把那个物业人员打发走了，不相关的人在场，我们的行动很不方便。等那个物业人员走远之后，我才让陈凡一个人到车库中央去。陈凡起初还有些不敢，但被我一威胁，他才颤颤悠悠地走去了。

王雅卓还不屑地嘲笑了一句："一个大男人，胆子那么小。"

陈凡离开了我的视线范围，我给他打了个电话，他接起来之后才问我要干吗。

"不要说话，仔细听接下来的声音。"说完，我四处观察了一下，很快，我确定了一块我推测的地方，开始打起了响指。

一开始，我打得很轻，尽管如此，陈凡还是听到了。

慢慢地，我开始打得重了些。

我问陈凡，感觉到没有，陈凡在电话里跟我说了一大堆之后，我让他回来了。陈凡跑回来之后，朝着我竖起了大拇指："涵哥，你真聪明！"

王雅卓还没明白是什么意思，我还没解释，陈凡就抢着开口，对王雅卓解释了起来。陈凡那点小心思，被我看穿了，他是想在王雅卓面前多表现一些。

刚刚推测出照明灯异常是凶手每次进入供电间手动操控的，这让我想起了我们听到脚步声的那一次。当时，照明灯开始忽明忽暗，但才过了一会儿，我们就听到了那脚步声。所以，凶手制造出脚步声的地方，和供电间相距应该非常近。

而之后，我们又没有找到他的踪迹，可能是因为他离开了，最容易离开的地方，就是安全通道的楼道口。

发现尸体，警察出警的那天晚上，同样是如此，只有一个安全通道因为时间匆忙没有被封锁。

—— 第29章 ——

脚步声，恶作剧

所以，凶手制造出脚步声的地方，应该就在供电间和安全通道的楼道口之间。我刚刚的一个测试，算是又解决了一个谜团。听到脚步声的那天，我们没有看到半个人影，但是，我们却感觉那脚步声越来越近。

灯灭了之后，我们分不清那脚步声是从哪里传来的，但是，有那么一刹那，我感觉，走路的那个人，就在我的身后，他离我非常近！可是，我们却又什么都没有发现，陈凡还因此差点吓破了胆。

但是，陈凡现在不怕了，因为他知道凶手是怎么做到的了。

地下车库很空旷，很容易产生回声，而供电间和安全通道楼梯口之间，似乎是因为位置合适，发出来的声音能传很远。我打响指的时候，陈凡听到了，打得轻的时候，陈凡觉得那声音距离他很远，但是我打得重了，陈凡就觉得那声音距离他越来越近。

声音大小，时常被人作为判断声源远近的依据。地下车库太过空旷，有回声效果，这样一来，声音大小和声源远近，更加容易被混淆了。把我的响指声换成凶手制造处理的脚步声，道理是一样的。

而且，当时的环境，更容易让我们产生一种几乎是本能的错觉。照明灯闪烁，使得车库看起来有些阴森恐怖，我们听到脚步声，却没看到人，这很容易让人产生恐惧感，就算是我不信鬼神，但当时也感觉危险临近，有些紧张。

不管是恐惧还是紧张，都会让人的判断力丧失或者变弱，而在车库陷入一片漆黑之后，我们就更加紧张了。声音在这么空旷的地方回荡，本来就让人很难分辨它是从哪里传来的，我们听到脚步声越来越大，下意识地会以为那人离我们越来越近。

　　什么都看不到之后，因为心理作用，我们总感觉那人，就在我们身边。

　　之后，车库的光线恢复了，凶手一定是又进了供电间，出来之后，上了锁，通过安全通道上了楼，之后想办法绕过监控摄像头，离开了小区。陈凡比之前还要激动了，出了小区之后，他迫不及待地要回警局邀功去了。

　　在他走之前，我让他关注一下罗峰的情况，如果有变故，随时告知我。王雅卓也出乎意料地扔了一颗糖果给他，他很高兴，二话没说就把糖果塞进了嘴里，之后，开车走了。

　　我没有把这件事放在心上，和王雅卓分开之后，带着小鬼回到了罗峰的住处。

　　结果，这一等就是到了深夜，我都没有接到陈凡给我打的电话。我主动给陈凡打了电话，打了好几次之后，电话才终于接通。我问陈凡锁查过没有，陈凡竟然告诉我，他在医院！陈凡说话有气无力的，我问他怎么回事，他告诉我说，王雅卓给他的那颗糖果有问题。

　　他把锁送到警局没多久之后，突然觉得胃里不舒服，之后开始吐，最后被送到了医院。医生帮陈凡洗了胃，陈凡这才好受一点。挂断电话之后，我咒骂了一声，终于知道为什么罗峰会那么不想和王雅卓接触了。

　　王雅卓的确很任性，只不过一直没有表现出来而已。陈凡是警察，她连警察都敢整。

　　我怕警方会查起来，所以套了件衣服就出门了。小鬼已经睡着了，我交代罗峰的手下，好好看着小鬼，这里很安全，小鬼不会出事。我匆匆地赶到了医院，陈凡正躺在病床上，我问他怎么样了，他叫苦连天，说他不知道哪里得罪了王雅卓。

　　陈凡没有大碍，应该第二天就能出院。

　　我问陈凡有没有人知道是王雅卓干的，陈凡摇了摇头，他说他还没来得及和送他来的警察说。

　　我和陈凡谈着的时候，有警察进来了，那警察一进来，就兴冲冲地对陈凡喊："凡哥，唐副队要来看你！"

唐副队，说的是唐佳，她已经是一个大队的副队长了。

那警察很兴奋，可是陈凡却一脸愁容。我拍了拍他的肩膀，偷偷告诉他，让他不要提不该提的事，唐佳问起来，就直接以身体不舒服为由不回答。唐佳不会无缘无故地关心一个从前没和她见过面的人，她之所以会接触陈凡，恐怕也是为了调查我和罗峰。

趁着唐佳没来之前，我出了医院。

好巧不巧的是，我在医院的门口看到了龚元海。已经是下班时间，他在这里，那唐佳可能也在这里了，他们应该是一起来的。我没有打算和龚元海纠缠，直接朝另一个方向走去，可是龚元海却挡在了我的面前。

唐佳不在这里之后，龚元海对我的态度就不太一样了。

"方涵，这么晚了，来医院看谁？"龚元海就像个老熟人一样跟我问好。

我嗤笑："龚副教授，你不去你的大学任教，总是缠着我干吗？"

龚元海啧啧了两声："我也不知道怎么会这么巧。方涵，这几年过得好吗？"

龚元海别有深意的话，把我心里的火一下子点燃了。他的个头儿和我差不多高，我冷冷地盯着他，从嘴里吐出了一个字："滚。"

可是，龚元海仍旧站在原地不动，他上下打量着我，语气里带着假意的惋惜："看样子，过得不错，不过我觉得，你如果穿警服，一定会更帅气。"

我一直都很冷静，但是有些事情却始终像个结一样，卡在我的心里，这就是其中一件。我一拳挥了上去，龚元海没有还手，直接被我打翻在了地上，与此同时，我听到了一声怒喝，是唐佳的声音。

我这才知道为什么龚元海没有还手，因为唐佳来了。

我盯着地上的龚元海，摇了摇头："不愧是心理学的副教授。"

唐佳跑过来，扶起了龚元海。唐佳很紧张，问龚元海哪里受伤没有，龚元海扶了扶眼镜，说这是个误会。

龚元海越是这样说，唐佳的火气就越大。

唐佳走到我的面前，一巴掌朝着我的脸扇了过来，但是，她的手腕被我抓住了。

"方涵，你怎么会变成这样？我真担心有一天，你会连人都敢杀！"唐佳咬着牙。

我推开了唐佳："我忍不住要再说一句，你们两个人太配了。我是敢杀人，如果不怕被我杀的话，不要再来干扰我的生活。"我指着龚元海，"这是我最后一次放过你！"

说完，我大步地离开了，龚元海和唐佳还在我的身后说着什么，但我都没有去听了。

回到罗峰的家，我昏昏沉沉地睡着了。

天亮的时候，我接到了陈凡的电话，陈凡告诉我，他已经出院了，还说不出意外的话，罗峰下午就能被放出去了。挂断电话之后，门铃响了，来的人是王雅卓，她问我罗峰回来没有，我皱起了眉头，王雅卓还一副若无其事的样子。

"你知不知道你昨天做了什么？"我问王雅卓。

王雅卓点了点头，有些紧张："怎么了？你不是也很讨厌他吗？"

我攥紧了拳头："为什么那么做？"

王雅卓回答是因为陈凡总是盯着她看，她觉得恶心，所以就想整一整陈凡，还说这只是恶作剧。

我冷冷地问了一句："你知不知道，他是警察！如果出了什么事，你负得起责吗？"

王雅卓的肩膀一颤，声音也提高了一些："方涵，你知不知道，没有人敢用这种语气跟我说话？你三番五次地刺我，是什么意思？！"

此刻，我不再怀疑关于王雅卓的传闻了。

我正准备回口的时候，陈凡又给我打来了电话：

"涵哥，那个醉汉的身份查出来了！"

—— 第30章 ——

港区富少

我的心一怔，我让陈凡在警局附近找个地方，我去找他当面说清楚。挂断电话之后，我深吸了一口气，王雅卓还咬着下唇瞪着我，她一生气，脸颊微红，她和我挨得很近，我冷冷地说道："你要做什么，是你的事情，但是不要对我身边的人胡来。"

王雅卓显然是个不吃硬的人，我这么说，她更生气了，她反问我，如果她非要整我身边的人，我会怎么对她。我正要开口的时候，小鬼突然拉住了我们两个人的手，我们都低头去看小鬼，小鬼泪眼汪汪，竟然差点要哭出来了。

"方涵哥哥，雅卓姐姐，你们不要吵架。"小鬼可怜兮兮地乞求道。

被小鬼这么一说，我也不好再继续和王雅卓吵下去了，况且还需要王雅卓帮忙，于是我顺着王雅卓的脾气跟她说了句对不起之后，抱起小鬼，往警局去了。王雅卓一开始还跟着我们，但是走了一段路之后，也没再跟着了。

我打了辆的士，在车上，小鬼一个劲地替王雅卓说好话，我心里有些纳闷，我也不知道王雅卓究竟有什么魅力，竟然能让小鬼对她这么好。到目前为止，除了我和王雅卓，还有那个不知所踪的玄一，没有人可以近距离地接触小鬼。

玄一是驯养小鬼的人，可以接近小鬼，自然不难理解。而我，据小鬼说，她小时候经常看见我，对我有熟悉感，尽管不知道这种熟悉感是从何而来的，但是我能接近小鬼，倒也说得通。唯一说不通的，就是王雅卓了。

小鬼对王雅卓并不熟悉，从前也没见过她，但是第一次见面，竟然就肯让王雅卓抱，现在，小鬼还一个劲地替王雅卓说话，这让我百思不得其解。我捏了捏小鬼的脸，对她点了点头，说不会和王雅卓吵架了。

小鬼这才满意地笑了。

很快，我到了陈凡订的那个地方，在一个茶楼。陈凡已经找了一个角落的位置占着了，坐下之后，我让陈凡快说。陈凡已经出院了，但是他的脸色还是不好看，嘴唇也有些发白。他又给了我一个资料袋，我马上拆开了。

资料袋里，是一个人的信息，纸页上贴着那个人的照片。一看照片，我立刻就认了出来，照片上的人，就是死的醉汉。看到这个人的信息时，我马上皱起了眉头，因为，这个人，来自港区！

这个人叫周生，才二十多岁，是个富家少爷，他的港区朋友都叫他周少。我一边翻资料，一边问陈凡，警方是怎么查出来的。陈凡告诉我，我们第一天见到周生，我因周生手腕上戴的名牌手表而推测他很富有，这是正确的。

尸体被抬回去之后，警方把周生身上的衣服都给扒了下来，除了那块手表，警方发现，周生的身上还有一些男士非常名贵的首饰。警方经过观察发现，周生身上穿的衣服，虽然很脏，但是却也是名牌，而那牌子，是港区的。

于是，警方以第一时间把死者的照片传给了港区的警方，没想到，短短一天，港区的警方就传回了消息，我手上的这份资料，就是港区警方整理出来的。周生是一个商人的儿子，家里非常富有。

周生的父亲非常有本事，年轻时候白手起家，到这个时候，已经打下了自己的一片天。但是，让周生父亲头疼的，便是周生这个孩子，有些不学无术，成天只知道玩，一点事业心都没有。

据周生的朋友说，在他们的印象里，周生就是一个典型富家少爷，平常一起出去玩，也都是周生花的钱。

周生从十几岁的时候开始，就经常独自开着豪车到处逛了。

看完之后，我把资料收了起来。我问陈凡，周生为什么会到京市来。我的心里更加有了疑惑，周生是个富家少爷，最终却沦落成了一个终日窝在地下车库饮酒的醉鬼。陈凡摇了摇头，说警方还没有查出来。

周生的父母听说周生在京市出了事之后，已经连夜出发了，说是今天下午就会到。警方本想通过电话询问，但是周生的父母一直在哭，说也说不清，所以警方就暂时把这件事放下了。警方把调查的重点转移到了一个酒店上。

得知了周生的身份之后，警方开始调查所有京市大酒店的住客记录。警方觉得，周生初到京市的时候，以他的身份，很可能住的是豪华大酒店。果然，警方一查，发现周生是在一个多月之前到京市来的。

初到京市的时候，周生住在西区的一个大酒店里，在那里待了几天之后，又换了一家酒店，住了几天，又换了一次，一个月内，前前后后，周生一共换了四五次酒店，而每一次，都是高档的大酒店。

根据港区机场的旅客信息，周生应该是独自一人离开港区的，而在京市的酒店里，警方也没有发现周生有随行的伙伴。警方还调查出来，这是周生从小到大第一次离开港区，而且，还是瞒着父母到京市来的。

我揉了揉太阳穴，问："警方有没有查那些大酒店的住客，特别是周生住店期间的住客信息？"

陈凡点了点头："周生的身份也是刚查出来没多久，我们能在这么短的时间内查到他换了几次酒店，已经很不容易了。其他住客的信息，已经被警方调回警局了，我出来的时候，那些人还在逐一对名单。"

这样看来，还需要过一段时间才能有结果了。

"还有昨天晚上送回警局的锁，锁芯里的刻痕非常简单，果然用大部分钥匙都能打开。"陈凡说，"我把你对供电间、诡异脚步声的推理，还有尸体被两次翻动，都给队里的人说了一遍，队里已经接受了这种推理。"

我问陈凡等周生的父母起到之后，谁会和他们对接，陈凡撇了撇嘴，给我说了个名字："唐佳。"这起案子，已经逐渐在京市产生了恶劣的影响，所以上头非常重视，因此唐佳也直接参与了。

我想了想，让陈凡回警局去，如果有机会，就直接参与对周生父母的询问；如果没有机会的话，等周生父母出来的时候，想办法让我见见他们。

凶手杀周生，非常匆忙，周生很可能知道关于凶手的秘密，这让我对周生的身份重视了起来，我期望能从周生的父母那里问出点什么来。陈凡收拾了一下，马上回警局去了，我看了看手表，再过不久，罗峰也差不多能出来了。

我在警局附近等了很久，终于见罗峰从警局里出来了。罗峰的手下也都在警局附近等着他，他们还准备了一个火盆，让罗峰跨过去，据说，这是港区道上的规矩，不过一般都是人从牢里出来才会跨火盆。

罗峰跨了火盆之后，咒骂了一声："这死女人，以后别让我逮到！"

罗峰说这句话的时候，唐佳也从门里出来了。罗峰愤愤地盯着唐佳，对她竖起了中指，唐佳冷哼了一声，罗峰啐了一口，准备和我一起离开。唐佳叫了我两声，我没搭理她。

和罗峰找了个地方坐下，我才问他在里面感觉怎么样。

罗峰脸上的表情也凝重了起来："我感觉，京市的警察，可能要查我了。"

罗峰的感觉，和我的推测一模一样。他告诉我，警方把他带回警局之后，说得很好听，是协助调查，但是询问的内容却和案子没什么关系。

—— 第31章 ——

不是来找我的

罗峰说，是唐佳亲自询问他的。一开始，唐佳问的还和最近发生的两起案子有关系。唐佳问罗峰那天为什么会去郊外闹鬼的老宅，警方之前是问过这个问题的，罗峰照着我上次给出的回答，又回答了一遍。

罗峰本以为唐佳会以不相信为由，反复问这个问题，但让罗峰没想到的是，唐佳马上就换了一个问题。唐佳问罗峰跟我是什么关系，罗峰当时觉得心里不太对劲，就以这和案子没有关系为由，拒绝回答了。

说到这里，罗峰拍了一下桌子，桌上的茶壶都倒了："妈的，不得不说，这贱人的嘴可真厉害，什么都能被她扯上关系。"罗峰说，唐佳告诉他，我近期经常去Z女星住的小区，还去过Z女星拍戏的影视城，而女星Z因为古曼童的缘故，和案子有一些关联，所以她必须问清楚他和我之间的关系。

我的心阴冷了下来，我去过哪里，陈凡绝对没有告诉唐佳，但是唐佳却知道得一清二楚，我知道，我被盯上了。罗峰四处看了看，说："方涵，你小心一点，我感觉那贱人可能会不念旧情，也对你下手。"

我冷冷一笑："我和她，早就没有情了，能多抓一个犯罪嫌疑人，对她来说，立的功也就更大，何乐而不为。"

罗峰回答唐佳，我和他是朋友关系。之后，唐佳又以各种理由，问罗峰为什么会到京市来发展，平时和什么人有联系。罗峰说当时他的心里有些慌，他待的地方有些闷，窗户也没开，灯也没开，一片幽暗，而唐佳问话的语速又非常快。

这是警方惯用的讯问技巧。所谓讯问，只针对犯罪嫌疑人，罗峰被请到警局接受的不是讯问，而是询问，但是唐佳却把讯问犯罪嫌疑人的方法，用在了询问罗峰上。幸运的是，罗峰到京市之后，除了打架斗殴，还没有做什么违法犯罪的事情，加上他冷静，他终于一一应付了下来。

罗峰被留置了二十四个小时，已经是在没有证据的情况下，警方能留置罗峰的最长时间了。我推测，罗峰被带回去之后，唐佳第一时间给上级负荆请罪，并说服上级让她介入对罗峰的调查了，否则，罗峰应该早就被放出来了。

"这是个下马威，警方对你的调查，应该从今天之后，真正开始了。"我说，"今后的行动，你要小心一点。"

罗峰想了想之后，决定让所有手下都暂时足不出户，至于他的公司，他倒是比较放心。商量过后，罗峰像是突然想起了什么，掏出手提电话，拨了一个号码。挂断之后，罗峰跟我说，我才终于想起来。

之前，我让罗峰叫港区的手下去调查一下三松观所有的相关人员，除了玄一之外，是否有离港的，这两天发生的事情太多，罗峰不说，我都快要忘记了。罗峰的手下查得很细，调查的对象包括三松观里的道士，还有近年来，三松观收的所有世俗弟子。

结果，罗峰的手下发现，除了玄一之外，其他所有三松观的相关人员，都待在港区，近期内没有离开过。本以为这又是一起可能像鬼叫餐案一样，是三松观的人干的凶杀案，但罗峰的调查结果，算是把这个可能给基本排除了。

我的脑子里，想的全是小鬼觉得味道熟悉的古曼童和古曼童里的那张照片。罗峰在我的眼前晃了晃手，问我在想什么，我摇了摇头，让他先回去。罗峰不适合总是在外面走动，身上的伤又没好，也就直接回去了。

我和小鬼继续在外面等着，一直到晚上的时候，陈凡才给我回了消息。他让我去鉴定中心外面等着，他说周生的父母到京市之后，还没接受警方的询问，就先去看了周生的尸体。我又带着小鬼马上到了鉴定中心外面。

天气很冷，我在路灯下站着，陈凡好不容易抽出身来见了我一面。他说，周生的父母趴在停尸台边上哭得撕心裂肺，警方也不好直接问话，唐佳本来也在鉴定中心等着问话，但是现在已经回去了。

唐佳说是要让周生的父母休息一个晚上，等第二天再传唤他们。

在鉴定中心里还有一些警察，鉴定中心已经快关门了，但是谁也劝不动，陈凡说他没有办法出来太久，免得看不住周生的父母，也就先进去了。但是在进去之前，他告诉我，周生的父亲从港区带来了不少私家侦探。

我微微一怔，已经猜到了周生父亲的心思。

因为体制的关系和官方对侦查权的控制以及对侦查秘密的保护，大陆地区几乎没有"私家侦探"这种职业。出于历史原因，港区很多人都带着一种傲气，认为内地发展落后，周生的父亲恐怕也有这种观念，否则他不会在伤心欲绝的情况下，还想着要带一堆私家侦探来。

周生是独子，伤心归伤心，周生的父亲肯定还是想着要抓到真凶的。

我微微一笑，这给我提供了一些机会。我更加耐心地在外面等着，小鬼身上衣服穿得不多，这是她自己要求的，她总说，衣服穿得多，很难受。小鬼的体质很好，我也就没有勉强她。在外面等了一会儿之后，小鬼突然东张西望，我立刻警惕了起来，果然，我在远处的一个角落里，看到了小眉的身影。

大冬天的，小眉穿着长裙，头发全部放下来，风一吹，还乱舞着。小眉的站姿有些僵硬，大晚上的，不少行人都被她给吓坏了。我牵着小鬼走了过去，等我们走到小眉面前的时候，小眉才抬起头。

我问她又来找我干吗，小眉幽幽地笑了起来，问我怎么知道她是来找我的。

我哑口无言，正想着怎么回答，小眉竟然直接从我身边走了过去。在我的注视下，小眉真的离开了，我微微一愣，她好像真的不是来找我的。小眉朝着一片阴暗的地方去了，我隐隐约约地感觉，那边好像还有一个人。

我问小鬼："那边是不是有人？"

小鬼点了点头："是。"

小眉和三松观有着说不清道不明的关系，我本来还想她是不是去见玄一了，但是如果那人是玄一的话，小鬼恐怕早就按捺不住了。周生的父母随时都会出来，所以我也就没有跟上去。又等了一会儿之后，鉴定中心的门口喧杂了起来。

一堆人从鉴定中心的大门出来了，有警察，也有穿西装的人。

我注意到，有两个人，大约五十多岁，一男一女，是被其他人搀扶着的。我确定，他们就是周生的父母了，然而，我却没有机会靠近，因为人太多了。他们出来之后，直接上了车，车子开走了。

　　陈凡跑了过来，告诉了我一个酒店的地址，还把周生父母的房间号给我了。

　　陈凡问要不要他和我一起去，我摇了摇头，让他对警方隐瞒我去见周生父母的消息。陈凡挠了挠头："涵哥，瞒不住啊，明天唐佳一问，就什么都露馅儿了。"

　　"我自然有办法。"留下这句话，我带着小鬼离开了。

　　我们到酒店外面的时候，已经是晚上九点多了。我和小鬼溜进酒店，上了电梯，到周生父母的房间外面时，我看到了很多穿着西装的人站在外面，看样子是保镖。这架势，和女星Z倒差不多。

　　我很大方地走到了房间门口，他们把我拦下了。

── 第32章 ──

我是私家侦探

我直接让他们去告诉周生的父亲，说我有办法找到凶手。果然，他们自己没有办法做主，进去通报周生的父母了。没一会儿，门开了，一个头发微微发白的中年人站在我的面前，他的眼睛红肿，显然刚刚哭过。

他一开口，就问我是谁，周生的父亲声音沙哑。我说这里说话不方便，我要进屋去，周生的父亲上下打量着我，犹豫了起来。我嗤笑一声，拉着小鬼，转身就要走，果然，周生的父亲有些着急了，他喊住了我。

我如愿进了酒店房间。房间很宽敞，还有沙发，周生的母亲坐在沙发上还哭着。坐下之后，周生的父亲又问我是谁。我没有多加犹豫，告诉他，我是一个私家侦探，来自港区。

他问我的名字，我也直接告诉他了，他摇了摇头，说他从来没有听过这个名字。

"周先生，我已经来京市很多年了，你没听说过我，很正常。"我笑着说，"相信你已经听说这起案子有些诡异了吧，你应该知道，警方不可靠。"

他会带那么多私家侦探来，就是信不过京市的警察，他点了点头，问道："你很年轻，我又怎么知道你可不可靠？"

我面不改色："大陆的体制和港区不一样，你带来的那些侦探，在这里施展不开。我在京市有足够的人脉，警方也有我的人，如果你信我，我就帮你；不信我，我现在就走。"

周生的父亲考虑了一会儿，问我要多少钱，我摆了摆手，说等事成之后，他看着给。我还说，他是个生意人，小有名气，自然不会在乎那一点钱。或许是这句话起了作用，周生的父亲答应了下来，他问我准备怎么查。

非常顺利，我开始询问周生的父亲了，一些警方还不知道的，周生的父亲都先告诉了我。

和警方之前调查出来的一样，周生不学无术，很早就辍学了。周生的父亲因为忙于生意，也没有怎么管教，只是周生成年之后，对周父的事业一点都不感兴趣，这让周生的父亲有些头疼。

一开始，周生的父亲还会打打骂骂，但后来，他已经完全认清了，周生就是个扶不起来的阿斗。所以，后来周生的父亲也就不怎么管周生了，他们家的钱够周生败家好几辈子了。周生这次来京市，他的父母也的确不知情。

周生的父亲告诉我，他和周生的母亲都是生意人，平时非常忙，而周生很早就搬出去自己一个人住了，经常出去玩，十天八天不联系的非常正常。算了算时间，周生的确已经大约十天没有联系他们了。

昨天夜里的时候，周生的母亲还念叨怎么周生没打电话给他们，于是给周生拨了个电话，可是没有人接。后来没多久，他们就接到警方的电话，匆忙赶往京市来了。这样一算，周生刚到京市的时候，还是有联系过他的父母的。

但是，也不知道是怕父母责骂，还是怕父母担心，周生没有跟他的父母说他到京市来了。周生的母亲说到这里，又忍不住哭了起来，那是周生最后一次和他们通电话。据他们说，当时周生的语气还很正常，有说有笑的。

我见到周生的时候，他不是这个状态。恐怕，周生是到京市来之后，发生了什么事，让他受了打击，他才会变成那个样子的。我问周生的父母，近段时间，周生有没有什么异常，他们想了一会儿，没说上来。

我发现，周生的父母因为没有怎么和周生待在一起，对周生的了解竟然非常少。在我一次又一次的诱问之下，他们总算想起了什么来。他们告诉我，差不多在两个月前，周生突然跟他的父亲说，想学着做生意。

有些滑稽，周生的突然上进，在周生的父亲眼里，竟然是异常的，可见这个周生平时真的是不务正业到了极点。而且，之后的那一个月，周生是真的有学着做生意的，仔细一想，周生的父亲说，从那个时候开始，周生几乎没有再出去和他的狐朋狗友混在一起了。

但是，这种情况只持续了一个月，有一天，周生突然又不见踪影了，周生的父亲打电话给周生，周生笑嘻嘻地回答说是学累了，要先玩着休息一段时间。周生的父亲有些生气，但后来也没放在心上，因为他已经习惯了。

只是，让周生的父亲没想到的是，周生竟然一个人到了京市，而且，正是一个月前到京市的。

我不太愿意相信不务正业的周生是一时兴起说想要学做生意，我觉得在这当中，可能另有隐情。

"还有没有其他异常的地方？"我问着，把目光放到了周生的母亲身上，女人比男人要细心一些。果然，周生的母亲说了一件很久以前发生的事情，还说她也不知道算不算奇怪。周生母亲说的这件事，周生的父亲已经想不起来了。

当时是在餐厅的饭桌上，三个人在一起用餐，时间大概是在一年前。

周生吃饭的时候，突然问他们两个人，喜欢什么样的儿媳妇。

周生的母亲记得很清楚，她之所以觉得奇怪，是因为周生平时自由惯了，照理说不应该想着那么早结婚，而且，当时周生也还很年轻。

这么一提醒，周生的父亲也想了起来："我当时说是要门当户对。"

周生的母亲点了点头："你还说，要是正经人家。"

周生进入社会很早，难免会结识社会上的一些女人，这种女人，肯定进不了周家的大门。我问他们，后来周生有没有什么反应，周生的母亲摇头，说想不起来了，印象中，周生没有什么奇怪的反应。

他们又给我说了不少事情，但是感觉都没有什么奇怪的。我让周生的父母耐心等着，不要动用他们的私人侦探，免得被京市的警察盯上，体制不同，港区的侦探在调查的时候，可能会和警方的侦查权产生抵触。

周生的父亲似乎走投无路，答应了下来，我让他不要跟警方提起我，他也答应了。

我和小鬼离开的时候，周生的父亲还亲自送我们到了电梯间。

回到罗峰家之后，罗峰已经睡下了。

我想着周生的父母给我说的那些线索，不知不觉中也睡着了。朦朦胧胧中，我听到了一声巨响，紧接着，我的胸口一阵剧痛，我猛地睁开眼，我看见小鬼的手里正拿着枪，而我的胸口，已经涌出了一大片鲜血！

　　小鬼哭了，眼泪不停地往下掉，她的嘴唇都被她咬破了。小鬼的嘴里一直在和我说着对不起，我的意识慢慢地模糊了……

　　再次睁开眼的时候，我全身都被冷汗浸湿了，又是一个梦，同样的梦，我已经做了两次了。

　　小鬼还没有醒过来，她躺在我的身边，呼吸均匀。看着小鬼，我突然觉得心里有些不安，梦由心生，我不知道我为什么会连续两次梦到小鬼开枪杀了我。我盯着小鬼看的时候，小鬼突然睁开了眼睛。

　　我们四目相对，我的心骤然一紧。

　　"方涵哥哥。"小鬼叫了我一声。

　　我松了一口气，拍了拍她的头，翻身下了床。

　　天才蒙蒙亮，我一大早就接到了王雅卓的电话，她约我见面，说是玄一有消息了。

　　约了一个地方之后，我带着小鬼出了门。王雅卓找了一家安静的咖啡厅，整个京市，咖啡厅寥寥无几，我很容易就找到了。

　　见到王雅卓的时候，天刚好大亮。

—— 第33章 ——

道歉，要命别说谎

当我坐到王雅卓的面前时，王雅卓正捧着一杯热咖啡，清晨的温度很低，她被冻坏了。小鬼看到王雅卓，主动坐到了她身边去，我没想到王雅卓会对调查玄一这件事这么上心。这个时间，普通人才刚刚起床，而她却约我出来见面。

昨天才和王雅卓发生争吵，她似乎有些尴尬，半天说不出一句话来。抿了几口咖啡之后，我问王雅卓查到了什么，王雅卓回答我说，就在昨天，她的人在京市的火车站附近，看到了玄一的踪迹。

玄一没有穿道袍，头发也剃短了，和之前的样子不太一样。之前，王雅卓的人一直找不到玄一，她还以为玄一早就离开京市了，没想到的是，就在她快要放弃的时候，她又发现了玄一的踪迹。

王家分布在京市的眼线很多，特别是在一些鱼龙混杂的地方，诸如游戏厅和火车站。玄一被发现的时候，王家的人已经来不及拦住玄一了。事后再调查，他们发现，玄一坐上了前往渝市的火车。

渝市，位于西南地区，和京市之间的直线距离都有一千多公里，玄一坐火车去渝市，不出意外，三天左右会到那里。我皱起了眉头，我在想玄一为什么要到处跑，而且，他离开的方式有些高调。

之前，他出现在了王家的四合院外面，明显是带着目的性的，所以他应该知道那个四合院里的人不简单。我之前也推测，玄一好像知道我们会通过王家找他的踪迹一样，故意留下了线索。

玄一隐匿多日之后，又出现在了火车站，火车站这种地方，王家的眼线肯定也很多。如果玄一真的要秘密离开，租辆车，早就离开京市了，可是他选择了火车站这样的地方。我隐隐地感觉，玄一好像又是故意让我们知道他的踪迹似的。

"渝市有你们的人吗？"我问。

王雅卓回答："不太清楚，我已经派了几个人，跟着去渝市了，希望不要再丢了他的踪迹，我让他们再看到玄一的时候直接绑了。"

假设玄一真的是故意让我们知道他的行踪，那他的目的，很可能是想要引我跟他去渝市，只是，他的目的我却猜不到。古曼童案还没有破，我显然不能直接离开京市，特别是在古曼童内发现我的照片之后，我就更有必要查清楚了。

我对王雅卓道了谢，她的确很上心，所以才会派人千里迢迢地跟去渝市。我站了起来，准备离开，王雅卓问我要不要多坐一会儿，我摇了摇头，说案子还没有查清楚，不能浪费时间。王雅卓耸了耸肩，轻轻地摸了摸小鬼的头："等你方涵哥哥有空了，姐姐再来找你玩。"

小鬼非常乖巧地点了点头，王雅卓看向我，告诉我，王鉴明已经坐上回京市的火车了，过两天就会抵达京市，到时候，她就没这么自由。王雅卓给我留了她的电话号码，让我有什么需要帮忙的，随时找她。

又一次道谢之后，我带着小鬼走了出去，到门口的时候，王雅卓又把我给叫住了。

我回过头，见王雅卓正低着头，从她的嘴里吐出了三个字，尽管很轻，但我还是听清楚了，她说的是"对不起"。她是在为她昨天和我发生争吵而道歉，一个娇生惯养的任性大小姐，竟然会跟人道歉，我有些意想不到。我想了想，微微一笑："没关系。"

从咖啡厅出来，街上的人已经很多了。

咖啡厅就在警校附近，路过警校大门的时候，听到里面传来一阵阵警校生操练的声音，我有些感慨，如果几年前没有被龚元海陷害，我现在应该是一名警察了。正是上班的时间，不少警校的讲师和教授都在往警校里走。

我看到有不少人正围着一个西装笔挺的男人朝警校里走去，那个男人意气风发，身上带着傲气。我认得他，这个男人是警校最年轻的教授，并没有比我大多少岁，却已经是名动全国的侦查学教授了，他时常以侦查专家的身份被警方邀请，参与侦查，破过的悬案不计其数，大家都叫他李教授。

如果说警校里谁让我佩服，也就是这个年轻的李教授了。小鬼问我在看什么，我摇了摇头，说那个人很厉害，小鬼拉着我的手："方涵哥哥会比他更厉害！"

小鬼的话，让我心里有些苦涩，又有些温暖。

我带着小鬼走开了，我给陈凡打了一个电话，碰巧的是，警方的调查又有了进展。从昨天开始，警方对周生换过的那几家酒店入住名单进行了调查，终于在今天上午，发现了一条线索。

警方发现，周生换过的那几家酒店，女星Z也曾经住过，并且，两人入住的时间非常接近！也就是说，女星Z换了酒店不到一天，周生也住到了那家酒店里去。Z女星初到京市的时候，住的是酒店，剧组是后来才给女星Z租了房子的。

某种念头在我的脑海里一闪而过，陈凡告诉我，警方已经去那些酒店调查询问了，他们怀疑，周生和女星Z有关系，所以想去酒店问问这两个人是不是有过接触。因为女星Z的身份，为了不造成不必要的社会负面影响，警方非常慎重，想要查出些什么之后，再去找女星Z。

至于唐佳，陈凡说她一大早就去找周生的父母了。

这给我提供了机会，我让陈凡打电话给查理，问问他们在哪里，我要赶在警方之前见到他们。陈凡马上照做了，没一会儿，又给我打来了电话，他说，女星Z正在影视城拍戏，他已经和查理约好了，查理同意见面。

"查理说他们走投无路了，希望你能帮他们。"陈凡对我说。

我没有细问，挂断电话之后，匆匆赶去了影视城。见到查理的时候，查理正在和剧组的人争吵，而女星Z低着头，坐在一边，一句话都没有说。查理发起脾气来，剧组的人做了让步，听查理骂的话，我大概了解了缘由。

两天过去了，他们还在拍当初的那个场景，原因是女星Z一直心不在焉，拍了很多遍，还没有让导演满意。剧组似乎有些怨言，查理爱面子，容不得别人说他和Z，这才和剧组发生了争吵。

见到我来了，查理才止住了怒火，剧组休息的时候，查理把我和Z带到了休息的地方，四周没有人。Z一直低着头，等她抬起头的时候，我微微一愣，她没有化浓妆，才两天不见，她眼睛里的红血丝更多了，脸色也更加憔悴了。

查理对我没有了之前的脾气，他拉着我的手，让我一定要帮帮他们。

我问他怎么回事，他说，他们已经换了一个地方住，可是，这并没有让他感到安宁，那种恐惧感反而更深了。查理说，Z这两天夜里根本不敢一个人睡觉，只要一闭眼，就会看到她梦里那个分不清是男是女的小孩。

而且，Z手臂上的抓痕也越来越多了。

查理这么一说，Z把她的袖子给挽了起来。那些抓痕，比之前还要深，有一些已经结了痂的地方，又被抓开了，尽管涂了红药水，还是让人看得触目惊心。

查理说，这两天晚上，他都和Z待在一个客厅，有一次好不容易才把Z哄睡在沙发上，结果才没多久，Z又被吓醒了，之后就一直哭，四处张望。

我冷冷一笑："你俩，想要命的话，就不要说谎。"

第34章

暗恋者？接连见鬼

查理和Z的肩膀都是一颤，他们的反应被我尽收眼底。我微微一笑，又重复了一遍我说的话："如果再有任何撒谎的地方，我会转身就走，你们这样的大牌，我帮不起，等着其他警察帮助你们吧。"

查理的脸色不太好看，他摆了摆手："我真的没有骗你，Z真的已经整整两天没有合眼了。"

我的声音冷了下来："还准备骗我？你知道我说的不是这个。"我站了起来，准备带着小鬼走了，没走几步，查理又叫住了我。他犹豫了一会儿，非常慎重地问我："你真的有办法让古曼童不再缠着Z？"

这个时候，我不想对查理解释这起案子是不是人为的，我直接点了点头，查理深吸了一口气，把我迎回了原来的地方。坐下之后，查理开口了："死在地下车库的那个人，来自港区，叫周生，听说是个富家少爷，非要给他个身份的话，他应该算是Z的暗恋者吧。"

果然，我的推测是正确的，查理和Z都知道周生，但是他们之前却没有对我说实话，而是说周生可能是疯狂的影迷或者固执的狗仔。根据警方调查出来的结果，如果周生真的只是像查理说的那样，在周生尾随Z换了几次酒店之后，以查理的脾气，恐怕早就报警了。

但是，查理没这么做，反而最后和Z不再住酒店，而是住到了一个小区里，还有保镖保护着。联系之前周生父母说的，我推测周生的异常举动，可能都和Z有关系。

查理叹了口气，说他隐瞒，是有理由的。查理说，那个周生因为家里有钱，曾经见过Z一次，还有了Z的联系方式，从那之后，就一直缠着Z。

"周生和很多圈子里的人都是朋友。"查理这样对我说，有钱能使鬼推磨，这并不奇怪。查理说，也是因为这个原因，一开始，周生给Z打电话，虽然Z很不愿意接，但是出于礼貌，还是耐着性子和周生聊了一会儿天。

但是后来，周生越来越过分，打电话的次数也越来越多，还经常约Z见面，当然，Z以各种理由婉拒了。在两个月之前，Z终于发了火，直接跟周生说他们不可能，还说不喜欢不学无术的暴发户。

而周生的父母说周生突然开始静下心来做生意的时间，就是在两个月前。查理作为Z的经纪人，对Z的事情了如指掌，Z连开口说话的力气都没有了，查理只好代替Z开口。查理说，那一次，周生有些疯狂了，大半夜的，还到Z的楼下去叫Z。

查理赶到之后，和Z商量了一下，决定暂时拖住周生，等日后再想办法。Z告诉周生，她不想和没用的男人在一起，当时周生有些失落，让Z等他，之后转身就走了。他们本以为之后周生可能会把事情闹大，但他们担心的事情却没有发生。

Z在两年前经历过丑闻风波，再也经历不起任何丑闻了。

我把周生专心想要学做生意的事情告诉了他们，他们都有些惊讶。查理喃喃了一声："他是真的喜欢Z？"

查理本来以为富家少爷只是想玩玩明星，四处炫耀一下而已，没想到他真的会去努力变好。查理的脸上有些后悔："难怪那一个月，他都没有再来骚扰Z，早知道，后来就不对他说那些话了，不然，或许他不会死。"

我让查理说清楚，查理点了点头，整理了思绪之后，继续说了下去。在那件事发生一个月之后，Z到京市来拍戏了，周生听说之后，又给Z打了电话。只是当时，Z已经开始经常做梦，手臂上的伤痕也越来越多，她和查理都非常心烦。

周生给Z打来电话，查理直接夺过电话，痛骂了周生一顿，还说他和Z永远都不可能。之后，Z换了电话号码，没想到，周生竟然赶到了京市，还找到了Z，Z数次换酒店，而周生却依旧跟随。

京市的记者有不少，大家都知道Z在拍戏。查理说，或许周生是真的喜欢Z，所以才没大闹，不像之前一样总是想和Z见面，免得对Z造成影响。之后，他们住进了那个小区，周生打听到消息之后，几次想上楼接近Z，查理一怒之下，让保镖打了周生一顿。

在不久之前，吴青山失踪了，Z和查理心里觉得更烦，害怕没人制得住古曼童，加上周生总是骚扰，所以Z直接和周生见了一面。Z把话说得很死，说他们绝对没有任何可能，求周生放过她。

之后的几天，周生果然没有再去找Z了，但是却窝在地下车库喝酒，总是不肯走。

我想起了那段诡异的监控画面，周生明明那么害怕，却还是要进车库，那地方，是最能接近Z的地方了。周生的母亲说过，周生曾经非常反常地问他们喜欢怎样的儿媳妇，但周生的父亲说一定要是正经女人之后，周生就没说什么了。

或许，周生是真的有和女星Z结婚的打算，才会问那样的问题。周生的父亲要求的门当户对，算是满足了，但是女星Z，在传统观念里不算是个正经女人。两年前的丑闻风波，把Z的床照传遍了整个港区，恐怕周生是怕他的父母一下子接受不了，所以最后也没有对他们说什么。

除了周生自己，包括他的父母和朋友，都不知道他在追Z，如果不是真的喜欢Z，而是像查理之前想的那样，只是想玩玩明星，炫耀一把，恐怕早就尽人皆知了。

查理低着头，脸上满是懊悔："我们没想到会这么严重，如果知道，我们就不会对他说那样的话了。"

查理说，周生死之前，他隐瞒我们，是不想对Z的声誉造成影响，特别是周生当时看上去已经像个流浪汉了，如果让媒体知道些什么，对Z的声誉会产生严重的不良后果。而周生死后，查理就更不敢跟我们说了，他怕媒体会说Z间接害死了人。

查理向我道歉，请求我能体谅一个经纪人的考虑，他不知道该怎么办了，求我帮帮他们。

我问查理，周生见他们的时候，有没有说什么奇怪的话，查理摇了摇头，说没有。

我耸了耸肩："好吧，继续说吧，记住，不要对我有任何隐瞒。"

查理："我发誓，不会再说谎了。"

查理接着他之前被我打断的话继续说了下去。

查理告诉我，这两天，Z的精神状况越来越不好，搞得他也有些神经兮兮了。不知道是不是心理作用，Z经常说外面有人敲门的时候，查理也听到了。可是门一打开，外面只站着保镖，他们说没人敲门。

Z也经常说，有人站在窗户外面，可是，他们住的是十几层的高楼。查理觉得头皮发麻，慢慢地过去拉窗帘，等窗帘被拉开之后，查理才终于松了口气，外面什么都没有。但是，那一次，查理刚把窗帘拉上，Z就尖叫了一声，说外面有黑影。

查理转头一看，果然看到了一闪而逝的黑影。

查理说到这里的时候，都快哭出来了："我不知道是不是太紧张，所以看到的是幻觉。但是，这种事情，不止一次了，我怀疑，我们都见鬼了。"

查理告诉我，换了个地方之后，地下车库很明亮，但是，他和Z经常在车外后视镜里看到车后面站着个小孩，等他们下车，那小孩又不知道到哪里去了。

查理这样说的时候，Z突然又尖叫了一声，她指着一个地方，我扭头，那是影视城后面的小树林。

"那里，有个小孩！"

第35章

小孩？新住处

　　Z尖叫起来，我马上就站了起来，我让小鬼待在原地不要动，立刻追了上去。Z和查理跟我谈话的地方，是影视城的一个角落，除了我们，四周一个人都没有了。今是阴天，没出太阳，我一跑过转角，就觉得一阵阴风吹来。

　　我停下了脚步，因为我什么都没有看到。Z给我指的地方，是一片林子，这里很荒凉，不少垃圾都堆在这里，一看就知道这是个一般不会有人来的地方。林子不算深，树木也不算密，正是冬天，枝丫上光秃秃的，一片叶子都没有。

　　我进了林子，找了好几遍，可还是什么都没有找到，我只好往回走。回到原来的地方时，小鬼还老老实实地坐在台阶上，我冲她招了招手，她朝着我跑了过来。我问小鬼刚刚有没有发现附近有什么人，小鬼对我摇了摇头，说她没发现。

　　我皱着眉头，走到了Z的面前。Z还捂着脸，她受惊吓的样子，的确不像是装出来的，我发现查理的嘴唇也发白了，我问他是不是也看到了。查理对我摇头，说他转头的时候，好像是看到了一个人影闪过去，但是他也不确定他有没有看错。

　　因为，查理自己也知道，最近这些天，神经变得敏感的不只是Z，还有他自己。坐下来之后，我拍了拍Z的肩膀，让她别再哭了，给我说清楚她看到的。此刻的Z，哪里还有平时在荧幕上光鲜靓丽的样子，她脸色都发青了，光是看这脸色，的确像是传说中的中邪。

　　Z颤颤悠悠，说她刚刚看到的是个小孩。那个小孩，披头散发，根本分辨不出是男是女，唯一能看到的，就是他的下半张脸，Z说，他的脸有些富态，嘴角还微微上扬着。Z这么说，我一下子想到了她家里的古曼童人偶。

Z说着，眼泪又掉了下来，她说，她在梦里看到的就是那个小孩。我扭头再看了一眼那个地方，那个地方和这里的距离有差不多十米远，正常人隔着那么远，是看不到人的脸部细节的，但是Z却能描述得这么清楚。

我问Z为什么能看清，Z摇着头，说她不知道。

Z的说法，更是给这起案子增添了一些诡异的感觉，尽管是大白天，但是Z的描述，还是让人微微有些头皮发麻。我想了想，问Z在剧组的事忙完没有，我想跟着他们去他们的新住处看看。

Z把眼泪擦干，直接跟查理说，她不想拍了，想要休息几天。查理一开始还有些为难，但是最后一咬牙，站了起来，嘴里还骂了一句："妈的，违约就违约吧，大不了赔点钱！"他说着，朝剧组待的地方走去。

我们一直等着查理回来，过了很久，查理终于才跑回来。出乎意料的是，剧组没有和查理发生争吵，或许大家都觉得Z这几天的状态不好，所以剧组临时商量，让Z休息几天，先拍其他配角的场景。

这让查理和Z都松了口气。

出了影视城之后，查理开着车，把我带到了他们新的住处。查理告诉我们，这个地方是他专门抽出半天的时间，找到的。这个地方没有之前他们住的那个小区豪华，但是住的人比较多，查理说，人一多，他和Z心里就觉得踏实一点。

可是，没想到的是，他们住进来的第一天，Z和他就总是看到脏东西。

车子开进了地下车库，车库里很明亮，也很宽敞，下了车之后，我问小鬼有没有觉得这个地方有异常，小鬼摇了摇头。小鬼去之前的那个地下车库，总说那里有鬼，我至今还没明白她为什么会有那种感觉。

我问小鬼的时候，查理和Z都把目光放在了小鬼身上。查理犹豫了好一会儿，还是开口了："方先生，我想问问，这小女孩是谁？为什么你一直把她带在身边？"

我微微一笑："是我妹妹。"

这么回答的时候，我们已经到了电梯间。这次，地下车库什么怪事都没有发生，但是进了电梯之后，情况就完全不一样了。电梯门关上之后，查理刚按了电梯按钮，Z突然就开始躁动不安起来。

她说，她总觉得这部电梯里，有一双眼睛在盯着她看。Z这样说的时候，还四处张望了起来。电梯并不算宽敞，我们四个人，就已经占了大半的空间了，被Z这么一说，查理也四处张望了起来。

这两个人都一惊一乍的，我注意到，查理和Z的腿都有些微微发抖了，特别是Z。他们住在十几层，电梯门一开，Z就往外冲，我们刚跟出去，Z突然又是一阵尖叫，她说她又看到脏东西了。

这一次，我们也看到人了，只不过，那是一个正在翻垃圾桶的老大妈，看样子是小区的清洁工。老大妈哪里会认得Z，听Z这么说，骂了句神经病，气冲冲地走了。查理拍着Z的肩膀，让她不要自己吓自己。

只是，查理在劝Z的时候，他自己分明也被吓到了。

查理带我们到了Z的房间外面，开了门进去，里面全是烧香的味道。我捂着鼻子，进去把窗户打开了，屋里有了光线之后，我果然看到桌子上摆满了香坛子，墙壁上到处都贴着黄色的咒符。

查理叹了口气，说现在他们也只能指望这些东西了。

这房子也不比之前他们的住处大，我四处观察了一下，没发现什么奇怪的。这里是十几层的高楼，窗户外面不可能站人，所以查理他们看到窗外的人影，也绝对不可能是人，我怀疑是有人故意用什么杆子，绑了个假人在这窗子外面晃。

我马上打了个电话给陈凡，报了地址给他之后，我让他查查Z住的这房子的上下左右都住着什么人。全部搞定之后，Z小心翼翼地问我有没有看到什么奇怪的东西，我微微一愣，马上笑着反问："我能看到什么奇怪的东西？"

Z犹豫了一会儿，继续说："那个古曼童，你把它怎么样了？"

我总算明白了，Z是担心我解决了那个古曼童人偶，脏东西会找上我。我摇了摇头："Z女士，你还是好好担心一下你自己吧，我要走了，这段时间，你最好多找一些可靠的人保护你。"

说完，我带着小鬼出去了，查理把我送到了门口，他抓着我的手，问我有多大把握能破案。看得出来，查理的心里也很矛盾，他信鬼神，但又希望这一切都是人为，希望我们快点抓到凶手。

"那个地下车库的诡异现象，已经被我查出原因了，你放心吧。"我盯着查理，"他如果再有什么举动的话，我会抓到他，我已经掌握了一些线索。"

查理长舒了一口气，送我进了电梯间。

回到罗峰的住处，罗峰问我一大早去哪里了，我把最新调查出来的结果跟他说了。罗峰想了想，说他也听过周家的少爷，他说，周生这个人出了名地不学无术，如果不是真的喜欢上Z了，不可能大老远跑到京市来追Z，更不可能突然心血来潮说要学做生意，而且一坚持就是一个月。

罗峰问我有没有把握破了这个案子，他还骂了一声："这个三松观到底在搞什么鬼，为什么云清看到的照片，会在女星Z的古曼童人偶里？"

我伸了个懒腰："目前死的两个人，都跟Z有关系，一个是教女星Z养古曼童的道士，一个是追Z的富家少爷。现在，Z和查理也都陆续地看到了奇怪的东西。"

第36章

还会作案

罗峰问："你的意思是，那两个人会死，都是因为Z？"

我摇头："确定，但是就目前来看，死的人和发生的怪事都围绕着Z，准确地说，是围绕着古曼童。"

这个古曼童，牵涉甚广，小鬼觉得它的味道熟悉，里面又有云清曾经在三松观里看到的那张照片，而玄一在吴青山死之前，曾和吴青山见过面。自从古曼童案发生以来，我也遇到了不少的怪事，一切的一切，都让我的脑子非常乱，我试图推测出这些事情的联系，可惜的是，我失败了。

一天的时间就这样过去了，陈凡告诉我，唐佳去见了周生的父母，得到了一些消息之后，又去见了女星Z。警方已经调查过周生和Z住的那些酒店了，并没有人发现周生曾经与Z有过接触。

警方原本想慎重一点，等确定周生和Z有关系之后再去找Z，可是什么都没查出来，唐佳急了，于是直接去见了Z和查理。陈凡很惊讶地问我，为什么不管是周生的父母，还是女星Z，都没跟唐佳说我已经找过他们了。

我想都不用想就知道，唐佳对他们这些人的询问有些艰辛，而且还可能吃了闭门羹。周生的父亲对大陆警察信不过，而查理的脾气又不好，加上这几天太心烦，又总是有人找他们，以唐佳办事的脾气和风格，不碰壁就有鬼了。

两天的时间过去之后，不管是警方还是我，都没再有什么实质性的突破了。其间，我又去见过女星Z和周生的父母一次。女星Z还是睡得很少，几乎不合眼，脸色比之前更苍白了，有查理时时刻刻看着，她手臂上的抓痕倒是没有增多，只是，她的精神状况和身体都不容乐观。

还有查理，他害怕之下，索性让那些保镖也都进屋，跟他和女星Z待在一起了。去见Z的时候，那些保镖也欲言又止，说不知道是不是心理作用，他们也总觉得屋子里有脏东西，这让他们浑身都不舒坦。

有的保镖是新换的，之前的保镖都有些害怕，他们胆子大，查理出的价格又高，所以他们才肯替查理办事。

至于周生的父母，还是没能从周生死亡的阴影里走出来，我去见他们的时候，他们都还在哭。周生的父亲催我快点破案，还说什么愿意给我更多钱。本想着去看看能不能再问出点什么，但是他们的反应让我心烦，最后我索性也不再去了。

我心烦，唐佳却很有耐心，两天的时间里，陈凡说唐佳已经跑去周生父亲住的酒店好几次了，但是周生的父亲只见过她一次，而且回答得非常敷衍。唐佳回到队里大发雷霆，痛斥周生的父亲，说他连自己的孩子死了都不着急。

听到这个消息，陈凡和罗峰都非常开心，他们对唐佳一点好感都没有。

陈凡也查了女星Z的新住处，那房子的上下左右，都查得非常彻底，综合包括不在场证明之类的因素，他们的嫌疑完全被排除了。还有之前的那个小区，警方彻底盘查过后，也没有查出谁是可疑的。

一方面，我们没有进展；另一方面，这两天，凶手也没有任何动静了。其实，按照我之前的推测，我认为凶手很可能会再有动作的，这样推测，并不是一点依据都没有的，我是根据凶手的犯罪心理推测出来的。

第二起周生的案子，和第一起吴青山的案子，有非常多相似的地方，我之前推测凶手的目的就是想把案子归结到古曼童上去，制造出一起灵异无头案来。我有些肯定，这绝对不是凶手犯的最后一起案子。

假设凶手想杀了周生就停止犯罪，那在周生死后，他早就逃之夭夭了，就算信心满满，不准备逃，他也没有必要刻意再制造出一些诡异的现象，来迷惑警方和我们。除非他是想报复社会，挑战司法权威。

然而，就目前的线索来看，这两起案子并没有这方面的特征。一般而言，挑战司法权威的案子，凶手都嚣张至极，甚至给警方留下什么警告。我把这种可能性放到了最后。

周生死后，凶手还在继续制造诡异的事件，我并不认为凶手是不放心，所以才想要继续制造诡异事件，继续把案子往古曼童身上扯，如果是这样，吴青山的死和周生的死，程度已经足够了。

这个凶手非常聪明，也非常狡猾，不太可能会做多此一举的事情。

正因如此，我才推测，凶手是想要继续犯案。

那个地下车库，早在周生死之前，就已经陆陆续续地有诡异的现象发生了，这分明是凶手的犯罪预备。如果不是有某种必须立刻杀死周生的理由，凶手可能还会慢慢准备，让周生和吴青山死得一模一样。

可惜的是，周生已死，他究竟是不是知道关于凶手身份的秘密，我们都没法去猜了。

排除要立刻杀死周生的意外因素，从凶手的犯罪手法上可以看出来，凶手在犯罪之前，是有一段比较长时间的犯罪预备的。犯罪预备，包括踩点，比如把地下车库和供电间摸熟，也包括其他犯罪准备，这个过程需要很长时间，比如吴青山的死，显然是经过精心筹备，一时半会儿是做不到的。

罗峰也觉得奇怪，他问我是不是我预测出错了。

这两天，凶手没有任何动静了，就连女星Z和查理，虽然还是很害怕，但是确实没有在小区内再看到什么奇怪的现象了。

我对罗峰摇了摇头："小区的防备加强了，或许是凶手没有办法继续行动，又或许，凶手已经开始制造另一个闹鬼的地点，准备下一起案子了，只是我们还不知道而已。"

两天的时间，让罗峰的脸色好看了一点，他倒吸了一口冷气："如果还有人再死，那这个凶手就太可怕了。"

我点了点头："我已经让陈凡多注意和Z有关的人了，如果我们的推测是正确的，并且凶手还会再犯案的话，目标可能是和Z有关系的人。目前在京市和Z关系最大的是查理，剧组方面，陈凡也通知他们小心了。"

我和罗峰正在商量的时候，王雅卓来了，她给我们带来了一份报纸。交给我之后，王雅卓睁大眼睛盯着我，一开始我没明白是什么意思，但看了报纸上的内容之后，我看穿了王雅卓的心思，她是在等我夸她。

我顺着她的意思，对她笑了笑，向她道了谢。

几天前，我除了让王雅卓继续帮我找玄一之外，还请她帮了我一个忙。我让她把女星Z养古曼童的消息，迅速地传出去，并推波助澜。之前，媒体关于女星Z养小鬼的传闻，大多是小道消息，也有的是根据女星Z四处拜神的照片传出来的，算是八卦性质的报道。

而王雅卓这次按照我的要求，把吴青山以前和女星Z见面，还有离奇死亡，以及凶案现场都是古曼童人偶的所有细节，全部都通过一些渠道告知媒体。所以这次媒体报道起来的性质，有些接近新闻。

再经过一些加工，这些报纸就足以唬人了。

不过，王雅卓给我带来的报纸，并不是京市本地的报纸，而是一些沿海城市的报纸。她说，京市的报道管得太严了，一般的报社都不敢乱写，我摇了摇头："无妨，这样已经够了，罗峰，接下来就看你的了。"

—— 第37章 ——

王鉴明之邀

罗峰马上一怔，问我需要他干什么。他满脸疑惑，因为就在前一秒，我还在和王雅卓说话，但是后一秒，我却又让他帮忙。他倒是没有推托，我的事，他一般看得比他自己的事还要重，他只是茫然而已，他皱着眉头问："你不是让我短期内不要出门吗？"

我："你不需要出门。"

罗峰更是疑惑："不出门怎么帮你？"

我笑了笑："电话。"说着，我把电话扔给了罗峰，我也不再浪费时间了，我告诉罗峰让港区的兄弟现在开始就关注一些港区娱乐圈内的媒体报道和圈内的舆论，任何关于Z的消息，我都要知道。

王雅卓已经把关于Z养古曼童的消息，传到了沿海的一些城市，再过不久，甚至港区也会接到消息。这次，Z养古曼童的传闻比之前更加真实，变本加厉，港区的媒体报道又要自由得多．这势必在港区内再掀起一次关于Z养古曼童的舆论风暴，势头肯定要比之前任何一次都猛。

罗峰照着我说的意思，马上打了个电话到港区去。挂断电话之后，罗峰才问我这么做，究竟是要干什么，王雅卓也盯着我看，她答应帮我的时候，已经问过一次了，但我没告诉她。我让他们再等等，说如果没有什么结果的话，我不说也罢。

王雅卓挠了挠头，看起来有些懊恼，罗峰很了解我，他没有再继续问了。

我们又交谈了一会儿，门铃声又一次响了，这一次来的是一个男人。这个男人我见过，在王家的四合院里见过，最开始招待我们的，就是这个男人，我没怎么把他放在心上，如果不是王雅卓叫了他的名字，我可能已经想不起来了。

来的男人，正是孙煜骁。

孙煜骁很明显已经在道上混了很久，他的身上带着一种气势，不是那种街头混混儿的痞子味，而是和罗峰一样，像是帮会的带头人。孙煜骁只叫了罗峰一声峰哥，其他人，包括我，孙煜骁都没有搭理。

王雅卓看到孙煜骁来，马上问他来干什么。王雅卓对孙煜骁的态度很不好，喝问他是不是又跟踪她了。孙煜骁摇了摇头，说是王鉴明派他来的，王雅卓的肩膀一颤，神色复杂地说了一句："爷爷他，回来了？"

孙煜骁给了肯定的回答："明爷让我带你回去，他听说小姐这段时间到处跑，有些生气，有好几个下人都被明爷打得皮开肉绽了。"

王雅卓一下子就站了起来："是不是你们在爷爷面前嚼舌根了？"

孙煜骁表面上对王雅卓非常恭敬，但却没有因为王雅卓的脾气而退缩。罗峰有些看笑话般地盯着这两个人，他偷偷地跟我说，孙煜骁在王家的权力很大，几乎是一人之下，万人之上，所以才敢这么有底气地和王雅卓说话。

不过，罗峰也有些奇怪。他说，传闻中，孙煜骁平时对王家的这个小姐也是非常好的，大家都说孙煜骁也喜欢王雅卓。但是，孙煜骁今天却和王雅卓这么说话，这说明，王鉴明可能真的发火了，而且，这火不小。

"谁不知道，王鉴明对王雅卓都是宠着、捧着的，虽然有时候管得严，但是没听说过他对王雅卓发过脾气。"正因如此，罗峰才觉得奇怪。

孙煜骁又对王雅卓恭敬地点了点头："小姐，跟我回去吧，明爷吩咐，在一个小时内带你回去，不然我们都得受罚。"

王家人的称呼，都古色古香，一听就知道，王家还是比较传统的。王雅卓咬着牙，她似乎也感觉到了问题的严重性，所以就没有再拒绝了。她回过头，朝我们招了招手，说有机会再来找我们。

但是，王雅卓的话还没有说完，孙煜骁又开口了："明爷吩咐，让我也请峰哥到院里坐一坐。"

罗峰先是一怔，但他很快就反应过来了，罗峰问孙煜骁王鉴明请他干什么。孙煜骁对罗峰说话还是客客气气的，他说他也不知道，他也只是个传话的而已。罗峰指了指自己的胸口，说他身上有伤，不方便出门。

警方已经盯上罗峰了，如果这个时候罗峰再和王鉴明见面，恐怕警方又要疑神疑鬼了。王鉴明做事隐蔽，不代表警方一点都不知情，只不过苦于没有证据而已，这情况，和罗峰有些像。

孙煜骁摇了摇头："峰哥，明爷的吩咐，他的脾气你也知道，希望你不要让我为难。"

罗峰已经有些不耐烦了："他妈的，听你这话的意思，我今天是非跟你去王家不可了？"

孙煜骁的话，已经让罗峰有些警惕了。孙煜骁面不改色，王雅卓也问了一句："爷爷请罗峰干吗？"

孙煜骁依然是摇头："小姐，我真的不知道。"

罗峰不答应，孙煜骁竟然就真的站着不走了，罗峰的脸色不太好看，他的手下也已经蠢蠢欲动了，但是孙煜骁却依然站着，纹丝不动。我玩味地笑了笑："你的胆子倒是很大，一个人来，还抱着非请到罗峰的目的，你的底气究竟是什么？"

孙煜骁终于正眼看我了，他的脸上没什么表情的变化，回答："都是道上的人，我奉明爷的吩咐，请峰哥到院里吃饭，你们不会对我动手吧，大家都不是地痞流氓，传出去，不好听。"

罗峰彻底怒了，他拿起一个烟灰缸，朝着孙煜骁的脑袋砸了过去，孙煜骁的身手不错，躲过了。罗峰站了起来："传出去不好听？请人有他妈这么请的吗？"

孙煜骁："峰哥，我出来的时候，明爷已经吩咐厨房做菜了，明爷今天的脾气不太好，我请不到你，恐怕得受罚。"

罗峰还想说什么，我阻止了他。罗峰这个时候绝对不能出门，更不能和王鉴明这样的人见面，但是，那个传说中的王鉴明，今天似乎的确有些古怪，也不知道是不是要针对罗峰做什么。

我想了想，跟罗峰说，让我代他去。

罗峰一怔，压低声音，说怕我有危险。

我偷偷地告诉罗峰，我想去看看王鉴明到底要干什么，而且，今天如果没人跟孙煜骁回去，他还真的可能赖着不走。我让罗峰不用担心我，说王鉴明就算要针对我们，也不敢明目张胆地动手。

罗峰考虑了一会儿，同意了。

一开始，孙煜骁还有些为难，但是最后看一个小时的时间快过去了，罗峰又完全没有要跟他回去的意思，只好勉强同意了。孙煜骁和王雅卓先出去了，罗峰刻意把我留下，他再三叮嘱我，一定要小心，还偷偷给我塞了一把枪。

我让他放心，把小鬼交给罗峰之后，我上了孙煜骁的车。

我和王雅卓都坐在车的后座，王雅卓低着头，看上去心情不是很好。而孙煜骁还一直通过车内的后视镜看我。快要到王家的四合院时，孙煜骁问我和罗峰什么关系，我只回答了孙煜骁两个字："兄弟。"

孙煜骁之前是听过我直呼罗峰名字的，所以他也不再多问了。

车子停下之后，孙煜骁带我进了王家的四合院，第二次来这里，我依然闻到了四合院梁柱的木香。到厅堂之后，我看见正座上坐着一个头发斑白的男人，很显然，他就是王鉴明。他手里拿着一个烟筒，我踏进来的时候，王鉴明正低头抽着烟。

他抬起头的一刹那，我的双眼微眯，这个人，我见过……

—— 第38章 ——

哪个毒

王鉴明看见我的时候，也放下了手里的烟筒，他站了起来。王鉴明的年纪还不算特别大，但是他的头发，却已经斑白得吓人了。王雅卓看见王鉴明之后，跑到他的身边，挽住了他的手。

但是，王鉴明突然冷哼一声，让人把王雅卓带下去。王雅卓不可置信地盯着王鉴明，可见，王鉴明从前一定没有这么对待过她。王鉴明的态度很强硬，王雅卓最后一跺脚，气冲冲地跟人下去了。

王鉴明这才重新打量起我来，接下来的半分钟，他的目光都没有从我的身上挪开，他绕着我，上看下看，这让我心里很不舒服。最后，还是孙煜骁提醒了王鉴明，王鉴明才终于开口。

他说的第一句话就是问我是谁，我微微一笑，还没有回答，孙煜骁就向王鉴明负荆请罪了，他说他没有把罗峰请来，只请到了罗峰的兄弟，请王鉴明责罚。王鉴明摆了摆手，又把目光放在我的身上，他干笑了两声："罗峰的手下有很多，你确定你有资格代替罗峰到我这里来吗？我这院子，可不是什么阿猫阿狗都能进的。"

王鉴明不好对付，他一开口就说得很难听。我的心一沉，但最后还是忍住了。我不卑不亢地回答："我不是罗峰的手下，明爷，你没听明白，我是罗峰的兄弟。"

王鉴明的目光突然有些赞赏，他点了点头："不错，很少有人看见我还能这样有勇气说话。罗峰年纪虽小，但已经从港区闯到京市来了，能和他称兄道弟的人，果然不简单。"王鉴明挥了挥手，让我坐下。

坐下之后，我端起王鉴明给我准备的茶，但茶还没送到嘴边，王鉴明又问了一句："我见过你吗？"

茶杯在我嘴边顿了顿之后，我还是轻轻抿了一口，放下茶杯之后，我才笑着回答："明爷，这是我第一次见你。"

王鉴明看了我很久，也想了很久，说总觉得我看上去很眼熟，好像在哪里见过。不过，我没有承认，王鉴明最后也只好作罢，只有我自己知道，我见过他，他也见过我，只是，那个时候，我不知道他是王鉴明，他也根本没有注意到我，可能只是不经意地瞟了一眼而已。

王鉴明的手下，都直挺挺地站在一边，无规矩不成方圆，能走到今天还不被警方找到证据的犯罪集团，更是如此。王鉴明又拿起烟筒抽了起来，有几分钟的时间，厅堂里没有一个人说话。

我时不时地会偷偷打量王鉴明，我知道，王鉴明是故意不说话的。如果今天在这里坐的是罗峰，王鉴明恐怕就开门见山了。只要是个明白人，都知道这样把别人晾在一边不礼貌，更不要说，我今天是代表罗峰来这里了。

罗峰嘴里叫王鉴明为明爷，完全是因为王鉴明的年纪比他大而已，以罗峰在港区的地位，足以和王鉴明平起平坐。大陆的一些帮会，是不可能和港区的帮会相比的，因为大陆查得严，警方不允许这样的势力存在。王鉴明能在京市这样一个特殊的城市把势力发展到这个地步，足以说明他的能力了。

长达十几分钟的沉默，我看了看手表之后，站了起来。王鉴明这个时候笑了起来："怎么，年轻人，按捺不住了？"

我冷冷地盯着王鉴明："明爷，我不知道你这是什么意思，我的时间宝贵，没时间和你在这里干坐着。"

我的话一说出口，王鉴明身边的手下就来呵斥我，但王鉴明很快就阻止了。王鉴明说已经有很多年没有人敢对他这么说话了，他问我有什么事情要做。

"如果没有急事，和你在这儿坐上一天我都忍得住。但是，我有急事，明爷这么着急想请罗峰来，还命令你的手下必须请到，一定有重要的事情要说，如果你不说的话，那就算我今天白走一趟了。"我开始慢慢逼王鉴明开门见山了。

如果没有罗峰，我确实不敢直接这么和王鉴明说话，毕竟这里是王鉴明的地盘，王鉴明是个毒枭，他手里没有几条人命，说出去都没人信。但我代表罗峰之后，情况就完全不一样了，王鉴明不会轻易对我下手，这也是我敢单刀赴会的原因。

王鉴明让我不要着急，说他只是看看我究竟是不是配得上代表罗峰。

我扬起嘴角："我会出现在这里，自然能代表罗峰，你就把我当成罗峰就行了，我说的每一句话，也能代表罗峰的决定。"

王鉴明彻底有些惊讶了："看来，你和罗峰的关系，真的不一般。"

我有些不耐烦了："明爷，我早就说了，我和罗峰是兄弟，我就问你一句，你们请罗峰到贵府做客，是想干吗？"

王鉴明没有因为我的语气而在意，他再次让我不要着急，说想请罗峰来，的确是有重要的事要和罗峰商量。但是，王鉴明话说一半又停了下来，他说，厨房已经准备好饭菜了，让我到饭桌上谈。

我没有再拒绝了，孙煜骁还问王鉴明要不要请王雅卓一起上桌，王鉴明冷哼一声，孙煜骁也不敢再说话了。王鉴明突然对王雅卓这种态度，绝对事出有因，我想着的时候，王鉴明已经让我动筷了。

我也不客气，直接象征性地夹了一筷子，吃进去之后，王鉴明突然说了一句："你不怕我在饭菜里下毒吗？"

我微微一笑，摇头："你如果要杀我，还需要这么麻烦吗？"

王鉴明的声音突然变得阴冷了一些："你就不想想，我说的是哪个毒？"

我放下了手里的筷子，心里阴冷无比，我的一只手，已经伸进了兜里，那是罗峰交给我的枪。王鉴明是真的让我动了杀心，他的话里有话，他说的毒，不是毒药，而是毒品，他从事贩毒的毒品！

王鉴明和我对视了几秒之后，突然开怀大笑："年轻人，你还是太年轻，太按捺不住了，罗峰和你比，要高明很多。"

王鉴明身边的手下也都跟着笑了起来，有人还起哄："不就是一点毒品吗，看把你吓的！"他手下的行为，得到了王鉴明的默许，王鉴明的态度已经表明，他的确是在吓我，而他默许手下嘲笑我的行为，也似乎是在给我下马威。

在谈大事之前，要么表明诚意，要么给对方下马威，这几乎是道上不成文的规矩了，而往往，后者表明对方对要谈的事，志在必得。

其实，王鉴明说错了，我比罗峰更能按捺住，只是，王鉴明已经触到了我的底线。罗峰数次问我为什么那么痛恨毒品，我都没有告诉他，而此刻，王鉴明竟然拿毒品来吓唬我。

"很好笑吗？"我冷冷的一句话，让大家都止住了笑，我看向王鉴明，"明爷，不管今天在这里的是我还是罗峰，都容不得你这样对待，你当我们真的怕了你吗？"

说着，我把枪从口袋里掏出来，狠狠地拍在了饭桌上。

厅堂里一片死寂，我的行为都是经过思考的。

罗峰并不怕王鉴明，我一再退让，只会让他得寸进尺。

王鉴明死死地盯着我，他的手下也蠢蠢欲动了，不过，最后他还是深吸了一口气，让我坐下。

我坐了下来："希望这次，你可以不要再拐弯抹角了。"

王鉴明放下了手里的筷子，本就没想着要一起吃饭，这些菜，只不过都是摆设而已。

王鉴明终于开口了，而他一开口，我就突然觉得有些怪异。

—— 第39章 ——

两件事，舆论风暴

王鉴明一脸笑意地对我说："听说，我这孙女最近经常去找罗峰？"王鉴明笑着，就好像刚刚一触即发的矛盾根本没发生过一样。我没有否认，这点小事，自然不可能瞒得过王鉴明，我点了点头之后，王鉴明又问我王雅卓去找罗峰干什么。

我迅速地考虑之后，回答："不知道。"

王鉴明反问："不知道？"他显然不信。

我重复了一遍："我不是罗峰，也不是王雅卓，我怎么知道她去找他干什么？"

王鉴明突然冷哼了一声："你不说我就不知道了吗？据我了解，雅卓最近在帮你们查一个道士，还派了人跟去渝市了。有一天晚上，你们还去了郊外传闻闹鬼的老宅，最后和京市刚刚发生的两起大案子扯上关系了，我说得对吗？"

果然，王鉴明什么都知道。

王鉴明也不再拐弯抹角了："我是干什么的，你应该知道，警方也知道，只是他们奈何不了我而已。你知道，有多少双眼睛时时刻刻都在盯着我吗？可你们竟然胆子大到来找雅卓帮你们去做容易引起警方注意的事情！"

王鉴明发了脾气，他是个非常小心的人，就算在发火的时候，也没有把话彻底说明白，我知道，他是指他毒枭的身份。我想了想，玩味地一笑："明爷，当日我和罗峰到这儿来，就是想请你帮忙，只是你不在，雅卓小姐主动说愿意帮我们，如果她不愿意，我们谁能强迫得了她吗？"

王鉴明的声音提高了几分："你的意思，是该怪雅卓了？"

我邪邪地一笑："难道要怪我？"

王鉴明沉默了一会儿之后，告诉我，之前发生的，他看在罗峰的面子上就算了，之后，王家不会再帮助我们，王雅卓派去渝市的那几个人，他说他也已经让他们回来了。虽然心里不舒服，但我也没说什么。

我之前没想到的是，王鉴明竟然会这么不给罗峰面子，忙都帮了一半，他还要中途停止。

"你要对我说的，就是这些吗？"我问。

王鉴明："还有一件事，你回去告诉罗峰，王某很感谢他对雅卓的厚爱，但是，雅卓和他是不可能的。"

我微微一愣，我也没想到王鉴明会对我说这话。

王鉴明说，王雅卓对其他人，从来都不会这么热心，但是罗峰一开口，她就动用了那么多人去帮他，还数次甩开手下去找罗峰，肯定多多少少对罗峰有些好感，所以，他不会再让王雅卓见罗峰了。

我彻底看不穿王鉴明了，罗峰之前说过，以前来找王鉴明提亲的人很多，王鉴明一直都没有态度这么明确地拒绝过，而是把选择权交给了他宠爱有加的王雅卓，那些人，都是被王雅卓吓跑的。

今天，王鉴明的态度已经和传闻中反差数次了。

我站了起来，回答王鉴明，他的话我会转告给罗峰，但是我刚转身，王鉴明又把我给叫住了。王鉴明说，这只是他要跟我说的第一件事，第二件要和我商量的事，他还没说。我按捺住性子，又坐了下来。

王鉴明在开口之前，又问了我一遍："你确定你的决定能够代表罗峰？"

我点了点头："是的。"

王鉴明笑了起来，那态度和刚刚强硬的样子完全不同，我不得不佩服，王鉴明的确是个老谋深算的老狐狸。

"我喜欢爽快人，本来今天坐在这里的应该是罗峰，既然你说你能代表罗峰，我就直接开口了，我想和罗峰合作。"王鉴明笑着对我说。

我皱起了眉头，心里有些不安，我问王鉴明想要和罗峰合作什么。

王鉴明指了指自己的脑袋，问我看清他头上的白头发没有，他说他已经老了，准备就在这几年金盆洗手，在什么都不干之前，他还想再开一条线出来。他说的线，是贩毒的线，听到这里，我已经明白王鉴明的意思了。

"大陆的排查越来越严格，警方盯得紧，我想在内地和港区之间开一条线，罗峰是最能够帮助我的人。"王鉴明又干笑了两声，"至于报酬，你们可以尽管提。"

王鉴明打得一手好算盘，就在前几分钟，他还拒绝帮我们的忙，并且阻止王雅卓去找罗峰，这话还没从我耳朵里出来，他就又提出想和罗峰合作这种事情。不过，王鉴明似乎信心满满，他看着我，等我回答。

这次，我总算看穿了他的想法。大部分帮会，都从事着各种违法犯罪的活动，牟取暴利，王鉴明已经是个大毒枭，手里的资源很多，办事又小心，如果是普通人，肯定会心动，他觉得罗峰应该没有理由拒绝这送上门的好买卖。

只是，他没有想到，罗峰很特殊，而我更是痛恨贩毒。

"我不答应。"我说。

我的话一说出口，王鉴明的脸色就变了，他问我是不是考虑清楚了，我非常明确地告诉他，绝对不可能。王鉴明的脸色越来越难看，脸上的皱纹也突然加深了几分，他说他要直接和罗峰说，我笑了笑："你见了罗峰，他的回答也一样。"

我直接站了起来，把枪拿在手上，走出了王家的四合院，王鉴明没有派人拦我。

我非常顺利地回到了罗峰的家，罗峰已经等急了，见我平安归来，总算松了口气。我把王鉴明跟我说的两件事都和罗峰说了，罗峰听了之后，气得胸前的伤口都发疼了。我让罗峰不用生气，反正我们已经知道玄一去了渝市，等京市的案子结束之后，我想亲自去看看。

我直接拒绝王鉴明，罗峰对此并不在意，他很早之前就答应过我，绝对不会碰这东西。其实，罗峰在港区的时候，做事也是非常有原则的，帮会到他手里之后，除了和其他帮会斗争，他做的，都勉强算是正经生意。

罗峰比较好奇的是，为什么我从前会见过王鉴明，不过，我没有回答他。

罗峰推测，王鉴明可能还会再来找他。想要在港区开一条新线出来没那么容易，王鉴明对港区不熟悉，一时半会儿也找不到其他人，罗峰，的确是最合适的人选。

已经是晚上，我们都休息了。

第二天，罗峰果然接到了王鉴明的电话，王鉴明说他想亲自上门来拜访，但是在电话里，王鉴明却是只字未提昨天和我说的事。

罗峰想要一次性地把问题解决，直接同意了，他们约了一个深夜，这样能避免被警方盯上。

王鉴明向来办事小心，所以罗峰也不怕有警察跟着他，也就没过多交代。

在等王鉴明来的期间，港区有了消息。罗峰的手下回报，说港区果然像我预测的那样，起了巨大的舆论风暴，间歇很长时间之后，女星Z养古曼童的传闻，又一次占据了各大媒体报纸的头条，而且态势比之前还要猛得多。

我微微一笑，我的目的达到了，我让罗峰的手下尽快把报纸关于女星Z的报道，尽可能地全部搜集起来，然后给我们传真过来。

到晚上八点多的时候，我们收到的传真件已经非常多了，我把那些报道的传真件都放在桌上，罗峰坐在一边，问我到底要这些东西干吗。

我开始一份一份地找了起来，罗峰帮不上忙，只好在一边坐着干抽烟。我在翻那些报道传真件的时候，传真机还在不停地传。

小鬼坐在我的边上，因为好奇，一直盯着传真机。

终于，我拿着一份传真件站了起来："找到了！"

罗峰："找到什么了？"

—— 第40章 ——

看出来个鬼

我晃了晃手里的报纸传真件，罗峰拿了过去，但是看了好一会儿，他也没有明白过来我是什么意思。我继续翻着那堆积如山的报道传真件，这项工作一直持续到深夜，最终，我整理了几份港区的报道出来，有的报道，还附上了Z的照片，当然，照片是黑白的。

黑白照片有些模糊，甚至有的已经是黑漆漆的一团，根本看不清Z的脸部表情了。但是，这并不影响我的目的，我是要看Z的身体轮廓，而不是看具体细节。我找了其中一张还算清晰的照片出来，那个时候，Z已经深陷丑闻风波，并且媒体已经传言她瘦得连六十斤都不到了。

然而，这张照片，却似乎和其他报纸的照片有一些矛盾。这张照片，是Z在恢复光鲜靓丽之前，最后一次被媒体捕捉到的，可是，从Z的外表来看，Z不像是一个只有六十斤的人。一个只有六十斤的高挑女人，绝对是瘦到让人感觉有些可怕的。

有不少得了厌食症的人，全身瘦得皮包骨头，皮肤严重脱水，看上去不像是一个人，而是传说中的僵尸。光从这张照片来看，Z的身体状况，好像没有那么严重。但是，我也不敢直接确定，因为当时正是冬天，Z戴着帽子和口罩，身上的衣服也穿得很多。

罗峰说，可能是Z因为需要外出，穿了很多衣服，所以看上去才没那么严重。Z是和查理一起出现的，照片里的查理，还怒指镜头，似乎在怒斥偷拍的狗仔。看着这张照片，我感觉有些奇怪。

我在想，那个时候，绝对是Z的身体状况最糟糕的时候，她为什么还会出现在公共场合？Z和查理都跟我说过，那段时间，Z非常喜欢处在幽闭黑暗的环境里，那样才能让Z觉得一切都和她没有关系。

"会不会是去拜神的时候被拍到的？"罗峰问我。

我摇了摇头："不可能。在拍这张照片之前，媒体也拍过Z去拜神的照片，只是，那个时候Z根本没有把自己裹得那么严实。"这也是这张照片和其他报道相矛盾的地方，Z似乎没有想过要隐瞒自己瘦得不成人样的事实，至少没有想过要做非常严密的隐瞒措施。

否则，在Z之前去拜神的时候，也一定是穿很多衣服，戴口罩，不让媒体看出来她那么瘦。

罗峰让我去问问查理和Z就知道了，我点了点头。

除了这张照片上的报道之外，我没有找到其他我想找的了。罗峰依然不明白我要干什么，正要进一步问我的时候，他的手下说王鉴明差不多该来了。我们把桌上的传真件全部都收拾了，坐在客厅里等着王鉴明。

小鬼被我哄到房间去睡觉了。

没过多久，王鉴明到了罗峰的家里。王鉴明手里挂着一根木制的拐杖，拐杖上还雕着一个龙头。王鉴明还不到需要挂拐杖走路的年纪，那拐杖看上去有些多余，但是在老一辈人的眼里，雕着龙头的拐杖，象征着权力，准确地说，那是一把权杖。

王鉴明穿着灰色的唐装，头顶上还戴着一顶黑色的洋帽，这打扮，更像是几十年前的装束。王鉴明一进屋就笑了起来，罗峰也站起来，笑着朝王鉴明走了过去，做正经事的时候，罗峰收敛起了平时有些毛躁的性子，我心里不由感叹，这两个人果然都是道上的头头儿。

罗峰和王鉴明握了手之后，把他迎到了沙发上坐下，王鉴明的目光在我的身上停留了几秒钟，随后一笑，好像我和他之间从来没有发生过矛盾一样。

这一次，王鉴明总算开门见山了，他问罗峰，我是不是把昨天跟他谈的都如实相告了。罗峰点了点头，王鉴明似乎还担心我会故意撒谎，所以把昨天说的话，全部一字不漏地重复了一遍，除了他想和罗峰合作，还包括他不允许王雅卓再见罗峰并且不会再帮助我们的事情。

罗峰的脸色有些僵硬，他应该和我想的一样。这王鉴明对自己太有自信了，一般人诚心想和别人合作，至少都要施与点恩惠，王鉴明非但没有，还态度强硬地拒绝王雅卓和罗峰往来，并且直接说不愿再帮助我们。

我看得出来，罗峰对王雅卓一点念头都没有，但是他是想帮我的，特别是他被警方盯上，不方便有大动作的时候。罗峰仰在沙发上，跷起了腿，深吸了一口烟之后，才对王鉴明开口："明爷，你这不像是要和我合作的态度。"

王鉴明带来了两个人：一个是孙煜骁，另一个是我们之前没见过的。两个大佬说话，他们纵使对罗峰的态度有不满，也不敢随意开口。

王鉴明面不改色地笑了笑："罗峰，因为一些事情，雅卓不能和你再继续来往，你们的忙，我也不能帮，但是我想和你合作的诚意，相信你看得出来。"

罗峰坐直了身体，把烟捻灭了，随后，他吐出了一句让王鉴明脸色一变的话："看出来个鬼。"

孙煜骁终于忍不住了，他往前走了一步："峰哥，明爷诚心诚意来找你合作，你这么讲话，似乎不太合适吧？"孙煜骁嘴上还礼貌地称呼罗峰，但敌意已经很明显了。

罗峰轻蔑地一笑："这里有你说话的份儿吗，闭上嘴，别自己是怎么死的都不知道。"

罗峰的态度有些出乎我的意料，京市毕竟不是罗峰的地盘，和王鉴明的关系搞得太僵，对罗峰没有任何好处。罗峰在处理大事的时候，一直都很精明，这次却有些反常。王鉴明之前就已经和罗峰有过接触了，他知道罗峰是怎样的人，所以此时才会诧异。

孙煜骁想要还口的时候，王鉴明摆了摆手，孙煜骁不说话了。王鉴明深吸了一口气，又笑了起来："罗峰，年轻人得收收脾气，你从前不会对我这么说话的，是不是对我有不满？如果是因为我不让雅卓和你来往……"

罗峰嗤笑一声："明爷，我对你那孙女，没有任何想法，和她也只是普通的朋友关系，你想多了。"

王鉴明更加诧异："不因为这件事，那是为何？"

罗峰站了起来，朝我看了一眼："我这个兄弟，昨天在你们院里吃饭，好像不是特别愉快。"

我也是一怔，总算明白过来了，罗峰这是在为我出头。王鉴明一时说不出话来了，我能猜出王鉴明的心思，尽管我在四合院里的时候已经说了多次，我能代表罗峰，但王鉴明一定有怀疑，所以今天才会亲自来一趟。

而现在，罗峰为了给我出头，不惜直接和王鉴明产生矛盾，王鉴明又怎么会不吃惊。

王鉴明再一次把目光放在了我的身上，终于，他开始重视起我来了，这种眼神，昨天在王鉴明的脸上没有出现过。他看了我一会儿，又问我到底是谁。我面无表情地报出了我的名字，就在昨天，王鉴明甚至连我的名字都没问。

王鉴明重复了两遍我的名字，似乎在想我是不是被他忽略的大人物。

"明爷，不用想了，我不是什么大人物。"我直接对他说道。

王鉴明依旧不愿意放弃，他摇了摇头："不对，我觉得你很眼熟，我绝对在哪里见过你。"

我也点了支烟，随后耸了耸肩，表示他爱信不信。王鉴明好像非常想促成这次合作，他犹豫了一会儿，竟然向我道歉了。

第41章

匿名者

　　王鉴明说是他待客不周，让我不愉快了，虽然是无心，但还是愿意再请我到王家去做客。王鉴明那根本就不是无心，而是有意，罗峰刚想发作，我给他使了个眼色，以王鉴明的身份，说这样的话，已经不容易了。

　　我不想罗峰因为我，彻底和王鉴明闹翻。罗峰只好又坐了下来，想了一会儿之后，还是不肯和王鉴明谈关于合作的事情，但他也没有直接拒绝。罗峰的性子我最了解，他既然向我做过保证，就肯定不会和王鉴明一起从事贩毒，他或许是想借着这个机会，让王鉴明继续帮我。

　　我这样想着的时候，罗峰果然开口了：

　　"明爷，我很想知道，帮我找个人而已，为什么要这么抵触？以你的能力，找个人，不是难事吧？"

　　王鉴明沉默了一会儿，回答："雅卓帮你们找人，差点因为京市发生的案子，被警方盯上，这么冒险的事情，我不会做。"

　　罗峰笑了两声："明爷，你如果怕被警方盯上，早就收手了，说吧，到底是什么原因？"

　　王鉴明的理由，显然不能让我们信服。在罗峰的一再要求下，王鉴明总算跟我们说了实话，但是，他也没有说明白。王鉴明说，他并不知道那个玄一是谁，但是，他在渝市的时候，曾经收到一封匿名信，写信的人说，不能和玄一有任何关系，否则大祸临头。

我和罗峰都有些吃惊，我们没想到，王鉴明竟然也收到匿名信了，我也没想到，王鉴明竟然也是刚刚从渝市回来，玄一正是朝着渝市去的。我想了想，问王鉴明能不能给我看看那封信，王鉴明先是犹豫了一会儿，但最后还是从怀里掏出了一张信纸。

纸上只有一行字，写的内容，也和王鉴明说的一模一样，关键是，王鉴明收到的匿名信，和我之前数次收到的匿名信，笔迹是一样的，这些信，似乎都出自同一个人之手。我盯着匿名信看了很久，王鉴明问我是不是看出什么了。

我这才反应过来，把信纸交还给了王鉴明。我犹豫了片刻，最后没有对王鉴明说我也收到了同一个人写的匿名信，在没有查清事实之前，我不想暴露太多。我问王鉴明为什么会相信这封信上的内容。

这是疑点，王鉴明已经闯荡几十年了，不可能因为一封没头没尾，连名字都没有的信而害怕。王鉴明的回答，让我和罗峰更是吃惊，因为，这已经不是王鉴明第一次收到这样的匿名信了。

王鉴明告诉我们，他第一次收到匿名信的时候，是在好几年前，那个时候，他正在进行一次大动作，当时，写信的人告诉他，警方盯上了他。正是有了那封信的提醒，王鉴明及时转移走了大批毒品，最后让警方扑了个空。

从那之后，王鉴明又数次收到匿名信，匿名信救了王鉴明好几次，尽管不知道写信的人是谁，但是数次受惠，王鉴明对信上的内容深信不疑。王鉴明越说，我和罗峰越惊讶，我在想：写信的这个人究竟是谁？他为啥那样神通广大，就连警方的行动都了如指掌？

更让我们不解的是，这个人为什么要帮助王鉴明？

王鉴明说，排除这次，他最后一次收到匿名信，是在两年前，那个人让他停止活动两年，免得被警方抓住把柄。王鉴明真的照着信上说的，安分地过了两年，果然，那两年，京市的数个犯罪集团被警方取缔，王鉴明因为没有行动，得以安存了下来。

两年的时间一过，王鉴明又准备开始行动了。王鉴明直言不讳，说他这次去渝市，就是想在港区、渝市和京市三个地区之间，铺开一条线，过几年就金盆洗手。

时隔两年，匿名信再度出现，王鉴明自然对信上的内容深信不疑。

一开始，王鉴明还不知道这个玄一是谁，但是回到京市，一听手下说起，他开始心慌了。我和罗峰也总算明白过来为什么他会对一向宠爱有加的王雅卓发那么大的火了。王鉴明看到我和罗峰满脸诧异，问我们是不是知道些什么。

我和罗峰对视一眼，各自心领神会，什么都没有说。罗峰转移了话题："原来明爷是有贵人相助，所以这些年才一帆风顺。"

王鉴明一笑："这个人，的确帮了我很大的忙，说他是我的贵人，也不为过。罗峰，我把这么重要的事情都和你说了，可见我的诚意，你放心，你只需要替我在港区开一条线就行了，我保证很安全，不会有任何事情，至于利润，你们可以随便提。"

罗峰想了想，又问了一句："明爷，这雅卓小姐虽和我没什么，但毕竟是我们的朋友，你阻止她见我们，似乎不太好吧？"

罗峰还是没有放弃，他知道要他直接帮我们不可能，所以还是想通过王雅卓帮我们。王鉴明不允许王雅卓见我们，算是把最后一条路给堵死了。

原以为王鉴明会稍作让步，没想到王鉴明的态度却比之前更加强硬了，他直接告诉我们，他绝对不允许王雅卓再见我们。罗峰一听，顿时也怒了："明爷，你这是什么意思，难道你认为我们不配和王雅卓做朋友？"

王鉴明冷哼一声，竟然手持拐杖站了起来。

"罗峰，看来今天合作是谈不成了，改天再谈吧。"王鉴明说话的时候，脖子上的青筋都起来了，可见，他是动了真火。

在我和罗峰的注视下，王鉴明带人离开了，罗峰也没有要送王鉴明的意思。等他们走远之后，罗峰马上转过头对我说："你确定匿名信是同一个人写的吗？"

我点了点头："笔画的细节、特征都相同。"

痕迹学中的笔迹鉴定，最重要的就是要进行细节比对，除非是有字迹模仿的高手小心翼翼地模仿，否则不同人笔迹笔画的细节，绝对都是不一样的。写匿名信的人非常神秘，被人模仿的可能性比较小。

罗峰骂了一句："连王家都牵扯进来了，那个人想来是有些真本事的，否则也不会帮了王鉴明那么多次，说不定，他也能帮你。"

我最近一次收到匿名信，是在我家的窗口，信上告诉我有危险，当时，的确有人用迷香试图让我们睡得更沉，也有人去敲我家的门。

"他一直让你去找他，可是却又不告诉你到哪里去找他，他的名字你也不知道，这么神秘的一个人，我们要上哪里去找？"罗峰犯了难。

我想了想，让罗峰不要着急。我的直觉告诉我，匿名信肯定会再出现。如果匿名者真的帮了王鉴明那么多次，肯定是个厉害的人物，不至于无聊到像搞恶作剧一样耍我，他几次和我接触，却没有暴露他的身份，肯定有他自己的考虑。

"那这王雅卓是怎么回事？王鉴明想和我合作的诚意不假，但竟然极力阻止王雅卓见我们，太奇怪了，见个面，不至于会怎么样吧？"罗峰问我。

我摇了摇头："这点，我也没有想通。王鉴明是只老狐狸，想猜透他的心思，没那么容易。"

罗峰叹了口气，他说这次，想利用王家的人帮我们找玄一，肯定是不可能了。

我拍了拍罗峰的肩膀，让他不用在意。

其实，就算有王家帮忙，也未必找得到玄一，玄一连续两次故意暴露行踪，肯定有不被抓住的底气。

—— 第42章 ——

痞子生活，阻力

我准备上楼的时候，罗峰叫住了我，刚刚王鉴明又问是不是见过我，这让罗峰彻底忍不住了，他把我留下，非得让我把这件事说清楚。罗峰挠了挠头，有些懊恼："你身上的秘密太他妈多了，你好歹告诉我一件吧。"

我犹豫了一会儿，又坐了回来，罗峰见我坐下来，马上来了兴致。我告诉罗峰，我是在刚被警校开除之后没多久，见的王鉴明。刚被警校开除的时候，我不知道要到哪里去，那段时间，我过得非常落魄。

"我曾经跟你说过，从小到大，我有过三段最黑暗的生活：爸爸被抓；我在福利院里度过了被人冷眼嘲笑的两年，那是一次；被警校开除后的那几年，也是一次。"我对罗峰说。

罗峰点了点头："我知道，那些年，你一定受了不少苦。"

一开始进入警校，就是为了查清楚爸爸究竟是怎么死的，查清楚他当初交给我的那个盒子究竟隐藏着什么惊天的秘密。那个时候，我走投无路，到警局报警，最后也因为证据不足，警方不予采信，没有立案。

我能想到的，只有自己去查，于是，我进了警校，想着利用警方的资源调查清楚。不管人是不是段坤杀的，段坤都是知情者，我想要找到他。段坤躲躲藏藏，本来就很难找到，又因我被警校开除，所以多年的努力都白费了。

但是，我没有放弃，混迹社会，我用尽各种方式去结交道上的人，经常出现在

-168-

一些非常混乱的场所，也时常和人打架。因为手段狠，陆陆续续也有一些人自愿跟着我，老九就是其中之一。

只是，痞子终究是痞子，不能和罗峰这样的帮会势力相比。跟着我的人，也不是绝对忠心耿耿的，正因如此，我派老九他们去港区，他们才会因为色迷心窍，误了正事，从而招来了杀身之祸。

甚至，老九背叛了我，这一点，我已经从李德水的口中证实了，只是，到现在我们还不知道老九为什么会在法医鉴定出来结果之后，出现在京市，且跟我报信。

"那段时间，我利用了很多人，甚至连女人都睡了不少。"我扬起了嘴角，"所以我一直都在说，我不是好人。"

罗峰皱起了眉头："对我呢，也是想利用我吗？"

我一笑："你觉得呢？"

罗峰摇了摇头："我感觉你是真心待我的。"

我犹豫了好一会儿，回答："你觉得是，那就是。"

罗峰这么说，我想起了第一次和他见面时的场景。当时下着大雨，我带着一个女人要进宾馆，时间已经是凌晨两点钟了，没想到的是，在经过一条巷子的时候，我看到了全身血淋淋，倒在雨地里的罗峰。

罗峰当时已经奄奄一息了，他抓着我的裤脚，让我救他。跟我随行的女人被吓坏了，让我快点走。而且，当时附近有脚步声和呼喊声，女人害怕，见我没走，自己跑了。我救下了罗峰，结果被好几个人包围，他们手上都拿着大砍刀。

把他们都打倒之后，我身上也被砍了好几刀，到医院的时候，我和罗峰都快断气了。罗峰的情况比我严重，几天之后，我醒过来直接拖着重伤的身体，强行离开了医院，据罗峰后来说，他那个时候还没醒来。

"我一直没问你，你当时那么着急离开医院，不怕出事吗？"罗峰问我。

我说："我没钱交医药费。"

罗峰的表情有些无语，他摆了摆手，说不打断我，让我继续说下去。

整整两个月，我才能出门。没想到的是，没几天，我就在外面被人堵了，当时堵住我的人有十几个，带头的是罗峰。我以为是我的仇家，罗峰一靠近我，就直接被我打趴下了，后来才知道，罗峰就是我救下的那个人。

我救罗峰的时候，罗峰满脸是血，我根本不知道他长什么样。不打不相识，罗峰跟我走到了一起，因为熟悉警方侦查的套路，我帮过他几次。从那之后，或许是我的性格和罗峰很对路子，我和罗峰开始称兄道弟，罗峰对我也一点架子都没有。

特别是在经历过几次生死之后，罗峰算是真的不把我当手下，而是当兄弟了。

"其实我一直很不解，你连我的样子都没看清，就敢救我？还差点丢了性命，你怎么想的？"罗峰非常老实地告诉我，如果换成他，他肯定不会救。

我没有回答罗峰这个问题，他见我不说话，就不再问了："算了，你还没跟我说你为什么会认得王鉴明。"

"我在认识你之前，就见过他了，在一个卡拉OK厅里。"我回答。

印象之中，当时王鉴明头发还没这么斑白。当时，我有了段坤的一些消息，所以去那个卡拉OK厅里堵一个人，有消息称，那个人曾经和我的爸爸一起盗窃过。爸爸死后，段坤不见了，奇怪的是，那个人也不见了。

我一直在找时机，没想到的是，那家卡拉OK厅突然着火了，很多人都匆匆忙忙地往外跑，怕出事，我也只得往外跑。只是，我在门口等了很久，却不见那个人出来。那个人是当时唯一可能知道段坤下落的人，我心有不甘，便冲进去找他了。

四周围了很多人，王鉴明就在外面，当时王鉴明身边站着不少人，我还不知道他的名字，但却肯定他是道上的大人物。只是，当时我却没有心思去巴结，我很着急地冲进去，王鉴明当时看到我了，但只是匆匆一眼，这么多年过去，他记不住我倒也正常。

冲进冒着大火的卡拉OK厅之后，我找了很久，最后发现了我要找的那个人，只是，他当时已经倒在地上，没有呼吸了。他的下半身已经着火了，无奈之下，我只好冲了出去。当时，卡拉OK厅里还有几个人没死，我顺手拖了两个人出去。

我还记得，当时大门已经被大火封死了，我是从后门出去的。

怕被警方找去问话，我于是匆匆地离开了。再后来，警方将那起大火定性为人为，但却始终没有找到纵火的人。

这件事，我没有跟罗峰提起过，他微微一愣："我怎么感觉，是有人故意要阻止你找人的？"

我点了点头，我也有这种感觉，但是，我却不太敢确定。因为，当时卡拉OK

厅里还有王鉴明，他是大人物，有一些敌人想杀了他，偷偷纵火，倒也有可能。但是，我依然认为那场火和我有关系的可能性比较大。

因为在之后的几年，包括已经结识了罗峰之后，每次我要找段坤，都是阻力重重。好不容易在港区有了段坤的消息，派去的四个人却被杀了。

本来，我是想要亲自去港区的，可没想到的是，京市突然也有了段坤的消息。真假难辨，我最后留在了京市，等确定下来京市的消息是假的时，老九几个人却已经遇害了。我总觉得是有人在故意阻止我，可是我想不通的是，如果真的有人要阻止，直接杀了我岂不是更简单？

我当了很多年的痞子，一直到现在，罗峰也总说我身上带着痞子的邪气。虽然我从来没想过要在罗峰的帮会里要什么地位，但是罗峰的所有手下，都已经把我当成帮会的二把手了。

"那你为什么那么痛恨毒品？"罗峰又一次问了我这个问题。

我站了起来："不说了。王鉴明这只老狐狸的如意算盘打错了，他不会善罢甘休，肯定会再来找你的。"

第43章

港区的报道

罗峰在我身后抱怨几声，最后也回房去了。

第二天我醒来的时候，罗峰在港区的手下又给我们传来了很多的传真件。京市的媒体没有掀起什么波澜，那是被严格控制了，但是港区却掀起了惊天骇浪，一直到今天，港区对女星Z养小鬼的报道也没有停歇，反而愈演愈烈了。

经过筛选，我又找到了几份我要找的报道。

不得不说，港区的狗仔扒人隐私的能力很强，被王雅卓传出去的消息推波助澜一下，几乎所有关于女星Z的事情，全被扒了出来。女星Z之前的床照和脚踏几条船的传闻都是真的，据说她从前的那几个男朋友，也是被狗仔烦得不行了。

那几个男朋友，有的是娱乐圈里非常著名的歌星和影星，有的是商界的大老板，每一个长得都不错。罗峰还调侃女星Z是被那丑闻风波给整怕了，不然以女星Z的性格，周生找上她的时候，她肯定不会拒绝。

我们见到周生的时候，他一副流浪汉的狼狈样，但是看他的照片，他的长相非常帅气，家里又非常有钱。罗峰的调侃，让我皱了皱眉头，但没有说什么。据称，女星Z在陷入丑闻风波之后，还去找过那几个男朋友，有媒体说，Z深知自己没有东山再起之日，所以想找人嫁了，从此退出娱乐圈。

只是，曾经和Z睡一张床的那几个男朋友，都不约而同地选择和Z划清界限。也有媒体说，Z是从那时候才真正感觉到绝望，所以终日抑郁，患上了抑郁症和厌食症，最后消瘦得不成人样。

"她自己自作自受。"罗峰看了报道上的说法，又调侃地一笑。

Z很小的时候，她的父亲就去世了，于是从小就和她的母亲生活在一起。Z在走投无路之后，曾经去找过她的母亲，有一段时间，是查理和Z的母亲一起陪着Z的。然而，Z的母亲和查理根本没有办法成功地开导Z。

在这之后，媒体就数次拍摄到查理和骨瘦如柴的Z一起去各大道观和庙堂求神拜佛了。可是，Z东山再起之后，却没有和她的母亲再住在一起了，媒体中也有唯恐天下不乱的人，说Z不顾孝道，是个不孝女。

甚至有人爆料，Z已经有两年没有见过自己的母亲了。

而且，有很多媒体说Z自东山再起之后，就没有再和从前的圈内好友怎么相处过。

这些都是关于Z的负面报道，媒体中也不乏替Z说好话的。有人说，Z是真的知道错了，因为Z重回演艺圈之后，非常真诚地道歉，并且之后没有再传出什么丑闻了。而且，这些人说女星Z养古曼童的消息，也只是空穴来风，被居心叵测的人恶意炒作而已。

这些人，为Z说尽了好话。他们说，Z落难的时候，她的那些所谓好朋友，没有替她说话，并不是真朋友，Z自东山再起之后，不再继续和他们交往，也是正常的。

也不知道是不是这些人真的词穷到没话说了，他们还翻出了一件有意思的事情。Z在港区，的确非常出名，很多媒体将"全能艺人"的称号冠在Z的头上，但事实上，Z比较擅长拍戏，唱歌并不怎么样。

Z自东山再起之后，没有再发过一张唱片，并声称以后只做演员，不做歌星，也不想再按照公司的要求，发质量差的唱片去骗粉丝的钱，还说这是对她的粉丝负责。而Z的这种说法，果然赢取了很多粉丝的好感。

对此，媒体褒贬不一，有人说这是经纪人查理惯用的伎俩。

查理的能力毋庸置疑，虽说娱乐圈总是大起大落，但如果没有查理，Z不可能在两年的时间内，从谷底登上新的巅峰。

关于Z的报道还有很多，其中最诡异的，莫过于Z是怎么在短短数月之内，从瘦得不成人样恢复到光鲜靓丽的样子的。

我把这些报道看得很细，罗峰本来就不怎么感兴趣，有些不耐烦了。

"你看这些，到底是为了什么？"罗峰问我。

我回答："你记不记得，我对你说过一句话，任何东西和事情，都可能成为破案的关键。"

罗峰点了点头："鬼叫簪案的案发现场，你说过，那个吹风机，最后真的成了破案的关键？"

但是，罗峰却依然没有办法理解我为什么要看这些报道，罗峰提醒我，港区的很多媒体报道都是在胡说八道。我并不否认这一点，但是那些狗仔和记者的能力，也是否定不了的。

我和罗峰说话的时候，传真机里又出来了一页纸，罗峰拿起来，随手扔给了我，他说又是关于Z和查理云拜神的报道，还说，他们拜神都拜到国外去了。

我一愣，马上看了起来。

时间仍旧是在两年前，这报道上没有照片，但却有人说在港区的机场看到了查理和女星Z，当时的时间正是冬天。我马上拿起了昨天夜里的那张被称为Z恢复光鲜靓丽模样之前被捕捉到的最后一张照片的黑白照片，照片的时间，和这篇报道所说的时间，基本吻合。

我推测，写这篇报道的记者，没能拍到查理和Z的照片，但是查理和Z在出行的时候，被其他记者拍到了。

写这篇报道的记者，说Z的目的地是东南亚的某个国家，那个地方，非常盛行供养古曼童，是古曼童传说的发源地。港区的机场，早在几十年前就启用了，今年才重建改名过，Z和查理当时去的是改名前的国际机场。

我盯着这篇报道看了很久，罗峰问我在看什么。我反问他，难道不觉得奇怪吗？

罗峰没想明白，我把心底的疑惑收了起来，我给陈凡打了个电话，陈凡接到我的电话，还以为我调查到了新线索。我让陈凡帮我一个忙，陈凡犹豫了一会儿，说有点难办，但表示他会尽力。

"记住，如果你想要立功，就尽量不要让别人知道。"我对陈凡说。

陈凡更加为难了："我的职权，未必能做到。"

我冷笑一声："你以为升职那么容易吗？"

陈凡最后讪讪地一笑，挂断了电话。我担心陈凡搞不定，还让罗峰也动用关系帮我，罗峰马上照做了。

罗峰彻底被我绕晕了，他问我到底要干什么。

我把我的推测和计划都告诉他之后，他满脸震惊，问我是不是确定，我摇了摇头："没有多大把握，但是得试试。"

我的话音刚落，我的手提电话又响了，是个陌生的电话号码，我刚接起电话，听筒里就传来了非常急迫的声音，是Z！

她告诉我，查理出事了。

问清楚状况之后，我马上出门了，很快，我到了医院里。我到医院的时候，陈凡又给我打来了电话，他也说查理出事了，事发地点在Z新住处的地下车库，他说他正往那里赶，他得到消息的时候，据说已经案发一个多小时了。

Z说查理被送进了医院，见到查理的时候，查理正躺在病床上，他昏迷着，脑袋被包扎了起来，而Z就一直坐在一边哭。我问Z是怎么回事，Z告诉我，唐佳他们才刚刚从医院离开。

Z说，大约是在一个多小时前，她接到了警方给她打的电话，她在保镖的护送下，哆哆嗦嗦地到地下车库里了。

那个时候，查理已经被送到了医院。警方告诉Z，古曼童案，又发生了。

查理受伤的部位是后脑，和前两起案子一样，而且，案发现场，也有一个古曼童。

第44章

再发一案

在几天的风平浪静之后，诡异的事情又发生了，而且这一次，差点又要了一个人的命。Z说，唐佳他们走后，她立刻想到了要给我打电话。我让Z不要着急，慢慢地和我说清楚。Z的情绪很激动，身体也一直颤抖着。

天已经快要黑了，病房里很安静，显得阴森森的。Z到地下车库的时候，地下车库里的照明灯是暗着的，不仅如此，整个小区都停电了。Z把自己关在房间里，也没有开灯，她是后来听警方说的。

警方把查理送到医院之后，又进了地下车库的供电间。不知道是不是巧合，那个小区的供电间也和地下车库的安全通道挨得很近。警方发现，供电间是上着锁的，但是，有了之前的经验之后，警方随意掏出一把大小合适的钥匙就把锁给打开了。

凶手故技重施，把原来的锁砸破之后，安上了锁芯刻痕非常简单的锁。警方发现，供电间里的电闸都被关掉了，一开始，警方还在想为什么凶手要这么做，整个小区停电，肯定很快就会有物业找电工到供电间查看。

也就是说，凶手或许只有不到十分钟的时间可以作案。

但是，警方也不傻，他们通过排查，很快搞清楚了凶手的目的。Z新住进的小区，监控摄像头比较多，凶手作案之后，很难不留痕迹地逃走。老式的监控摄像头是和电路连在一起的，警方推测凶手是因为作案匆忙，想要关闭摄像头，所以才直接把总电闸给关了。

Z说，查理倒在一个拐角里，距离安全通道很近。查理出门是因为剧组有事要和他商量，他是在回来的时候遇害的。Z到地下车库的时候，看到地上有一摊血，而血的边上，倒着一个古曼童人偶。

古曼童人偶已经被警方初步认定为作案工具，因为上面有血。

Z告诉我，案发现场还有两个目击证人，多亏了他们，查理才没有死。据目击证人说，他们开车进车库的时候，地下车库已经是一片漆黑了，他们刚下车，就听到了查理的呼救声，当时，他们还听到了一阵匆忙的脚步声。

据他们说，当时查理应该还没有遇害，但是很快，他们就听到了查理的一声惨叫。他们心里也害怕，所以就大声喊了起来，等他们找到查理的时候，第一时间报了警，叫了救护车。

Z的眼泪又掉了下来："查理出门的时候，我一直让他要小心，没想到他真的出事了。"

Z说，查理到地下车库，看到照明灯突然暗下来，肯定已经有警惕性了，毕竟前一起案子，凶手就是那么做的。查理害怕，所以才大声呼救，多亏当时地下车库又有别人进来，否则查理可能已经死了。

我问Z查理的情况怎么样，Z把医生说的转述给了我。查理的后脑伤口不算深，只遭到了一次打击，抢救又及时，医生说查理没有什么大碍。我点了点头，问Z是要在医院陪着查理，还是要回家去。

Z说她不敢一个人待着，所以准备直接待在医院。天就快黑了，Z问我能不能留下来陪她，我想了想，没有拒绝。Z眼睛里的红血丝更多了，脸色也显得非常憔悴，但是她却没有要合眼的意思。

等天彻底暗下来之后，陈凡给我打了电话。

他说，现场发现的古曼童人偶上，没有任何指纹，血迹也确定是查理的。警方查了电路断掉之前的监控录像，查理是在断电三四分钟之前进的车库，进去之后没多久，小区就停电了。

警方预测了一下时间，开车、倒车、停车的时间，差不多是三四分钟的时间。也就是说，查理几乎在一下车没多久，凶手就实施作案了。目前，警方正在排查监控摄像头记录下的每一个人，这个小区比之前那个小区更加开放，进出小区的人也非常多，陈凡心烦意乱，说这简直是大海捞针。

挂断电话之前，我让陈凡别急，继续去帮我做之前我交代他的那件事。

到深夜的时候，女星Z终于躺在另一张病床上合上了眼睛，她太累了。

病房外面有Z的保镖，我放心地出了病房。我到医院外面抽了根烟，却接到了王雅卓给我打来的电话。王雅卓说话的声音非常小，我问她怎么深更半夜给我打电话，王雅卓说她给罗峰打了电话，但是罗峰没有接。

王雅卓被王鉴明关在了家里，王鉴明还把她的手提电话没收了，王雅卓说她威逼利诱了一个下人很久，才终于要到一个手提电话。

王雅卓说王鉴明疯了，求我把她救出去。

我皱了皱眉头："这是你们自己家的事，我没法帮你。"

王雅卓急得都要哭出来了，她说王鉴明从来没这么对待过她，但是这次从外地回来，就像变了一个人。就在傍晚的时候，王雅卓找王鉴明理论，王鉴明竟然直接给了王雅卓一巴掌，王雅卓说这是从小到大王鉴明第一次打她。

我也是微微一愣，虽然王鉴明深信匿名信所说，王雅卓也确实帮助过我们，但是毕竟没出什么事，王鉴明不至于这么对王雅卓。原来，王鉴明不仅不让王雅卓见罗峰和我，还不允许她见任何人。

王雅卓哭了起来，她求我一定要帮她，她很害怕。

我有些没辙了，我和王雅卓非亲非故，总不能闯进王家把她给救出来？

我让王雅卓不要着急，安慰她说不定过两天就好了。

王雅卓哭着告诉我，王鉴明打她的时候，她都感觉王鉴明似乎想杀了她，如果不是孙煜骁他们拦着，她也不知道王鉴明会做出什么事来。

我考虑了一会儿之后，问了王雅卓一句："我有个办法，你敢不敢？"

王雅卓问我是什么办法，我吐了两个字给她："报警。"

王雅卓犹豫了，过了很久之后，她才回答我："如果我报警，我爷爷会怎么样？"

我说："限制人身自由，你们是亲人，倒不会出大问题。但是警方一直没有理由搞你爷爷，肯定会抓着这个机会不放。"

王雅卓说，她不准备报警了。

哄了一会儿王雅卓之后，她终于把电话挂断了，她说她还会找机会打电话给我，让我一定要随时把手提电话开着。

挂断电话之后，我觉得一阵头疼。

回到病房的时候，我突然发现只有一个保镖站在病房外面，我问那个保镖怎么回事，他说Z醒过来之后，要去上卫生间，所以其他人就跟着Z去了，但是，已经五分钟过去了，他们还没有回来。

我一听，心里有些不安，马上朝女厕去了。

那些保镖都站在女厕外面，医院里很安静，他们不敢大声叫，只是轻轻地在女厕外面喊着Z，但是Z却没有任何回应。他们这种声音，如果Z在清醒的状况下，绝对能够听见，我骂了声："妈的，都这么久了，你们还干站着！"

我大声叫了Z一声，Z依然没有回应，我索性直接进了女厕。

刚进女厕，我就听到了Z的声音，她好像又在自言自语，我慢慢地朝着最后一间隔间走去。隔间的门没有锁上，只是掩着，我敲了几下门之后，Z没有反应，但依然在嘀咕着什么。

我直接把隔间的门给打开了，Z坐在马桶上，裤子也没有穿，下半身全露了出来。

看到Z的时候，我的背脊一阵发凉，我突然感觉Z像变了一个人一样，她不再自言自语了，而是对着我，诡异地笑着……

第45章

鬼上身，什么都看到了

　　Z的脸部肌肉微微扭曲，盯着我，傻傻地笑着，已经是深夜，医院卫生间里的灯泡微微发黄，灯还没能完全把卫生间的隔间照亮。除了水滴一点一点地滴在洗手池的声音，整个医院都听不到任何动静了。

　　Z的裤子褪到了小腿以下，她坐在马桶上，白皙的双腿和下半身完全暴露在我的眼前，但是这个时候我却没有心思到处乱看，因为Z的表情，实在太吓人了。我脑袋里闪过的第一个念头就是：这是Z吗？

　　Z就像变了一个人一样，和她平时的样子完全不一样。我和Z就那么四目相对着，而她嘴角那抹诡异的弧度，自始至终都没有消失。我皱着眉头，下意识地往后颈一摸，我的背脊早已经一片冰凉了。

　　我摸到了一点水，我这才注意到，卫生间的顶部水管有一点漏水。我深吸了一口气，正想开口，Z的肩膀突然颤抖了起来，看她的样子好像非常恐慌，她不仅没有说话，手还不断地对着我摆动着，好像是在叫我不要靠近她。

　　但很快，我发现Z的这个动作，好像根本就不是对我做的。我微微一侧身，果然，Z是在对我的身后做这个动作，我让开之后，Z摆手的动作还是没有停下来，目光也一直盯着卫生间的墙壁。

　　Z越来越惊恐，她似乎想要喊，但却喊不出来。我四处打望了一下，确定这个卫生间里没有其他人之后，才踏进卫生间的隔间里，我的手触到了Z的肩膀上，Z像是没有看见我一样，身体还在继续发抖着。

我摇晃了几下Z之后，Z终于有反应了。她猛地站了起来，裤子褪到了地上，我下意识地往后退了几步。Z大口大口地喘着粗气，她就这样没穿裤子站在我的面前，但却没有去遮掩，她是真的受到了惊吓。

我让Z整理好之后就出去，随后，我出了卫生间。Z的保镖见我出来，慌张地问我Z怎么了，我摇了摇头说她没事。等了几秒钟，Z就跑了出来，看得出来，Z非常害怕。回病房的时候，Z紧紧地抓着我的手。

她的保镖跟在我们后面，我还听到了他们低声的闲言碎语。

回到病房坐下之后，Z才彻底松了一口气，她问我刚刚看到了没有，我摇了摇头，问她看到了什么。她惊魂未定地把来龙去脉给我说了一遍。

她醒过来的时候，我正在外面跟王雅卓打电话。她醒来没有看见我，有些惊慌，保镖说我只是出去抽根烟之后，她才镇定了一点。她让保镖送她去卫生间小解，但是刚进卫生间隔间，她就感觉那个卫生间有问题，她说她看到了经常在她梦里出现的那个小孩，那个小孩依旧披头散发，分不清是男是女。

Z说，那个小孩慢慢地朝着她走过去，她想叫，但却根本叫不出来，只能一直在摆手，没过多久，她就看到我了，那个小孩也不见了。Z描述出来的时间，非常短，那个过程分明只是十几秒钟的事情，可是，她却在卫生间里足足待了好几分钟。

Z对她坐在马桶上自言自语的那段时间，完全没有印象，她对我诡异地笑，Z也完全想不起来了。我告诉她她的反应之后，她肩膀一颤，问我，是不是那个古曼童上了她的身。Z的行为，的确和传说中的鬼上身很像。

Z告诉我，经常有人，包括查理，说她有的时候会自言自语，特别是在最近几个月，这种情况越来越严重，Z去看过心理医生，去拜过神，但是所有努力都没有用。而她开始自言自语并且逐渐严重的时间，正好是道士吴青山说的一年之期之后。

Z的眼泪又落了下来，她的眼睛已经哭肿了。Z表现得很懊悔，她说如果一开始就听从吴青山说的，满一年，马上交还古曼童，而不是继续把古曼童强行禁锢在自己身边，让古曼童产生了怨念，或许一切就不会发生了。

"一切，都怪我太贪心。"Z掩面而泣，"我太依赖古曼童了，求求你，一定要救救我！"

我的心突然一颤，抓住了Z的手腕，Z被我吓了一跳，她问我要干什么，我扫了Z的手几眼之后，松开了自己的手。我在Z的肩膀上轻轻拍了几下，说等天亮，我就会离开，让她好好休息，并保证自己不会再离开这间病房。

　　Z这才不那么害怕了，躺在另一张病床上，或许是因为太疲惫，Z又很快睡着了。但是，Z却睡得不好，她的身体一直在抽搐着，好像是在做噩梦。我也没有合眼，盯着Z看了一晚上，天慢慢亮了。

　　查理还是没有醒过来，我看了看手表，心里觉得时间差不多了，就站了起来。

　　我弄出来的声音，吵到了Z。Z从床上起来，问我是不是要走了。

　　我点了点头，警方肯定会很快就到医院里来查看查理的状况，我不适合待在这里，如果又让唐佳看到，恐怕又会有不少麻烦。Z犹豫了一会儿，问我什么时候会再来，我让她等警方的人都撤了之后再给我打电话，查理如果醒过来，也要第一时间通知我。

　　Z把我送到了门口，在打开门之前，她叫住了我。

　　Z低着头，问我昨天在卫生间里，是不是什么都看到了。

　　这一次，Z问的不是什么脏东西，而是指她的身体。我想了想，心里突然有了个念头。我转身，面对Z，眼神朝着她的下半身瞟了一眼，Z往后退了一步，问我在看什么。我微微一笑："什么都看到了，挺漂亮的。"

　　Z咬着牙，但最后也没说什么。

　　记下Z的反应之后，我离开了医院。上了从罗峰那里开来的车之后，我看到几个身穿警服的人陆陆续续地进了医院，其中就有唐佳。我庆幸自己离开得及时，我实在不想和这个女人再有任何接触。

　　陈凡也跟来了，他走在唐佳的后面。唐佳好像在向陈凡吩咐什么，陈凡警衔低唐佳一等，只能在后面点头哈腰地答应着。

　　他们都进了医院之后，我开着车回到了罗峰的住处。

　　刚进门，小鬼就朝着我扑了过来，她问我去哪里了，那可怜的样子，就差没有哭出来了。

　　而有一个人，比小鬼还要欲哭无泪，那个人正是罗峰。

　　罗峰说我总算回来了，他告诉我，小鬼醒过来之后，没找到我，嚷嚷着要去找我，罗峰的几个手下一时着急，想伸手去抱小鬼，结果手上的肉都被小鬼咬下来了。

罗峰好不容易才劝服小鬼耐心地等着，并保证我会马上回来，小鬼这才听了话。罗峰说如果我再不回来，他也管不住小鬼了。我皱了皱眉头，还没说什么，小鬼就已经低下头，一副可怜兮兮的模样。

小鬼凶起来的时候，让人害怕，但从外表来看，小鬼比普通小孩还要漂亮可爱很多。

我心里不忍责骂，只好拍了拍她的脑袋，让她以后不要随便再咬人。小鬼抓着我的手，就是不肯松开，向我保证以后不会了。

这是段小插曲，坐下来之后，我马上和罗峰说起了昨天晚上在医院里看到的。

罗峰也是听得一愣一愣的，但是他一开口，我就感觉到了他的调侃。

"你看到Z什么都没穿的样子，怎么样，和其他女人有什么不一样吗？"罗峰继续调侃着。

我只是一笑："Z和其他女人，是有些不一样。"

罗峰来了兴趣，问我哪里不一样。

第46章

难缠的王鉴明

我没有回答罗峰，说等再过段时间他就知道了。罗峰撇了撇嘴，正经了起来，他跟我说，王鉴明今天一大早，又亲自给他打了电话。罗峰对此非常生气，他说他觉得王鉴明从前不是这个样子的。

罗峰和王鉴明从前虽然没有过任何方面的合作，但是因为大家都是道上的人，王鉴明又是京市的一个大佬，罗峰初到京市的时候，就已经亲自上门去拜访了。说是拜访，其实是露个脸，让王鉴明知道港区一个大帮会的话事人来京市混了。

如果不交代清楚，罗峰怕王鉴明的人会找他麻烦。

王鉴明自然不会无缘无故地和罗峰为敌，每年也会礼貌性地宴请罗峰，礼尚往来，罗峰也会回请王鉴明。这样一来，罗峰和王鉴明虽然不算特别熟，但是明面上的关系还是不错的，对王鉴明的了解，不说深，但也不算浅。

在罗峰的印象里，王鉴明平时落落大方，绝对不会勉强罗峰这种等级的人。罗峰骂了一句："我看错这只老狐狸了，还以为他不会强人所难，看样子，你说得对，他不会善罢甘休，是非要和我合作不可了。"

这次，王鉴明的做法还真是让罗峰大跌眼镜。强人所难也就算了，罗峰觉得王鉴明没有了从前大佬的样子，反而有些像无赖了。我到王鉴明的四合院里，拒绝合作，这是第一次；王鉴明亲自上门，罗峰拒绝了他，这是第二次，可是，两次的拒绝，根本就没有让王鉴明放弃。

更让罗峰愤怒的是，就在前一天，他们刚刚产生了矛盾，王鉴明也气得拂袖而去，可是，今天王鉴明一大早给罗峰打电话的时候，像是完全忘记了昨天发生的事一般。这一点，我比罗峰更早就领略过。

罗峰叹了口气，说王鉴明就像个无赖一样，说今天晚上，想再和他面谈一次。罗峰想要拒绝，但是王鉴明说，如果罗峰拒绝，肯定会后悔，那语气里带着一丝威胁。罗峰当时就火了，对着电话痛斥王鉴明，但是王鉴明却丝毫不在意，说了句"今天夜里见"之后，就把电话给挂断了。

罗峰越说越气，把桌上的杯子都砸碎在了地上。

"他要来，老子就让他吃个闭门羹。明爷，我去他大爷，我倒要看看他能拿我怎么样！"罗峰骂道。

我想了想，让罗峰绝对不能这么做。

虽然京市是王鉴明的地盘，罗峰的人手不多，但是京市的管制要比港区严得多，王鉴明相对于罗峰的优势被削弱了很多。如果换作平时，王鉴明就算再想和罗峰合作，也不敢这么轻易地威胁罗峰。

我考虑了一会儿，推算了一下王鉴明的想法。

罗峰这些天都闭门不出，他的手下也几乎都不出门，王鉴明的眼线那么多，肯定知道这件事。不久前，罗峰刚被警方留置了二十四个小时，王鉴明要知道这件事也非常容易。王鉴明活了那么大岁数，也从事了那么多年的犯罪交易，绝对很精明。

恐怕，他已经猜到罗峰闭门不出，不敢有大动作，是因为警方盯上他了。

警方盯上罗峰的时候，罗峰就更不能有把柄被警方握在手里了。王鉴明虽然嘴上没说出威胁罗峰的资本，但仔细一想，如果王鉴明在罗峰不方便有动作的时候，搞出点动静，陷害罗峰，或者让警方对罗峰盯得更紧，以王鉴明在京市的实力，绝对能做到。

罗峰听我这么分析，马上问我该怎么办。

我冷冷一笑："他如果要玩，那我们就陪他玩一玩，看看最后是谁垮了。"

我告诉罗峰，不见王鉴明绝对不是一个好办法。罗峰不仅不能不见王鉴明，还要敞开自家的大门，不管王鉴明什么时候来，他都必须好好招待他。罗峰很信任我，他吩咐了下去，让他的手下都按照我说的去做。

我给罗峰说了王雅卓给我打电话的事情。

果然，在深夜的时候，王雅卓打了罗峰的电话，罗峰当时是被吵醒了，但是看到是王雅卓打来的，就不想接了。一方面，他不想和王雅卓有什么纠葛；另一方面，王鉴明让罗峰动了真火。

罗峰有些诧异，他没有想到王雅卓竟然真的被王鉴明软禁了起来，还被打了一巴掌。罗峰考虑了一会儿之后，问我该不会真的要帮王雅卓吧。

我摇了摇头："她和我非亲非故，我为什么要帮她？"

但是，我的话却引起了小鬼的不满，小鬼摇晃着我的手："方涵哥哥，你一定要救雅卓姐姐出来，那个人是坏人！"

小鬼是在说王鉴明，我揉了揉太阳穴，我把小鬼对王雅卓很好这件事给忘记了。我不再和罗峰商量什么了，由于太久没有休息，我回到房间，躺下之后，就迷迷糊糊地睡着了。又一次，我做了那个梦。

小鬼在梦里，开枪把我打死了，梦很逼真，小鬼是一边哭一边开枪的，她的嘴里好像还在喊着什么，只是，她说的话，被梦里的那声枪响淹没了，我没有听到。醒过来的时候，我全身冷汗，这已经是我第三次做这个梦了。

浑浑噩噩地睡了一觉，我恢复了点精神，小鬼就窝在我的身边，她睡得很香。我没有办法把身边这个可爱的小女孩和梦里开枪的小鬼联系在一起，我叹了一口气，起身出了屋。

天已经黑了，罗峰在港区的手下，也没有再发什么传真过来了，媒体闹得沸沸扬扬，他们已经几乎把整个港区所有的报纸内容都传给我们了。罗峰依然坐在沙发上抽着烟，他说他在等王鉴明。

坐在罗峰的身边，罗峰问我有没有把握破这起案子。

我点了点头。

我给陈凡打了一个电话，我交代他的事情，他还没有办到。我没有怎么责怪陈凡，尽管陈凡是警察，但是以他的权限，想要在短时间内办到，还是很困难的。罗峰在港区的手下也尽量帮我了，但是他们也没有消息。

就这么干等着，也不是办法，我思考过后，又给周生的父亲打了电话。

周生的父亲很激动，一接电话就问我是不是有进展了。

我没有在电话里和他细说，只说晚一点会去找他，让他等着。

电话不断，在王鉴明来之前，我又接到了Z的电话。Z告诉我，警方的人在病房里待了一整天，他们问了她很多事情，但是她心烦意乱，没怎么回答。Z问我什么时候过去，查理还没有醒，她还是不敢一个人在病房里待着。

给Z说了个时间，我再一次把电话挂断了。

这种时候，也就罗峰和我还能笑得出来了，罗峰轻轻地撞了撞我的肩，问我说，该不会是我看了Z的下身，所以Z就缠上我了吧。

我同样笑着回答："说点不好听的，Z就是个声色女，脚踏数条船，睡过很多男人的床，你认为她会因为情急之下，我看了她的下半身就缠上我吗？"

我的话，让罗峰一愣，他拍了拍脑袋，说他明白我的意思了，但是，他的话音刚落，还来不及接着往下说，他的手下就告诉我们，王鉴明来了。

罗峰挥了挥手，让他们把王鉴明招呼进来。

这一次，王鉴明带的人，不是只有两个，而是足足有十几个，这样子，根本不像是来请求合作的，更像是来闹事找碴儿的。罗峰一点都不怕，趁着王鉴明还没走近，他轻蔑地一笑："这个人，真难缠！"

—— 第47章 ——

幌子

王鉴明一脸笑意地朝着罗峰走了过来，等他走得很近之后，罗峰才站起来。表面上的客气依然是要做的，罗峰对王鉴明笑了笑："明爷，这次来怎么带了这么多人，在京市，难道还有人敢动你吗？"

明白人都听得出来，罗峰的话里带刺。

王鉴明并不在意，挥了挥手，孙煜骁走上前，往罗峰嘴里送了根烟，帮罗峰点燃了。孙煜骁要退回去的时候，王鉴明又给孙煜骁使了一个眼色，孙煜骁这才又走到我的面前，也给我点了根烟。

我发现，王鉴明在我身上停留的目光，比在罗峰身上停留的还要久。

等大家都坐下之后，王鉴明这才回答罗峰一开始问的那个问题。不得不说，王鉴明不愧是混迹了几十年的人，他的回答也很高明："动是没人敢动我了，但那么多人放在家里不出来活动，总是怕有人会忘记我王鉴明是谁。"

简简单单的一句话，我却从里面听出了两层意思。前一句话是王鉴明在展示自己的实力，说在京市，没有什么犯罪团伙能比得上他的势力；而后一句话，分明是在警告罗峰，让罗峰不要忘了这是他王鉴明的地盘。

我能听出来，罗峰自然也能。罗峰笑了笑，深吸了一口烟，也不作回应。我接过了王鉴明的话："明爷，说吧，你今天来是为了什么？"

此刻，没有人再质疑我有没有资格替罗峰开口了，王鉴明在我身上扫了几眼之后，让我不用拐弯抹角，还说我们肯定知道他来这里的目的。王鉴明说完之后，也不再开口了，他就那样坐在沙发上，等着我们回答。

在短短的几天之内，我已经数次面对王鉴明了。他的手上，还是挂着之前随身携带的龙头拐杖，他也不着急，但又大有我们的回答不让他满意，他就不走的意思。我的心冷了下来，罗峰看了我一眼，示意我如果想要说什么，都可以直接决定。

我点了点头，站了起来，来回踱了两步之后，我看着王鉴明，问他准备具体怎么行动。罗峰和王鉴明都是一愣，我时刻关注着他们的表情，王鉴明马上扭头，问罗峰是不是确定我的话可以代表他的决定。

这已经是王鉴明第二次这样问罗峰了。

罗峰盯着我，稍作迟疑，但最后还是对王鉴明点头了。

王鉴明突然有些激动，拄着拐杖站起来之后，说我们只需要在港区替他安排一条可以秘密运输毒品的线路，并保证不被海关和港区的警方发现就行了。我一笑："海关？明爷，你还想要要过海关？你的运送量，恐怕很大吧，只能偷渡。"

王鉴明摇了摇头，还是重复了他的要求，只需要我们为他准备一条秘密线路，并负责护送就行了，他说，海关方面，他自然会解决。而且，他说，等货过了海关之后，他会先送到渝市，而渝市和京市之间的线路，也是由他自己开辟。

我的态度也强硬了起来："明爷，这不是一件小事，你什么都不肯对我们说，你认为我们敢轻易和你合作吗？"

王鉴明犹豫了起来，看准王鉴明的态度之后，我让王鉴明回去考虑，等什么时候想说了，再来找我们。

"明爷，如果你能确保合作对我们来说绝对安全，合作并不是不可能。能不能合作，完全取决于你的态度。"说完这句话，我坐回到了罗峰的身边。罗峰满脸疑惑，但是王鉴明没走，他也没有问我。

让罗峰没想到的是，王鉴明真的离开了，他说会尽快再联系我们。

王鉴明走了之后，罗峰才诧异地问我："你不是痛恨毒品吗，你该不会真的要跟他合作吧？"

我冷冷一笑："唬他的。"

罗峰摇了摇头："京市是他的地盘，如果我还想在这里混，唬得住一时，唬不住一世啊。"

"你到现在还认为，王鉴明是真的想开辟一条线路出来贩毒吗？"我反问罗峰，罗峰不解，问我到底是怎么回事。

我给罗峰解释了起来。

通过罗峰的描述，我对王鉴明有了更深的了解。王鉴明已经接近暮年，他只有王雅卓这么一个孙女，如果说要钱的话，王鉴明经过这么多年的贩毒，早就已经赚够了。他在道上的地位，也足以震慑京市本地人，可以说，除了身份不太光明，王鉴明已经得到了普通人穷极一生想要得到的。

王鉴明的钱，不要说够王雅卓挥霍一辈子，就算再挥霍几代下去，也足够了。据我所知，王鉴明没有让王雅卓参与任何犯罪，很明显他没有要把这个不光明的担子让王雅卓继承下去的打算，而王鉴明又没有其他子嗣亲人了，他的贩毒事业没人继承。

唯一让王鉴明信任的，就是孙煜骁了。然而，外人毕竟是外人，这从王鉴明对孙煜骁的态度就能看出来，王鉴明把自己打拼下来的事业，再交给孙煜骁接替下去，可能性不大。

综合一切分析，王鉴明本没有理由再继续从事贩毒才对，可是，在歇了两年之后，又开始预备贩毒了。而且，王鉴明不准备再利用从前的运毒路线，而是做了一个非常大胆的决定：在港区、渝市和京市之间，重新开辟一条新的路线出来。

难度可以说比王鉴明之前干过的任何事都要大，如果只是为了赚钱，太冒险了。

"有两种可能，一种是王鉴明天生喜欢犯罪，不犯罪他的心里就难受，简单地说，他心理变态。"我对罗峰说。罗峰马上问我另一种可能是什么，显然，他也认为这种可能性不大。

"另一种可能，王鉴明在时隔两年之后，用了非常冒险的方式重操旧业，还亲自去渝市踩点，目的根本就不是贩毒，这只是一个幌子而已。"我对罗峰说。

这并不是我的凭空推测，就在刚才，我用三言两语，以非常隐蔽的方式套出了王鉴明的一些话。按照正常人的思维，贩毒犯罪，首选的路线，绝对不是光明正大地过海关，而是偷渡。

可是，王鉴明却执意要过海关，并让我们不用操心。

如果是少量的贩毒，把毒品藏进人的体内，之后再通过排泄或者其他方式取出来，以目前九十年代末的侦查技术，躲过海关侦查的可能性很大。然而，那仅限于少量的人体藏毒，数量一旦大了，绝对躲不过。

王鉴明费这么大的力气开辟一条难如登天的路线出来，不可能只是为了运输那一点点海关查不出来的毒品，这绝对不可能。

"或许，王鉴明根本就不怕海关查，因为，他根本就没想过要让过海关的人体内藏毒，他的目的，不是毒品，而是要过海关的那些人。"我做出了一个大胆的推测。

王鉴明不敢偷渡，肯定是已经有人在可以偷渡的各大小港口盯紧了他，所以王鉴明才无可奈何，选择了一条看似光明正大的方法。如果我推测的不错，王鉴明想要护送的那些人，也是被见不得光的人盯上了。

在这种情况下，他们过海关，反倒安全了。

"还有，他让我们做的，是在港区范围内找一条路线，并负责护送。如果不是警方事先起疑的话，他们走小路，假装成正常货车，根本不会有人查，难就难在过海关和交易。你在港区有这么好的资源，却只用来护送，你不觉得有些大材小用了吗？"我问罗峰。

第48章

对凶手的描述

罗峰听了我的分析，也感觉到了不对劲。

"听你这么一说，是有些奇怪。"罗峰回答。

我告诉罗峰，如果王鉴明的目的根本不是毒品，而是要护送人，一切就解释得通了。那些人，绝对是被某些见不得光的人盯上了，在过海关的时候，到处都是侦查员，那些人没有办法动手，可是在港区内，他们却不能让警方保护他们。

王鉴明要护送的人，或许在警方那里没有案底，所以王鉴明才敢让他们光明正大地过海关。但是，会和王鉴明有接触的人，绝对不可以和警方有太多的接触，那些人，总不可能寻求港区警方的保护，让警方护送他们过海关。

这个时候，罗峰在港区的帮会，就成了可以帮助王鉴明的力量。罗峰的帮会，不能说在港区无人敢惹，但实力是毋庸置疑的，特别是在吞了大喜的帮会之后。有罗峰的人护送，盯上王鉴明要护送目标的人，就没那么好下手了，如果不出意外，护送目标是安全的。

这样就解释了王鉴明为什么会让罗峰这么强悍的一支力量去做看似没有多大意义的港区内护送任务了。

罗峰满脸震惊："你的脑袋真好用！但这王鉴明，究竟是想要护送谁，为什么要这么费劲地把人送到渝市，再送到京市来？"

这一点，我是不可能通过王鉴明的三言两语，就能推测出来的。但是，可以预料的是，这次行动一定很着急，王鉴明没有太多的时间可以准备了。否则，像王鉴明这么精明的人，肯定会一早就想好说辞来说服我们，而不是被我劝回去。

恐怕，他此刻已经到了他的四合院里，正在苦思冥想该怎么让我们放心，消除任何疑虑。

也是因为着急，王鉴明才一反常态，合作谈不成，就改用威胁，甚至不惜得罪罗峰。

"大陆有句话，既来之，则安之。"我拍了拍罗峰的肩膀，"如果我的分析都是正确的，那王鉴明绝对很需要你，我们可以拖一拖时间，我们也不用担心，想必不把他逼急了，他也不会故意找你的麻烦，一切都只是做做样子，想让你妥协而已。"

罗峰放下心来之后，我准备出门去了。

我告诉罗峰，不管王鉴明是不是真的要从事贩毒，还是像我推测的那样，要护送一些人，我们都最好不要被牵扯上。但是，说到这里，我的心里突然不安了起来："但如果，和我们有关系，我们就探探王鉴明的老底，看看他究竟想要干什么。"

我心里总是有一种不祥的预感，我觉得越来越多的事，看似巧合都主动找上我了，但是，那也只是看似巧合而已，好像正有一双手在操控着这一切。我不敢说王鉴明要做的事情和我绝对没有关系，因为匿名者的匿名信，王鉴明收到了，我也收到了。

从罗峰家里出来之后，我到了周生的父母住的酒店。被王鉴明一纠缠，我到酒店房间的时候，已经是凌晨零点之后了。周生的父亲把我迎进去之后，马上问我查到了什么，我什么都没跟他说，只是告诉他，我有把握破案。

我让周生的父亲帮我一个忙，我要他帮的忙，和让陈凡、罗峰帮我的一模一样。这件事，的确很有难度，在短期内，陈凡和罗峰都未必做得到，多一个人，就多了一分可能性，而且，周生的父亲腰缠万贯，也是港区的大人物。

周生的父亲说他等天亮，立刻让人去办。

我点了点头，站了起来："记住，你们自己不要瞎猜，也不能让任何人知道，否则，出了问题，周生的仇报不了，你不要怪我。"

周生的父亲也站了起来，因为周生的死，他在短短几天之内，竟然也苍老了很多。他问我："你这就要走了？你不准备把你查出来的和我说说？"

我不耐烦地往外走："我没有义务和你说我的调查过程，你按照我说的做，我自然会把凶手送到你的手里。"

离开酒店之后，我又到了医院里。Z已经等我很久了，巧合的是，查理竟然也已经醒了，Z跟我说，值夜班的医生刚刚来替查理检查过了，说查理没有太大的问题。查理的头还被纱布和绷带扎着，他的精神有些恍惚。

我进来之后，查理也没有和我打招呼，而是躺在床上，两只眼睛一直盯着天花板。Z说，查理醒来之后就一直这样，她有些害怕。Z一直离查理很远，如果不是我来了，她还不敢靠近。

Z比之前更狼狈了，她的头发有些凌乱，看样子，应该有一两天没有洗澡了。

我坐到查理的身边，叫了他好几声，他才终于有了一些反应，我问他有没有力气说话，他点了点头，于是，我让他给我说说当时到底发生了什么。查理说话的语速很缓慢，他说的都和我们当时推测的差不多。

查理和剧组谈完事情开车回地下车库的时候，刚下车，地下车库的照明灯就全暗了下来。查理立刻想起了前一个住处的车库，吓得一边跑一边大声呼救，很快，他就感觉后脑一阵刺痛，倒在了地上。

他当时真觉得自己要死了，他只模模糊糊地看到了一个黑影，在他失去意识之前，听到了其他人的声音。查理告诉我，人在将死的时候，脑袋里想的东西，真的非常复杂，他听到其他人的声音之后，就在想，或许那是他最后获救的机会了。

幸运的是，查理终于等到再一次睁眼了。

我想了想，让查理更详细地跟我说说。

在我的引导之下，查理总算说到了重点。他说，地下车库的灯暗下来之后，他是四处跑的，看不太清眼前的路，他也不知道自己跑到哪里了，只能隐隐约约地感觉自己好像马上就要跑到楼道口了。

查理说，诡异的是，他根本就没有听到其他人的脚步声。

查理跑得很快，他自己的脚步声在车库里回荡，他是后脑遭受的重击，说明凶手是在他的身后打他的，那凶手就必须跟着他。查理一跑，凶手也要跑，而且跑的速度不慢，那样不可能不发出声音。

"所以我在想，打伤我的，究竟是不是人……"查理做这个推测的时候，全身一颤。

"这的确是个疑点，我也没有想通。"我回答查理，"凶手可以作案的时间很短，他不可能站在原地，等着你跑到他的身边再动手，这太冒险了。"

我这么说，查理的脸色更难看了，他问我能不能帮他。

"你们只需要保护好自己就行了，其他都交给警方吧。"我说完，站了起来，Z马上紧张地问我要去哪里，查理似乎更紧张，他问我今天是几号了，我跟他说了时间，他马上说明天Z必须去剧组一趟。

查理和剧组约好，要在明天商谈拍摄的问题，Z已经好几天没去剧组了，如果明天再不去，剧组可能会告Z违约。

Z不想去，但是查理要求，她还是同意了。

我调侃了一句："你还真是个好经纪人，Z的一切，都被你包办好了。"

时间是第二天一大早，Z只能在医院里的洗手间淋浴，她要求我去陪她。如果是在平常，我一定会觉得非常奇怪，但是考虑到Z的这种状况，我跟去了。

我就在洗手间外面站着，里面传来了Z淋浴的声音。

Z似乎担心一个人待着，所以洗得很快，出来的时候，头发还是湿的，就那么披在胸前，把胸前衣服都沾湿了。

—— 第49章 ——

查到了！帮我请个人

Z出来的时候，我的目光故意在她身上到处游走着，她的身体发着抖，这是因为冷，她的外套被我拿在手上 身上穿得却很少。Z的身材很好，单薄的衣服，把她的曲线都勾勒了出来。

Z咬了咬牙，问我看够了没有。

我耸了耸肩，邪邪地一笑："最重要的地方都被我看过了，就这么几眼，能怎么样？"

Z咬着下唇，从我手里夺过外套，套上之后，朝我说了一句："方涵先生，请你自重！"她说完就要往前走，但是没走几步，就停住了脚步。深夜，医院里的走廊过道虽然亮着灯，但却显得异常阴森。

Z害怕，只好又停下来等我。送她回病房的时候，查理已经睡下了，保镖出了病房之后，Z终于也躺到了床上 再三交代我不要走之后，终于闭上了眼睛。没多久，我的手机振动了起来，是王雅卓之前给我打电话的陌生号码。

我出了病房，接起了电话。王雅卓说话的声音非常小，她问我想到办法救她出去没有，我一时之间不知道该怎么回答，因为我根本没想过要把她带出来，而且说实话，我也没能力把她从王家的四合院里带出来。

王雅卓叫了我好几声，我才反应过来，我让她不要着急。但是，王雅卓显然等不及了，她说，从她被关起来的时候开始，王鉴明就不肯见她了。王雅卓感觉，王

—196—

鉴明这次是动真格了，绝对不是要惩罚她。

王雅卓害怕她会一辈子被关在那里。

王雅卓嘀嘀咕咕的声音，让我听着心烦意乱。我的态度有些冷了下来："王雅卓，我跟你说了，你要么就等着，要么就直接报警，没有其他办法。"

"我不想他被抓起来。"王雅卓回答我。

我想要直接把电话挂断了，但是王雅卓的一句话，让我停下了手里的动作。王雅卓说，她知道当年的那场大火是怎么回事，我怔住了，我没想到她竟然会对我说这个。她说的那场大火，就是我初次见到王鉴明时，卡拉OK厅发生的大火。

我要找的人，被莫名其妙地烧死了，我一度怀疑那场大火是有人故意放的，目的是为了不让我找到他，从而知晓段坤的下落。

我没有直接问王雅卓到底是怎么回事，而是问她为什么会知道我在查那场大火。

王雅卓卖了个关子："方涵，我没有骗你，我知道那场火对你而言很重要，也知道你在查，我更知道那场火是怎么回事，只要你把我救出去，我就告诉你。"

我冷冷地回答："我最烦别人和我谈条件。"

王雅卓一副吃定我的语气："你如果不愿意帮我，就一辈子不会知道那场大火是怎么回事。"

我冷哼了一声："你接近我，也是有目的的。"

王雅卓："方涵，你自己考虑，我会再给你打电话的，记住我说的，手提电话不要关机。"王雅卓在挂断电话之前，和我说了一句对不起，尽管声音很轻，但是我还是听到了。

把手提电话收起来之后，我咬了咬牙，嘴里骂了一声。

回到病房，我一直想着王雅卓说的话，我担心的事还是发生了，王家和我的关系，越来越紧密了，可我却不知道，为什么一切会像是被安排好的一样，这根本就不是巧合。

天刚亮的时候，Z就醒过来了，要出门，她开始化妆了。Z不化妆就已经很漂亮了，只是几日的担惊受怕，她的脸色很差。她化了浓妆之后，脸上的憔悴被挡住了许多，警方肯定会再来找查理，我们一大早就离开了。

查理还一直交代Z和剧组谈合约要小心一点，别让自己受了委屈。

开车去影视城的时候，我问Z，查理是不是一直对她这么好。Z对查理很感激，说查理是她的恩人，如果没有查理的不离不弃，她根本没有东山再起的可能。

到了影视城之后，Z进了剧组临时准备的一间会议室，我没有进去。他们在谈事情的时候，我还特地又去影视城后面的那片小树林看了一下。那里依旧是荒无人烟，这一次，我更加仔细地观察了一下这里的地形。

穿过小树林就是一片很高的土坝，就算是成年人都不可能在短时间内翻下去。

我扬着嘴角，回到了会议室外面等着Z。

他们交谈了很久，我抽烟的时候，陈凡给我带来了消息，他说我要他帮的忙，算是彻底没戏了。他告诉我，唐佳一直盯他盯得很紧，还数次警告他不要再和我来往。尽管陈凡一直都说我是他的眼线，可是唐佳根本不信。

我问陈凡，唐佳还有没有其他动作。

陈凡放低了声音，说唐佳最近经常开会，但是开会的内容都绝对保密，他打听了很久都没有打听到。陈凡这么一说，我就猜到唐佳可能是在部署怎么调查罗峰了。陈凡还告诉我，唐佳上班和下班的时候，简直就是两个人。

上班的时候，陈凡形容唐佳像母老虎一样，但是一下班，她就和龚元海腻在一起了。龚元海在唐佳每天下班的时候，都会来接唐佳，龚元海也旁若无人地搂着唐佳。

"闭嘴，说重点。"我厉声说，陈凡讨厌唐佳，绝对有添油加醋的成分。

"其他就没有什么举动了，古曼童的案子，我们这边也暂时没有任何进展。"陈凡对我说。

我点了点头："行了，古曼童的案子你不用太上心了，只要你听话，功劳自然会是你的，你多关注一下警方对罗峰的态度吧。"

挂断电话之后，我心里有些发愁了。我让陈凡帮我的忙，陈凡做不到，罗峰在港区的手下也没什么进展。

但是，我的运气倒也不差，我正愁的时候，周生的父亲给我回了电话。

周生的父亲不愧是港区商界的大佬，陈凡和罗峰都办不到的事情，他用了一天的时间就有结果了。

我非常仔细地听着周生的父亲说的，我的情绪激动了起来，我要查的，已经查到了！

挂断电话的时候，Z刚好从会议室里出来。

Z显得有些疲累，她问我今晚还能不能陪她，我极其轻浮地搂住她，轻声在她的耳边说了一句："今晚去我家睡。"

Z一愣，马上挣开了我，她四处看看，确定没有人看到才放下心来。

Z没有搭理我，朝前走去。看着Z的背影，我收敛起了脸上轻浮的表情，嘴角显现一抹冷笑。

冬季的严寒正在慢慢退去，阳光很艳，Z好像很久没有晒过太阳了，她一边走一边张开手，叹了一句："如果一直是白天就好了。"

我走在Z的身边："你很害怕晚上？"

Z点了点头。

"好好享受白天的阳光吧，没有多少时间让你享受了。"我盯着Z，"天很快就要黑了。黑夜不可怕，你心里不怕，黑夜和白天，除了暗和亮，有什么区别？"

Z想了很久，问我能不能再陪她去个地方。

Z告诉我，她想去寺庙拜拜神，我无奈地摇了摇头，到这个时候，她竟然还想着那些佛像能帮她。

不过，我没有拒绝。

我们找了最近的一家寺庙，Z匍匐跪拜的时候，我偷偷给罗峰打了个电话。

罗峰问我什么时候回去，说是小鬼又开始老是叫我的名字了。

"告诉小鬼，我很快就会回去，还会带一个人回去睡觉。"我对罗峰说。

罗峰问我："你不会勾搭上Z了吧？"

我："晚上你就知道了，顺便，帮我请个人来京市。"

罗峰："谁？"

我："破案的关键人物。"

—— 第50章 ——

带回家睡

罗峰问我如果我请的那个人不来怎么办，我想了想，告诉他，如果那个人不肯来，直接绑到京市来。罗峰同意了，他说他需要时间，最快恐怕也要三四天的时间，我想了想，让他不用着急，这个人，还要过一段时间才能发挥作用。

和罗峰通完电话之后，Z已经从地上起来了，她正在和寺庙里的一个和尚交谈。我走了过去，Z求了一支签，让那个和尚解签。我在一边饶有兴致地听了起来，签是一支上上签，不得不说，Z的运气没有倒霉到什么都做不好。

和尚问Z是要求姻缘还是求事业。Z戴着墨镜，头上也戴着一顶针织毛线帽，尽管寺庙里人来人往，但是没有人认出她来。和尚长待寺庙，不问世事，自然也认不出她。Z回答和尚，她不求姻缘，也不求事业，只想求生活吉凶解签。

和尚盯着签上的内容看了看，到一边翻开了一本解签簿，读过之后，又想了很久，最后才满嘴佛言佛语地告诉Z，签虽是上上签，但却不能保证她的生活平安大吉。Z一听，紧张了起来。

我一直都没有插嘴，而是观察着Z的表情。不难看出，Z是真心信奉宗教的。Z问和尚该怎么办，和尚双掌合十，对着Z鞠了一躬。

"有因必有果，纵使我佛慈悲，却也不能庇护每一个人生活大吉。施主若是一心向善，自有善果，若有孽障，佛也无法帮你破除。"和尚说完这句话，直接走开了。Z拉着我的手，都快哭出来了。

她说这支签一定是在说她禁锢了古曼童，所以连佛都不帮她了。我欲言又止，其实，关于解签，一般人都不会说得那么死，特别是那些算命先生。十算九不准，没有人能算准人的命运，但是还是有那么多人对算命趋之若鹜，原因很简单，就是大部分算命者都不会把话说死。

就像这个和尚，他说了两种情况：一种是Z一直为善，另一种是Z有孽障，然而，Z却必然属于这两种情况里的一种。不管将来Z发生了什么，回想起和尚的话，都会认为和尚解签是精准的。

至于其他的那些算命者，还有诸多借口，诸如算命会折损阳寿、会带来灾难，又或者说施主的命运不容窥探，就算没算准，他们也有托词。被预测准了的，会四处传播算命先生的神奇；大部分没被算准的，一般都会选择闭口不言，很多算命先生的名声就是这么传开的。

从严格意义上来说，所有的算命者都是律法上的诈骗犯，但出于一些原因，警方在一时之间并未将所有算命者一网打尽，只是处理了一些高额算命的人，并处以刑罚。

这些，本来是我想对Z说的，但是话都被我咽在了喉咙里，我微微一笑，不再和她多说，而是告诉她时间不早了。Z在离开寺庙的时候，又跪在地上诚信地拜了几拜，最后还把身上所有的大钞全部投进箱子里，当作供给寺庙的香火钱。

从寺庙出来之后，已经是下午了，我问Z要不要吃点什么，Z已经好几天没有正常吃饭了。Z吃不下，说想早点回去休息，我又问Z要不要回我家睡，这一次，我没有再用轻浮的语气了。

Z犹豫了一会儿，问我为什么总是让她跟我回家睡。Z的语气有些警惕，她似乎在提防我。

我只是耸了耸肩，回答："我有自己的事，如果你害怕的话，我送你回医院，你的那些保镖就能保护你了，我不可能天天陪你在医院过夜。"

Z马上摇头，她说不管是找上她的那些警察，还是查理请的保镖，都让她没有安全感，唯有我在的时候，她才能安心一点。我问Z为什么这么信任我，她说我是第一个不怕古曼童人偶的人，而且还替她处理了那个古曼童人偶，并且没有出事。

上车之后，我也不再征询Z的意见，直接把车朝着罗峰的家里开去了，Z看到不是回医院的路，嘴巴张了张，不过最后没说什么，她算是默默同意了。

打开门，小鬼一如既往地朝着我扑过来，而罗峰却是愣愣地盯着Z看了一会儿。Z似乎没想到我家里会有这么多人，她怯生生地躲在我的身后，罗峰的手下全部齐刷刷地盯着她看。我咳嗽了一声，罗峰终于反应了过来，他冲我使了个眼色，对着他的手下骂道："看什么看，该干吗干吗去。"

被罗峰一说，没有人再敢盯着Z看了。我把Z带进家门，让罗峰给她准备一间房，罗峰马上照做了。房间准备好之后，Z就说她想去休息了，我把她送进房间，刚想离开的时候，她抓住了我的手。

"你要走？"Z有些害怕，四处看了看。

这间客房很大，橱橱柜柜也不少。Z疑神疑鬼地打量着，说她总觉得橱柜里有什么东西。我当着她的面，把那些橱柜全部打开，告诉她这里非常安全。可是，Z还是抓着我的手，我的手往她的脸上一挑："你那么想和我睡？"

Z哀求了起来："你不要开玩笑了，我不敢一个人待着。"

我轻轻地拍了拍Z的手："你先洗个澡，我一会儿来找你。"

说完，我直接走了出去，到楼下的时候，罗峰把我拉到了一边。他神色暧昧，调侃地笑了几声："我就猜到你是要带Z回来睡觉，了不得啊，大明星啊。"

小鬼也在一边拉着我的手，问我是不是今晚不跟她一起睡觉了。小鬼可怜兮兮的样子把罗峰给逗笑了，他摆了摆手，说不开玩笑了。罗峰严肃了起来，问我把Z带回来干什么。我反问罗峰："我说我觉得Z可怜，所以把她带回来，想保护她，你信吗？"

罗峰想都没想，摇了摇头："别卖关子了，告诉我吧。"

我坐了下来："你会知道的，别急。现在你还是想想怎么对付王鉴明吧，还有，这次我必须善心大发一次，把王雅卓救出来。"

罗峰一愣，他疑惑我为什么会这么快改变主意。就在不久前，我还跟他说，王雅卓被王鉴明囚禁在家里，和我一点关系都没有，我们不要去插手，免得找麻烦。我把王雅卓在电话里和我做的交易对罗峰说了一遍，罗峰惊讶地张大了嘴。

"为什么她会知道那场大火？几年前，她才十几岁吧，不可能会去卡拉OK厅那种地方。"罗峰告诉我，虽然王雅卓身处一个犯罪家庭中，但是王鉴明从小就对王雅卓管得严，宠爱有加并不影响王鉴明对王雅卓的管教。

王鉴明从来都是迁就着王雅卓的，所以王雅卓才养成了刁蛮任性的性格，但是，王鉴明却严禁王雅卓去这种地方。一方面，王雅卓是个女孩子，去这种场所不太合适；另一方面，罗峰是推测这种地方鱼龙混杂，王鉴明担心王雅卓会出事。

罗峰说着说着，突然一拍大腿："难道那场大火和王鉴明有关系，王雅卓在家的时候，无意中听到或者看到了什么？"

我点了点头，罗峰的推测很有可能。

但是，就算那场大火和王鉴明有关系，王鉴明肯定也不会告诉我们，想要知晓其中缘由，唯一办法就是救王雅卓出来，听她亲口对我说。

罗峰非常仗义地拍了拍胸脯，说我的事，就是他的事，他肯定会全力帮忙，哪怕要和王鉴明为敌，他也在所不惜。

—— 第51章 ——

不然呢，车票

我考虑了一会儿，这次必须把罗峰拉下水了。未知的阴谋才是最可怕的，其实，我一直不愿意把罗峰牵扯进来，所以当初派人去港区找段坤，也是派了自己的四个手下，而没有第一时间找罗峰帮忙。

但是，救王雅卓出来这件事，非同小可，光靠我自己，绝对办不到。罗峰让我不用觉得不好意思，他说他的命都是我救回来的，也早就把我当成他的亲兄弟了，大不了救了人之后，他就把所有京市的人都给撤了，不继续在京市混了。

我一笑："你打拼了好几年才在京市立足，你就这么舍得？"

罗峰摇了摇头："舍不得也没办法，谁让你是我兄弟呢。"

我嘴上没有再多说什么感谢的话了，我告诉罗峰，事情也没有严重到这种地步。如果不出我所料的话，王鉴明的行动迫在眉睫，他非常需要罗峰，他威胁罗峰，也只是想逼罗峰就范而已。不到万不得已，王鉴明不会真的搞小动作，对罗峰出手或者故意让警方抓住罗峰的把柄。

退一万步说，就算罗峰最后没有答应王鉴明，王鉴明也必然会想其他办法完成他的计划，这件事对他这么重要，他短期内不会分心对付罗峰。怕就怕，我的推测都是错误的，但是，我依然觉得王鉴明的贩毒计划，只是一个幌子而已，他另有目的，最有可能就是要保过海关的那些人安全。

"所以说，就算你在这个时候救出了王雅卓，王鉴明也会暂时容忍，只要你不伤害王雅卓。"我对罗峰说。

罗峰想了想："我没事伤害王雅卓干什么？"

我点了点头，面无表情地说，我只答应王雅卓救她出来，却没答应她到时候不把她重新送回王鉴明的手里。我在意的，只是王雅卓掌握的秘密而已，她本人是死是活，和我一点关系都没有。

等我们知道了那场大火的原因，再把王雅卓给送回去。罗峰也不是那么好对付的，我想王鉴明即使心存怨恨，要对罗峰出手，也要考虑再三。罗峰点了点头，说就按照我说的办，但是，要怎么救人，他一点头绪都没有。

王家的四合院，虽说不是戒备森严，但也不是随便什么人都能进的，我们要偷偷地潜进去，再把人给偷偷地救出来，绝对是不可能的。至于硬闯，不要说罗峰现在被警方盯上，不方便行动，就算是在从前，和王鉴明的人硬碰硬，他也没有多大把握能把人救出来。

一时之间，我也没想到要怎么把王雅卓给带出来。

天已经暗了下来，吃过饭之后，我端了点东西，进了Z的房间，小鬼也跟着我进去了。Z洗过澡了，她的头发也已经吹干，她把自己裹在床上，见到我进来，马上松了口气。我让她吃点东西，她说没有胃口。

"你再不吃东西，等真的出了什么事，想跑都跑不动。"抓住Z害怕的心理，我这么说了一句，她终于接过了我手里的碗。

小鬼以为我真的要和Z睡觉不陪她，所以一直死死地盯着Z，好像随时都会扑过去一样。小鬼面目狰狞的样子，吓坏了Z，准确地说，Z现在对任何小孩都很害怕，因为她总是看到那个披头散发、分不清是男是女的小孩。

一直到夜深的时候，小鬼趴在我的腿上睡着了，我这才把小鬼抱回房间。Z躺在床上，眼睛一闭一合，好不容易才又一次睡着。我微微一笑，翻身上了Z的床，Z没有反应，我把灯关了，睡在了Z的身边。

不知道过了多久，Z自说自话的声音把我吵醒了。

Z的全身颤抖着，嘴里一直说着话，仔细一听，她是在说："不要过来。"

开了灯之后，我发现Z满头冷汗，但是她却没有被吓醒。Z脸上的肌肉几乎拧成了一团，她做的噩梦，绝对让她非常惊恐，最难熬的莫过于一个怎么也醒不过来的噩梦。也不知道过了多久，Z才慢慢恢复正常。

我冷冷地盯着Z，伸手去解她身上的衣服。她依然没有什么反应，我的动作很轻，没有让她醒过来。Z的身上很香，解了她的衣服之后，我又轻轻地把她的裤子给褪了下来，只给她留了一件内裤。

Z的身材很好，除了手臂上的抓痕让人觉得有些可怕之外，她没穿衣服，很少有人会不动心。我也把身上的衣服给脱了下来，关了灯，躺到了Z的身边。

第二天，我是被一阵尖叫声吵醒的，我揉了揉眼睛，坐了起来，Z双手抱胸，惊恐地盯着我，问我做了什么。我耸了耸肩，把身上的被子掀开了，Z见我没穿上衣，眼泪突然就掉了下来。

外面有人敲门了，我听到了小鬼的声音，小鬼在叫我，听那声音，好像都快把门给敲破了。Z捂住了嘴，强行让自己不哭出来，我没说什么，慢慢地把衣服给穿上了，Z一边抽泣着，一边问我是不是一开始就故意把她骗回来。

我耸了耸肩："我没有骗你，我说过要和你睡觉的。"

Z咬着牙："你果然心存不轨！"

我邪邪地一笑："不然呢，你以为我带你回来是想干吗？"

Z已经说不出话来了，我把她的衣服丢给了她，让她如果不想被媒体传得沸沸扬扬，就赶快把衣服穿好。Z拿了衣服之后，立刻往身上套，终于在我开门之前，把衣服给穿好了。哭起来的，不只Z，还有小鬼。

小鬼一边哭，一边问我是不是不要她了。

我把小鬼抱了起来，捏了捏她的鼻子。下楼的时候，我转身告诉Z，一会儿给她送饭来。

所有人都被小鬼敲门的声音给吵醒了，罗峰坐在沙发上打着哈欠，我一下来，他就问我是不是把Z给睡了。我都还没有开口，小鬼就哭着说我昨天晚上没有跟她睡，而是睡在了Z的房间。

罗峰先是诧异，而后又一脸邪气地问："Z的滋味怎么样？"

我差点笑了出来："小鬼在这儿呢，以后再说吧。"

罗峰跷着腿，他的性格如此，发生再大的事情，他都能开出玩笑来。但开了玩笑之后，又会变得很严肃。

"方涵，你处理事情我放心，你做的一切，也都有你自己的考虑，不过这一次，我真的不知道你到底在想什么。如果说你只是想睡Z，我绝对不信。"罗峰对我说。

"不然呢，你以为我带她回来是想干吗？"我把之前对Z说的那句话，又拿来反问罗峰。

罗峰有些懊恼，不再问了。

我让罗峰给我准备一张车票，罗峰一怔，问我要去哪里。

"渝市。"我回答。

罗峰更加诧异了："你现在去渝市干吗？"

"找玄一。"我对罗峰说，"不是现在，而是过几天，你帮我准备一张车票吧，玄一去渝市也不知道是要干什么，这个人身上的谜团太多了，我必须找到他。"

渝市很大，我在渝市没有任何认识的人，罗峰的势力也是鞭长莫及，但是我却一点都不担心会找不到玄一。

玄一离开的时候，故意高调地让王家的人知道他的踪迹，按照我的推测，他就是要让我们知道他去渝市。玄一待过的三松观，和鬼叫餐案有关系，玄一来京市之后，和他见面的吴青山死亡，古曼童案发生，我总有一种玄一走到哪里，哪里就会有案子发生的感觉。

如果不出意外的话，我到了渝市之后，玄一会再度出现，因为，他总是指引着我陷进阴谋的旋涡中。

—— 第52章 ——

六天时间，有孩子了

罗峰问我要什么时候离开京市，我算了算时间，让他给我买六天之后的车票。罗峰没有想到我要走得这么急，他问京市的案子怎么办，我微微一笑："六天之内，我们必须把案子给破了，还得把王雅卓给救出来。"

虽推测玄一会再度出现，但是我的心里总是不安，拖得越久，变数就越多。

罗峰皱起了眉头，他说六天的时间，有点太紧了，先不说救王雅卓的事，他问我有没有把握在六天之内破案。我点了点头，让他抓紧时间，把我要请的那个人尽快请来。罗峰问："你把我搞糊涂了，我本以为我推测的凶手，和你推测的凶手是同一个人，但是被你这两天的举动一搞，我又有些混乱了。"

我："你不用太在意，凶手很聪明，没留下任何证据，既然没证据，我们就制造证据。你专心对付王鉴明吧，不出意外的话，六天的时间足够了。"

罗峰叹了口气，没有多说什么了。

再见到Z的时候，Z正低着头，还坐在床上。我把饭端到了她的面前，问她是不是打算一直住在这里，她猛地摇头，说她要回去。我笑了笑："你想清楚了，我没有时间一直守在你的身边，你确定要回去吗？"

Z犹豫了一会儿，还是点了点头，坚定地说她要回去，并且说现在就要走，让我送她回查理那里。Z告诉我，昨天她到房间之后，已经告诉查理要睡我家了，查理一直在警告她要小心，她心烦就把电话挂断了。

"我好后悔没有听查理的话！"Z咬牙，愤愤地对我说。我默不作声，过了一会儿，我让她要走就趁早准备，她见我对她说的话无动于衷，怒声问我就不怕她报警吗？Z到现在还以为我是警察，她说没想到我会做出这种事来。

我："你去报警啊，我自然有办法解决，我还可以帮你通知媒体，说你被我睡了。"

Z被我一威胁，不说话了。她整理好之后，跟着我出了罗峰的家，小鬼跟着我们，把Z送到医院外面的时候，我让她自己一个人上去。正是白天，我进去可能会碰到警察，Z下了车之后，走了几步，又转身回来了。

她让我不要把我和她的事情告诉任何人，就当没有发生过这件事。我一听就知道，她是准备忍气吞声了。Z没等我回答就跑进了医院里，小鬼在车后面问我跟Z做了什么，为什么Z会这么生气。

我正不知道要怎么回答，这时有人敲我的车窗，看到来人，我的心一下子就冷了下来。敲我车窗的是龚元海，他仍然是一身西装的穿着，脸上还带着看似绅士的笑容。龚元海让我下车，说有话对我说。

我当然没有照做，我四处看了看，龚元海平白无故地出现在医院外面，恐怕是和唐佳一起来的，但是，我没有看到唐佳的身影。我冷冷地对龚元海说："我记得我说过，如果你再故意出现在我的面前，我会对你不客气吧？"

龚元海收起了脸上的笑意，说是真的有话对我说，让我下车。我实在搞不懂龚元海在想什么，因为他的陷害，在常人眼里，我和他已经是天壤之别了。龚元海是人人敬仰的副教授，而我只是一个痞子而已。

"有屁快放，你信不信我直接撞死你？"我冷声开口。

没想到的是，龚元海真的回答了我的这个问题："不信，你试试看。"

龚元海一次又一次地故意挑衅着我的忍耐底线，就在我要控制不住的时候，我冷静了下来。上次龚元海故意激怒我，唐佳出现了，龚元海擅长掌控别人的心理，这一次，他又主动来挑衅我，不知道是为了什么。

"龚元海，我知道你当初陷害我的理由是什么。那个女人，我早就不要了，你已经得到了她，就老老实实地过日子，你真的以为我不敢动你吗？"我问。

龚元海依然要求我下车，我刚准备踩动油门，他就告诉我，他今天是陪唐佳来医院的，但是却不是为了唐佳的公事。龚元海说，唐佳最近老是恶心想吐，刚刚到医院来检查，医生说唐佳有孩子了。

龚元海要和我说的，就是这件事。

"龚元海，你真好笑，你们有孩子了，关我什么事？"我对龚元海面无表情地说。

龚元海："我看得出来，你生气了，你还爱着唐佳。"

我攥紧拳头，已经快要忍不住了："我给你三秒钟的时间，转身离开。"

龚元海："你骗不了我，你爱她，你心里愤怒。"

我终于不想再忍了，我打开车门，把车门狠狠地撞在了龚元海身上。在四周人的惊呼声中，我一拳把龚元海打翻在了地上，又在他身上踹了好几脚。龚元海完全没有还手，我隐隐觉得，唐佳可能快来了。

果不其然，我听到了唐佳的呼声，她让我住手。唐佳朝着我们跑了过来，我扫了一眼唐佳，最后又给了龚元海一脚。唐佳一下子把我推开，把龚元海从地上扶了起来，唐佳气愤地问我为什么一次又一次地找龚元海的麻烦。

对于唐佳的话，我不想做任何回答。唐佳要继续发火的时候，龚元海阻止了她，龚元海整理了一下自己身上的衣服："唐佳，是个误会，我把我们有孩子的事情告诉方涵了，本以为他会为我们高兴，没想到……"

也不知道唐佳是真傻还是假傻，她似乎完全看不出龚元海是在添油加醋，一巴掌朝着我扇了过来，我往后一退，躲过了。

"你们两个，天造地设的一对。龚元海，你不要逼我杀了你。"我指着龚元海。

唐佳："我信，方涵，你早就变了，现在的你，什么都做得出来。"

我嗤笑："你以为我会在乎你的看法吗？看在我们曾经在一起的分儿上，我提醒你，睁大眼睛好好看看你背叛我在一起的人，究竟是什么样的。"

唐佳气得一句话都说不出来了，龚元海站在唐佳的身后，他得意地盯着我，只是他的表情，唐佳完全看不见。

"龚元海，唐佳有没有孩子，和我没有任何关系，我早就一点都不在意了，你们做过什么，也影响不了我的情绪，我只是单纯地憎恶你。"说着，我突然话锋一转，"但是，我们做过什么，一定能影响你的情绪，唐佳在我身下娇喘的时候，还没你什么事。"

果然，我的这句话让龚元海的脸一下子就放了下来，唐佳气得直跺脚。

我不想再和他们纠缠，上了车。我手握方向盘，心里突然不安了起来。

我不知道龚元海为什么突然三番五次地来找我麻烦，如果只是单纯地想要向我炫耀，让唐佳更憎恨我，好像有些孩子气了，龚元海虽然卑鄙，但也不像是这么幼稚的人。我正想着的时候，接到了罗峰的电话。

罗峰让我赶快回去，他突然接到了王鉴明的电话，王鉴明说要去找他，可能很快就要到他的家里了。

我加快了速度，等我到罗峰家的时候，王鉴明已经到了。他们正坐在客厅的沙发上，我一进门，他们就暂停了交谈。

这一次，王鉴明选择了白天来，前两次，他都是深夜来的。

他不会不知道警方正在盯着罗峰，他这个时候来，警方很可能得到消息了。两个犯罪集团的大佬见面，警方不可能不紧张。

王鉴明，是故意的。

— 第53章 —

钩心斗角，人请到了

王鉴明自己因为行事隐蔽，不怕警方盯上，但是罗峰就不一样了。王鉴明白天来，又是要逼罗峰答应帮他。罗峰的脸色不太好看，我让小鬼上楼之后，坐到了罗峰的身边，罗峰肯定也知道王鉴明为什么会白天突然来这里。

王鉴明对我点点头，算是打过招呼了。他看向罗峰，准备开始说说合作的事情了。原来，在我来之前，不知道王鉴明是有意还是无意，只和罗峰闲聊，没有谈要合作的事情，他好像在故意等着我回来。

罗峰点了根烟，让王鉴明说。

王鉴明说他已经考虑好我的要求了，他愿意跟我们详细地说他的计划。他也不说废话，直接告诉我们，海关里有他的人。

"有钱能使鬼推磨，我会分批让那些毒品过海关，而不是一次性全部过了。"王鉴明对我说道。如果是其他人，肯定会相信王鉴明的话，还会拍他的马屁，说连海关里也有他的人之类的话，但是，他遇到的是我和罗峰。

已经起疑之后，王鉴明的这个理由，显然不能让我和罗峰相信，但我们也没有道破。仔细一想，王鉴明的时间不多，这已经是他能想出的最好理由了。王鉴明还告诉我们说，之所以不让毒品偷渡，是因为他接到消息，警方在各大偷渡口把控得非常严格，就等着偷渡客自投罗网。

我笑了笑："明爷不愧是大人物，消息这么灵通。"

王鉴明让我们放一百二十个心，他说那批货是从东南亚国家运过来的，等东西到了港区之后，罗峰只需要负责护送，等过海关的时候，罗峰的人就可以全部撤了。之后所有的事情，都由他一手包办，就算不幸被警方抓住了，罗峰也不会受牵连。

我假意问了一句："如果你把我们供出来怎么办？"

王鉴明哈哈大笑了几声："你以为这么多年了，我运输的毒品一次都没被警方扣过？"王鉴明告诉我们，万一真的被警方查了，被抓住的那些人，自然会闭口不言，甘做替罪羊。王鉴明眯起了双眼，阴狠地说了一句："他们敢乱说，不仅他们自己没命，他们的家人，也会全部没命。"

罗峰对王鉴明的这种行为，有些不屑，但是他还是假意地对王鉴明竖起了大拇指："明爷，真是好手段。"

王鉴明在骗我们，我们也在骗他，有的时候，钩心斗角比明枪暗箭还要可怕。我故作犹豫，说我们还是没有办法放心，毕竟这不是一件小事，万一出事，没那么好处理。王鉴明听出了我故意要表示的意思，他笑了笑，说钱绝对不是问题。

我朝罗峰使了个眼色，罗峰说了一个很大的数目，王鉴明稍作犹豫之后，同意了。但很快，王鉴明又放出了一句引人深思的话："但是，这批货要是在港区出了问题，罗峰，你总得负责吧？"

罗峰站了起来："明爷，你这是什么意思，这种事情，我难道还能给你打包票？"

王鉴明摆了摆手，一副老练的模样，他让罗峰不用着急，也不用多想。他说，只要罗峰尽全力，自然不会有问题，他的意思是，如果罗峰故意不重视，出了问题，他肯定会追究责任。

罗峰刚想发作，我就摇了摇头。王鉴明其实是在给罗峰施压，他对这次的行动非常重视，他担心罗峰会不重视，出了差错。王鉴明对于港区内会出现的变数，鞭长莫及，只能依赖罗峰了。

"什么时候动手？"我问。

王鉴明给我说了一个时间，让我稍微松了口气，距离准备的时间，还有一个月。一个月，对我来说很长，但是对一起贩毒大案来说，就有些仓促了。我算是答应了下来，我让王鉴明回去好好计划一下，有了具体的计划之后，再通知我。

我告诉王鉴明，罗峰被警方盯上了，他不适合一直来我们这里，罗峰也不适合一直到他家里去。很快，我就跟他说，等他通知我之后，我会代替罗峰去他们家的四合院里，和他商量细节。

这是在为救王雅卓做准备。

王鉴明问我会不会反悔，我摇了摇头，王鉴明拄着龙头拐杖站了起来："好，都是道上有头有脸的人，我相信你们。"

王鉴明带着人离开了，王鉴明一走，我就把脸上的笑意给收了起来，我不屑地说了一声："我不是道上的人。"

罗峰一点都不紧张，他也笑了笑："王鉴明要是知道我们阴他，恐怕肺都要气炸了。"

"他先逼我们的，怪不得我们。还有一个月的时间，我在离开渝市之前把王雅卓救出来，换了秘密，再送回去给王鉴明，他需要你，想必会大事化小。"我对罗峰说。

罗峰点了点头："那港区的事呢，真的要帮他吗？"

"先准备着吧，如果真的不是贩毒，可以帮上一帮，结个善缘，我也想探探他的老底，看他到底要护送谁过海关，说不定，和那个匿名者有关系。"我回答罗峰。

和罗峰商量过后，已经过了中午。接下来，我们要做的事情就是等待了，我也不出门去调查了，我不急，陈凡倒是急坏了。在家里待了两天之后，陈凡终于按捺不住，说上级下了死命令，一定要尽快结案。

这起案子，已经在京市引起轩然大波，坊间的传言不断。

警方反复地调查各方监控、分析鉴定结果，Z和周生的父母他们也见了不知道多少次，可是，却没有任何线索。陈凡问我查得怎么样了，我皱了皱眉头："我不是让你多关注警方对罗峰的态度吗，你这么在意这起案子干吗？"

陈凡有些委屈地回答了一句："涵哥，我是警察啊。"

我不屑："现在知道自己是警察了，是警察还那么胆小怕事？！你继续照我说的做，多留意一下唐佳，轮到你表现的时候，我自然会通知你。"

说到唐佳，陈凡说她这两天似乎身体不太舒服，但依然坚持到警局去，不过古曼童案子的负责人，换了一个。我松了口气，挂断电话之后，我跟罗峰调侃，唐佳和龚元海的这个孩子，来得真及时。

唐佳有孩子之后，相对而言，对罗峰盯得也可能稍微放松一点。

而两天之内，我连续到了王鉴明家的四合院两次，我想尽办法要接近王雅卓，但是四合院里的人实在太多，我根本抽不开身，连王雅卓在哪里都不知道，更不要说把她带出四合院了。

王鉴明对这次计划非常上心，他准备了一大堆地图，和我一点一点地说他的计划，还交代我们在港区内要非常小心。因为慎重，我和王鉴明谈得很慢，两天下来，计划商量的进展并不大。

Z再也没有打电话给我，听陈凡说，查理快要出院了，Z一直待在查理的病房里，半步都不敢离开。几个保镖已经没有办法让Z放心了，所以Z要求警方派人保护他们，中队下了命令，说是几次凶手作案，都围绕着Z身边的人，所以在凶手没有被抓到之前，一定要保护好Z。

在当天下午，罗峰在港区的手下终于回报说找到我要请的那个人了，据说那人一开始反抗，罗峰就命令手下直接绑了人，偷偷送过海港，正朝着京市赶来，估计明天就要到了。

我一笑，说能帮助我们破案的人终于来了。

──── 第54章 ────

想她了吧

　　我起身，回到房间好好地睡了一觉，这次，是我这几天以来睡得最轻松的一次。我整整睡了十几个小时，醒过来的时候，天正好亮了，小鬼还在睡着。我一大早就接到了王鉴明的电话，罗峰的手下还没把那个人送来，于是我先去了王鉴明的四合院里。

　　这一次，我终于逮到机会了。

　　好巧不巧的是，我正在和王鉴明说话的时候，手提电话响了，看了上面的电话号码，我的心一紧，是王雅卓给我打的。我犹豫了一会儿，没有接，王鉴明问我是谁打的，我心里一动，说是罗峰打的。

　　我表现得有些为难，因为我们答应了王鉴明，并装作非常配合的样子，王鉴明这几天似乎很高兴。他摆了摆手："去外面接吧，谁家没有点秘密事，大家都是道上的人，我懂。"王鉴明操着一口京市本地口音，这是他说过的最好听的一句话。

　　我微微一笑，站起来往外走去。

　　找了一个没人的角落，王鉴明吩咐下去，让人不要靠近我。我接起了王雅卓的电话，她问我在哪里，我压低声音，说就在她的家里。王雅卓有些激动，问我是不是来救她了，我说现在是白天，不可能救她出去。

　　我让王雅卓给我说了说四合院里的方位，我四处看了看，确定她被关在四合院的后院里。她告诉我，她没有办法出去，所以也不知道外面有多少人，但是她估计，看着她的人应该不多。

王雅卓自己肯定是跑不出去了，王鉴明绝对也没有想到有人会大胆到闯进他的家里夺人。王雅卓说的应该不会有假，看着她的人，应该不会太多。王家的人，大部分都分散在其他地方了，难的不是让王雅卓离开那间屋子，而是怎么把她带出四合院。

趁着没人看着我，我偷偷地在四合院里绕了起来，很快，我找到了王雅卓被关的地方，只是，我只能远远地看着，因为那边有好几个人。我数了数，大约有五个人。我不能待太久，四合院里时常有人走动。

我回到了厅堂里，王鉴明没有起疑心。

和他又谈了一会儿，我离开了。

回到罗峰家的时候，罗峰的家里多了一个人，是个女人，看上去有些老了，但是据我所知，她才五十岁不到。她很害怕，问我们是谁，说的是港区话。我让她不要害怕，在她耳边说了几句话之后，她突然像发了疯似的，说我胡说，还要冲过来打我。

但是，当我细细地跟她说起的时候，她开始犹豫了。她问我说的到底是不是真的，我笑了笑，说到时候就知道了。

夜深人静的时候，我给Z打了个电话，她听到我的声音，问我是不是案子有进展了，我说没有。

Z问："那你打电话给我干什么？"

我一笑："你今晚睡医院吗？"

Z的声音里满是警惕："你又想干吗？"

"你还没听说吗，港区的舆论传得沸沸扬扬，都说你在养古曼童，而且声势比之前凶猛多了。"我对Z说。这段时间，Z和查理出了很多事，港区的事，他们自然知道得少，Z似乎已经不在意了，她说没关系。

"你是没关系，但是我今晚必须见你，我有很重要的事情要跟你说，你必须帮我支开保护你的警察。"我对Z说。

Z："电话里不能说吗？"

我叹了口气："你总不能因为我睡了你，就不见我了吧，你不怕你会遇到危险吗？"

果然，我这么一说，Z又开始犹豫了起来，我还故意吓唬了她一下。终于，Z答应了，说她会找借口偷溜到医院外面去，并把警察支开。

到了约定的时间，我带着被我们绑到京市来的女人，到了医院外面，我没让她下车。

等了好一会儿，Z终于跑了出来，她四处张望着，好像怕会有什么脏东西盯上她一样。等跑到我的面前，她才终于放下心来。Z没有化妆，一脸病态，除了有些憔悴，样貌还是很艳美，我伸手抚了抚她的脸："你这张脸，简直像是被造出来的一样，真漂亮。"

Z拍开了我的手："你大半夜把我叫出来，就是为的这个吗？"

我摇头："不是，在电话里跟你说过了吧，港区的媒体传得沸沸扬扬。"

Z说她不在乎，一点都不担心，她现在想的，就是怎么避过这场灾难。

"是啊，你是不担心，但是有人会担心。"我回答Z。

Z看着我，问我是什么意思。我转身把车门给打开了，当Z看到车里坐着的女人时，先是一愣，肩膀都颤了一下。但是，她很快就镇定了下来，她脸上的表情，变成了满脸诧异："妈，你怎么会来？"

Z的妈妈从车上下来，看到Z，她有些激动，想要过去抱Z，但是Z一边往后退，一边对着她的妈妈摆手，说她现在被脏东西缠身不能靠近。我也让Z的妈妈不要靠近，免得Z胡思乱想。

Z的妈妈只好站在车门边，满眼泪光地看着Z。

Z低着头，又往后退了几步。

"怎么了，你不想她吗？有快两年没见面了吧？"我镇静地对Z说。

Z点了点头："想，但她不能靠近我，我怕脏东西缠上我妈。"

Z的妈妈哭着，一直说Z受苦了。Z的妈妈的语气里，一点都没有因为Z很久没和她见面而有所抱怨。Z又问我她妈妈怎么会来，我告诉她，港区的报道传得沸沸扬扬，她妈妈联系不上她，所以赶到京市来了。

在来之前，我就已经打听清楚了，Z这两年，偶尔会打电话给她的妈妈，但每次也只是说几句话，Z总是说自己太忙，会尽快抽时间回去看她妈妈，可是，这一等就是两年多。Z的妈妈觉得自己的女儿不容易，所以也一直耐心地等着。

Z的妈妈给Z打过电话，可是我发现，Z留给她妈妈的电话号码，和她正在使用的，根本不一样。

"我说要给你惊喜的。伯母到京市之后，听说了发生的事情，找到警方，她担心你，我就把她带来了。"我对Z笑了笑，又说了一遍，"我说过要给你惊喜的。"

Z低着头，问她的妈妈住在什么地方，我说我给她妈妈安排了一个小区住，这样能避免被记者打扰，让她放心，把详细地址和她说了一下之后，我看了看手表，让她赶快回去，免得上面的警察怀疑。

Z转身朝医院走去，我又叫住了她。

"等你和查理出院之后，到我给伯母安排的小区住吧，好有个照应。"我对着Z的背影说。

Z的身形顿了顿，答应了一声就进去了。

回到车上，我问Z的妈妈想不想Z。

Z的妈妈坐在副驾驶座上，一边哭，一边说想。

突然之间，Z的妈妈抓住了我的手，我还握着方向盘，一个急转弯，车差点撞到了路边。Z的妈妈请求我，一定要把害Z的凶手给找出来，不管是人是鬼，她都要把他碎尸万段。

重新把车开到道上，我让Z的妈妈不要那么着急。

"这个凶手，一定会抓到，但是在此之前，你还是必须住到我给你安排的小区里。"我对Z的妈妈说，"你是破案的关键。"

Z的妈妈有些不解，她问我她能够做什么。

说话间，我已经把车开回了罗峰的家，踩住刹车之后，我想了想，这才扭过头对Z的妈妈说："案子很快就会破的，你要做的，就是什么都不做。"

Z的妈妈刚想问，却突然惊恐地指着前方，尖叫了一声，我朝挡风玻璃看去，远处，正有一个人影在风里飘着……

第55章

不要离开

那道人影就在罗峰家外面的拐角里，起风了，那道人影就那么在风里飘着。我让Z的妈妈待在车里不要乱动，自己打开车门走了下去。拐角处有一盏路灯，我看不清那个人影的模样，我慢慢地走了过去，那道人影一动不动。

等我靠近之后，我终于松了一口气，是小眉。小眉穿了一件长裙，裙子随风飘舞，好像要把她整个人给吹起来一样。我走到小眉的面前，再也忍不住，直接骂了出来："你每次出现都像鬼一样，你到底想干吗？"

小眉站在原地，笑着盯着我："你怎么知道我是人是鬼？"

已经是凌晨了，小眉会出现在罗峰家附近，绝对是来找我的。我不想和小眉纠结没有意义的问题，我问她来找我干吗，但是小眉却走近了一步，两只手搭在我的肩膀上，踮起脚尖要来亲我。

这已经不是小眉第一次对我做出这种轻浮的举动了，但数次的试探，我知道小眉根本就不是那么开放的一个人。我索性站着不动，想看看小眉究竟想要干什么。果然，就在小眉的嘴唇要贴到我的嘴唇上时，她停住了。

她的脸和我靠得很近，我感觉她嘶出来的气都是没有温度的。

我勾起嘴角，玩味地盯着小眉。小眉皱了皱眉头，问我如果她是鬼，我会不会讨厌她。我嗤笑了一声："老实说，不管你是人是鬼，我都讨厌你。"

小眉反问："为什么？是害怕？你不是不信鬼神吗？"

"因为我厌恶总是装神弄鬼的人。"我回答。

小眉咬着嘴唇，突然把嘴唇贴了上来，我没有料到小眉真的会亲上来，等我反应过来的时候，她的嘴唇已经深深地印上来了。我愣了愣，正想推开小眉，突然觉得嘴唇一阵刺痛，小眉后退了几步，笑着盯着我。

我往嘴上一抹，小眉竟然把我的嘴唇咬出血了。我已经恼怒了起来，可是小眉却若无其事地笑着。

"疯女人！"我骂了一句，转身就要走，小眉叫了我两声，见我不停下来，她只好喊着我的名字，说是有很重要的事情跟我说，我这才停下脚步。我没有再靠近小眉了，转过头的时候，小眉的一头长发被风吹乱了。

第一次见小眉时那种莫名的熟悉感，竟然又涌上了心头。我愣了愣，但是和之前一样，想不起自己在哪里见过小眉了。

小眉顿了顿，这才说出她来找我的目的，而她的话，让我有些吃惊，因为，她让我短时间内，绝对不要离开京市。小眉就像是事先知道我会离开京市一样，我朝前迈了一步，问她怎么知道我想离开京市。

小眉没有回答我的这个问题，却说她不仅知道我要离开京市，还知道我是要去渝市。

我推测小眉也知道玄一去了渝市，我在找玄一，小眉推断出我等查完古曼童案就去渝市找玄一的目的，并不难。我不再问了，站在原地死死地盯着小眉。我知道，小眉还有话没有说完。

"你如果答应我不离开京市，我可以跟你去酒店。"小眉犹豫了片刻，对我说。

我一愣，小眉又说出了出乎我意料的话。我想了想，指了指罗峰的家，说在这里睡就行了，为什么要去酒店。小眉回答说，她不想让更多的人看到她。小眉除了每次出现的时候有些诡异瘆人之外，的确长得很漂亮。

我摇了摇头："我记得我跟你说过，没有什么能诱惑我，包括女人。"

小眉没有过多思考，马上接了一句："那你为什么要跟Z睡觉？"

"你连我跟Z发生了什么都知道，看来你总是跟踪我？"我问。

小眉没有否认，她说她亲眼看见我带Z回到罗峰的家里，第二天Z脸色很难看地从罗峰的家里出来了。小眉又朝着我走了过来，她的手在我的身上游走了起来，慢慢地往下半身摸去，我及时抓住了小眉的手。

我的声音冷了下来："我不喜欢别人跟踪我，不要以为你是女人，我就不会对你怎么样。"

小眉的目的已经很明显了，她要让我留在京市，准确地说，是想阻止我去渝市。为此，她甚至不惜用她的身体作为交换，这让我有些诧异，尽管小眉三番五次地诱惑我，但我知道，她绝对是一个比较保守的人，否则，她也不会数次脸红了。

小眉见劝不动我，想了想，把话说得更明白了。她告诉我，我只有待在京市，才能保住自己的性命，但是如果离开京市，特别是去了渝市之后，肯定会性命不保。但是，小眉却不肯说是谁盯上我了。

"方涵，我把话已经说到这里了，如果你还想查下去，就不要做冒险的事情。"小眉突然非常严肃地对我说。

"不肯把话说明白的人，就没有资格要求我做什么。"我不再搭理小眉，回到车边，跟Z的妈妈说明白之后，Z的妈妈也不怕了。我带着Z的妈妈回到了罗峰的家里，等上了楼，拉开窗帘往下看的时候，小眉已经不站在那里了。

睡了整个晚上，第二天，我们都起了个大早，我要送Z的妈妈到安排好的小区去。但是刚下楼，我就看见罗峰坐在沙发上，低着头，一副非常严肃的样子。我问罗峰怎么了，罗峰指了指桌子，说匿名信又出现了。

我一怔，马上从桌子上拿起了匿名信。罗峰已经拆开了，信纸上的字迹，和之前的匿名信一模一样，这一次，信上的内容更加简单了："不要离开京市。"匿名者对我的提醒，竟然和小眉一模一样。

罗峰告诉我，今天一大早，他的手下突然在大门上找到了被塞在门缝里的信封，但是塞信的人，早就不见了踪影。我把昨晚回来见到小眉的事情和罗峰说了一遍，罗峰听了，问我小眉会不会就是那个匿名者。

我摇了摇头，匿名者的身份一直都很神秘，如果小眉是匿名者，绝对不会来亲自提醒我之后，又写一封信给我。而且，王鉴明在很多年前就陆陆续续地收到过匿名信了，虽然不知道小眉的具体年龄，但是看她的样子，应该和王雅卓差不多岁数。

也就是说，几年前，小眉才十几岁。

一个只有十几岁的人，就能那样消息灵通、神通广大，帮助王鉴明数次避过警方的侦查，太令人匪夷所思了。

匿名者的身份，绝对不是一朝一夕能够查出来的，除了字迹，没有其他线索，要找这个人，无异于大海捞针。我并不着急，我在意的是，为什么小眉和匿名者都让我不要离开京市。

罗峰考虑了一会儿之后，神色复杂地问我："你要不要再考虑一下，我担心真的是有什么危险。"

我在京市，已经遇到过一次危险了。

在我家的时候，如果不是我及时醒过来，没有被迷香彻底迷倒，那么后果将不堪设想。匿名信提示我有危险，是准确的，加之王鉴明的口述，这个匿名者掌握的消息，恐怕也都会是真的。

但是，我却不得不离开京市。

段坤一天找不到，爸爸的死因和当年盒子里的秘密就没有办法弄清楚，我想报仇，也无从谈起。段坤终日东躲西藏，我找了他这么久都没有找到，我害怕他遇到了什么危险，也死了，到时候，所有的真相可能就都埋藏于黄土之下了。

杀父之仇，不得不报，我也等不了了。

我告诉罗峰，不管是不是有危险，我都要去渝市找玄一。玄一和三松观的谜团，太多了。

—— 第56章 ——

一起住，硬抢

罗峰知道劝不动我，只好让我小心。

我把Z的妈妈送到了安排好的小区里，小区比不上查理之前找的那两个小区，但是也勉勉强强算干净和舒适。我特地选了一间比较大的房子，并跟Z的妈妈说，等Z和查理出院之后，都会搬来这里住。

Z的妈妈是个很勤恳的人，我才刚坐下，她就开始打扫房间了。Z的妈妈比同龄人要显得苍老一些，背影也有些佝偻了，她忙得停不下来，我问她为什么不找个人来打扫，她的回答让人有些心酸。

她说，她舍不得钱。

因为Z的演艺事业，Z的妈妈也存下了不少钱。虽然已经两年没和Z见面，但是她都会定期收到Z给她汇的钱。只是，她却舍不得用，她告诉我，因为前两年Z的大起大落，她始终觉得混迹演艺圈，不是稳定的工作。

她担心Z会再发生什么事情，所以Z给她的钱，她全部都存了下来。这是一个全心为自己女儿着想的母亲。我问Z的妈妈，Z的丑闻风波被报道出来之后，她有没有什么想法。Z的妈妈哭了起来，她告诉我，亲戚朋友间的闲言碎语，让她听得很心烦，但是看到Z痛不欲生的样子，她也根本没有去责备，她只希望，Z能够好好的。

Z的妈妈放下了手里的扫帚："她还好好的，是吗？"

我耸了耸肩，站了起来。我没有回答Z的妈妈问的问题，让她一个人小心点，有人按门铃先看清楚是谁再开门。我还给她留了我的电话号码，让她有事联系我。我没有乘电梯，而是顺着安全通道往下走，到地下车库的时候，我四处望了望，随后满意地点了点头。

我给陈凡打了个电话，让他去医院确认一下查理什么时候可以出院。没过多久，陈凡给我回了消息，医生说查理近期就可以出院，但是查理却执意今天就要出院。给我打电话的时候，查理和Z已经办理了出院手续。

警方的人一直都跟着Z，查理和Z都没有反对。查理出院之后，没有马上回小区，而是去了影视城找剧组，到了这个时候，查理还是对Z的演艺事业非常上心。据陈凡跟我说，查理又和剧组的人发生了争吵，这个时候，查理的头上还缠着纱布。

趁着查理和Z还没有从影视城回来，我事先到影视城外面等着他们了。古曼童一案的负责人不再是唐佳之后，我的动作比之前大了一些，查理和Z出来的时候，他们的身后正跟着一些警察，陈凡也在其中。

我跟Z打了个招呼，说住处已经安排好了，她的妈妈正等着她回去。

Z想了想，说案子没有查清楚，她不敢接触她的妈妈，免得把霉运带给她的妈妈。Z又说了同样的理由，我耸了耸肩，说有这么多警察，也有我在，不可能会出什么事。Z犹豫再三，最后查理拍了拍Z的肩膀，说她们已经很久没见面了，还是去见见吧。

Z又犹豫了很久，最后才答应下来。唐佳不在之后，陈凡的地位就提升了，他没有开口反对，其他警察自然也没说什么。我们只开了一辆七座的汽车，地下车库里一个人都没有，车库很小，因为这个小区开车的人本来就不多。

到了房间外面之后，我按了按门铃，Z的妈妈好一会儿才开门。我带来了这么多人，Z的妈妈也有些惊讶，但是马上把大家都迎了进去。电灯泡没那么亮，看得人有些昏昏沉沉的，Z的妈妈说她包了饺子，让大家一起吃。

只是，Z直接说她没胃口，回房去了。

Z的妈妈显得有些失落，查理拍了拍她的肩膀，说Z最近很心烦，让她理解一下。Z的妈妈点了点头，说只要Z没事就好。我们几个人坐在客厅里，吃了饺子之后，我和陈凡离开了，只留下那些警察看着他们。

罗峰正在等着我回去，他问我想清楚要怎么救王雅卓没有，我想了想，说已经想到了，罗峰马上问我是什么方法，我只回答了他两个字："硬抢。"罗峰不可思议地盯着我："你疯了，怎么可能抢得出来？"

"我已经查探过那个四合院了，偷偷摸摸，绝对不可能办到，除了硬抢，没有其他更好的办法了。"我回答。

罗峰依旧不放心："怎么抢？"

我微微一笑："只有一次机会，只能成功，不能失败，就在我离开京市的那天动手，现在我们要做的，就是拖延时间。"

距离王鉴明实施计划的时间，已经不到一个月了。我离开的那天，就算成功拖延了六天时间，这几天，我们的表现已经让王鉴明彻底相信我们是真心真意要跟他合作，他的所有心思也放到了原有的计划上。

一个月对一次大行动来说，实在是太紧了，六天时间一消耗，所剩的时间就更少了。王鉴明没有办法在那么短的时间内另作打算，他这么重视这次行动，就算东窗事发，到时候也暂时不会对罗峰出手，而是和罗峰继续合作下去。

罗峰也一咬牙，骂了声："赌一把，我就不信这只老狐狸还真敢对我下手。他一动手，我不要京市这个打拼多年的地方，也要把他给搞死。"

我点了点头，回房去了。

我尝试着让小鬼留在京市等我一段时间，但是无论我怎么说，小鬼就是不肯。有了小眉和匿名者的提醒之后，我更加觉得此次渝市之行，必然是危险万分，带着小鬼，一来不方便，二来我怕保护不了她。

说到最后，小鬼都哭了起来，我心一软，只好先答应要带着她一起去渝市。小鬼很好哄，我这么一说，她马上就破涕而笑了。

睡觉前，我接到了一个电话，是我的手下打来的。

听了电话里的内容，我微微一笑，一切都在按照我预料的进行。

天亮之后，我又一次去了王鉴明的四合院。我和王鉴明已经商量到罗峰的人具体要怎么护送那批人了。为了不让王鉴明起疑，我没有再想办法去查探这个四合院了，一天的时间，又这么过去了。

距离我离开京市的时间，只有不到两天了。

我并不着急，其实，也不差那么一两天，如果能越早破案，自然是越好；如果不能，晚一两天离开京市，也并没什么。

　　天快黑的时候，我给陈凡打了个电话，让他带上配枪，在警局外面等我。陈凡一开始还不了解我要干什么，见到我的时候，他马上问出了他的疑惑。我问陈凡想不想立功，陈凡马上点头。

　　我让他上车，在车上，陈凡一直问我要怎么破案，我一个冷眼，才让他安静下来。

　　这个时候，已经是夜里了，我开着车到了新小区的地下车库里。我找了个位置，和陈凡坐到了一边。地下车库里的温度很低，我和陈凡在这里整整待到了天亮，什么事都没有发生，我又和陈凡开车离开了。

　　陈凡问我在等什么，我说等凶手作案。

　　陈凡："那为什么不继续等下去？"

　　我微微一笑："凶手只会在夜间的时候作案。"

　　陈凡不解："为什么？之前发生的案子，未必是发生在晚上啊。"

　　我："不用多问，凶手现在只能在夜间作案，而且只能成功，不能失败。"

　　回去休息了一整天之后，天又黑了下来，我又带着陈凡到了那个地下车库里候着，地下车库里很空旷，我们没有进行任何交谈。

—— 第57章 ——

真的作案了

又是一个夜晚的漫长等待，凌晨三点钟，陈凡已经开始打哈欠了。车库里的温度越来越低了，陈凡悄声地问我怎么这个地下车库连一个人都没有。我们来的时候，天才刚刚黑下来，连续两天，我们待在这里一共超过了二十个小时，的确，天黑之后，这个车库，一辆车都没有进出。

我笑了笑，轻声告诉陈凡，我故意找了这么一个小区。时间一分一秒过去，就在我以为又是一个晚上的空等之时，地下车库里突然传来了一阵窸窸窣窣的脚步声，我和陈凡马上站了起来。

我们所在的位置，非常接近安全通道，但是，我们只听到了人的声音，没有看到人影。地下车库的灯还是亮着的，很快，我们看到了一道被映在地上的影子，是个人，但是那个人并没有走过来。

陈凡掏出了手里的枪，他想走过去，但我按住了他的肩膀。我压低声音，告诉他，如果想抓到凶手，这个时候就不要轻举妄动。脚步声停了下来，那个人走路的声音非常轻，我和陈凡像做贼一样，慢慢地靠近，没有发出一点声音。

到墙的拐角处，我慢慢地探出头，果然，我看到了和我预想中一模一样的状况。Z的妈妈正趴在地上，陈凡看到之后，非常吃惊，如果不是我捂着他嘴，他已经叫出来了。我对陈凡摇了摇头，示意Z的妈妈还没有遇害。

Z的妈妈趴在那里，但是四周却没有其他人，陈凡已经忍不住了，他问我到底是怎么回事，我还没回答，地下车库里的灯突然又暗了下来，陈凡很紧张，我用手肘撞了撞他，他这才冷静下来。

我把陈凡手里的枪夺了过来，我已经记住了Z的妈妈倒地的地方，我一手拿着枪，一手拿着手电筒，只是，手电筒并没有被打开。我屏住呼吸，仔细地听地下车库里的声音，慢慢地，我隐隐约约听到了脚步声。

我琢磨着时间差不多的时候，把手里的手电筒猛地打开了。光束照到了一个人的身上，他的手里正拿着一个古曼童人偶，朝着趴在地上的Z的妈妈砸下去。我没有办法精确地预料到手电筒打开的时候，凶手正在干什么。

我朝着那个方向，猛地开了一枪。多年没有握枪，手枪强大的后坐力震得我的手臂发麻，枪声响起的时候，那个人发出一声惨叫，身体被击中，重重地倒地了。他最终也没能如愿以偿地砸中Z的妈妈，手里的古曼童人偶也掉落在地上，发出了一声清脆的响声。

那个古曼童人偶是金属的，那么重地砸几下，受害者几乎没有生还的可能性。我的额头冒出了冷汗，如果我再迟疑一会儿，Z的妈妈可能就不能幸免于难了。陈凡在这个时候猛地冲了过去，拿出手铐，把正趴在地上的那个人铐了起来。

我拿着手电筒，慢慢地走了过去。

这一枪，打中了他的肩膀，地上到处都是血，这人嘴里痛苦地呻吟着，我盯着他，冷冷地笑了两声："旧伤未愈，又添新伤，查理先生，真是对不住你了。"

倒地的，正是查理！

把查理铐起来之后，陈凡马上去看Z的妈妈，但是，不管陈凡怎么摇晃她，她就是醒不过来。陈凡着急起来，都忘记去摸她的脉搏了，他着急地问我："涵哥，她死了？怎么办？"

"她不可能死，叫救护车，先不要报警。"我对陈凡说。

陈凡马上照做了。

救护车来的时候，我已经拎着查理躲到一边去了，Z的妈妈被送上了救护车之后，陈凡找到我，问我查理要怎么办。查理的肩膀还在流着血，脸上的表情也非常痛苦，我揪着他，把他甩进了电梯间。

查理撞在了电梯间壁上，又惨叫了一声，我按了电梯的按钮，告诉陈凡，是时候去找另一个人了。陈凡惊讶地问我："是Z？她也是凶手？"

我摇了摇头："她不是古曼童案的凶手。"

查理的脸抽搐着，进门开灯之后，陈凡看见那几个警察，全部倒在沙发上，他踹了他们几脚，他们也没有任何反应，我让陈凡不用着急，说他们和Z的妈妈一样，只是被迷晕了。我把查理扔在地上，走进了Z的房间。

Z躺在床上，我轻拍了几下她的脸，她没有醒过来。我到卫生间接了桶水，直接泼到了Z的身上。Z这才终于醒了过来，她全身发抖，还没有明白过来是怎么回事，我盯着她，冷冷地笑着："睡得这么死，不怕我把你给睡了？"

Z双手抱胸，问我是不是又对她做了什么。

我嘲讽道："你真以为我把你睡了吗？对不起，我嫌你脏。"

Z全身都湿淋淋的，我直接拉着她的手，把她拖出了房间。Z一边惊声叫着，一边挣扎，只是，她的力气没我大。我把Z拖到了客厅，看到地上受伤的查理，她吓了一跳，随后马上跑到查理的身边，问他怎么了。

查理咬着牙，除了满脸的痛苦，什么都说不出来。

"不用担心他了，还是好好担心一下你吧，纸包不住火。"我居高临下地看着他们。

陈凡问我这一切到底是怎么回事，我指着正在抽搐的查理："他就是古曼童案的凶手，先杀吴青山，再杀周生，今晚，他急着杀Z的妈妈，而他最后一个想杀的，一定是Z。"

陈凡惊讶万分："他的伤？"

我蹲到了查理的面前，Z还很怕我，到现在，她还没有明白过来是怎么回事。我捏住了查理的脸，笑着回答了陈凡的问题："苦肉计，干扰警方的办案思路。"

查理忍着痛，问我是从什么时候开始怀疑他的。

"很早就怀疑了，我怀疑你们每一个人，非说什么时候确定是你，那就是你们搬到新住处，你送我离开之后。"我回答。

当时，我告诉查理，我已经查出地下车库诡异的现象是怎么回事了，而且，我还埋了个陷阱让他去跳。我告诉Z，我已经掌握了一些线索，只要凶手再作案，我一定会抓住他。而后的两天，非但案子没有发生，就连诡异的现象都没有了。

按照我们之前的推测，周生死后，诡异的事情还在发生，那是因为凶手还准备作案，正在为他的犯罪进行预备。而就在我和查理说了那些话之后，凶手消停了下来，这让我更加怀疑起查理了。

陈凡微微一愣："那他为什么会在今天晚上动手？"

我站了起来，坐在沙发上，点了根烟，深吸了一口之后才开口："因为他慌了，他担心他一手策划的事情被揭穿。"

陈凡没明白我说的是什么，他又指着Z，问Z到底是不是凶手或者帮凶。我扫了一眼Z，问她像不像是凶手的样子。查理已经算是承认他的犯罪事实了，Z吓得瘫坐在地上，并不断地往后退，刻意地和查理保持着距离。

陈凡摇了摇头："不像是凶手，否则她不会那么怕查理。"

我把烟头丢在地上，踩了踩。

"没错，她不是古曼童案的凶手。"我回答陈凡。

我的回答，非但没让陈凡明白过来，反而让他更加不解了，他问我既然Z不是凶手，我为什么还要这样对Z。我的目光在Z的身上打量着，她的全身都在发抖，这么冷的天，她的身上还湿漉漉的。

"她不是古曼童案的凶手，但是她却得坐牢。"

—— 第58章 ——

瞒天过海

我盯着Z："你自己说说吧，你会因为谋杀而坐牢，还是因为诈骗而坐牢？"

Z的嘴唇颤抖着，她很久都没有开口。我也没有着急，凶手都已经被我抓住了，没有什么是不能等的。Z犹豫了很久之后，才心灰意冷地吐出了两个字："谋杀。"

我玩味地盯着Z："和我猜的一样，受害者的尸体，在哪里？"

Z和查理都已经走投无路了，过了好一会儿之后，Z才终于告诉我，那具尸体，被埋在了港区的一座山上。我让陈凡把那个地址记下来，尽快通知港区警方去核实。陈凡照做了，记下地址之后，他一脸愁容，说他还是不明白是怎么回事。

陈凡彻底被我绕晕了："涵哥，你不是说Z不是凶手吗？"

我微微一笑："我只说她不是古曼童案的凶手。"

我不再卖关子了，这起案子，我依然准备借助陈凡之手破获，他必须清楚来龙去脉。我想了想，决定从Z的身上开始说。

Z的身上，发生了很多诡异的事情。传闻中，Z在养古曼童，手臂上有抓痕，也经常自言自语，而这一切，并不单纯只是传言而已，这些都被我亲眼看到了，而且我见过不止一次。

我不信鬼神，从一开始，我就怀疑是Z自己在装神弄鬼。起初的时候，Z和查理都是我怀疑的对象。只是，见过Z的反常举动之后，我开始觉得，Z并不是故意装出来的。Z的恐惧是发自内心，她的反常举动，也好像是在没有意识的情况下做出来的。

于是，我又开始怀疑Z有精神类的疾病。港区的报道，并没有传言Z有过精神病，这一次，我算是彻底领教了港区媒体的厉害，整个港区的狗仔记者，联合在一起，从搜集情报的角度而言，几乎是无所不能的。

精神类疾病，要么是先天的，要么是后天产生的。后天产生的精神类疾病，一般和人的精神状况有关系，内心时常压抑的人，更容易产生精神类疾病。而Z，正是因为心理长期受到压迫，才产生了精神疾病。

抓痕是她自己抓的，自言自语也是她在意识模糊的时候做出来的，她经常做噩梦，经常看到别人看不到的东西，都是因为她的精神已经不正常了。查理很聪明，Z的情况越来越严重之后，他跟我说，他也看到了一些人影。

只不过，查理却说或许是因为自己受到了Z的情绪感染或者因为心理作用，他也不能确定自己是不是真的看到了。那个时候，我已经怀疑Z的精神有问题了，只是我没有说破而已。如果Z有精神疾病，而查理又说他也看到了Z看到的东西，那很容易暴露出他在说谎。

所以，查理说得非常模糊，把那一切归结到可能是受到了情绪感染上。不得不说，查理很聪明，只是，他聪明反被聪明误了。理由很简单，带Z去求古曼童的是查理自己，他应该也是信奉鬼神才对。

如果他真的因为情绪紧张，产生了幻觉，那他第一时间应该是认为他见鬼了。在那么害怕的情况下，他不可能想得那么理性，还向我解释了他看到脏东西的理由。

让我完全确定Z的精神有问题，是在医院陪Z过了一个晚上，第二天要离开的时候。当时，Z掩面而泣，我猛地抓住了她的手腕，当时，她还问我发生了什么，我没有说出口，但是，我却看到了一个有意思的现象：她的手指甲被剪得很平整。

人的手指甲很容易长长，剪过没多久就会长出来。剪指甲，是一件非常普通的事情，但是这个时候放到Z的身上，就显得非常不正常了。Z因为心里害怕，已经很多天吃不下饭、睡不着觉了，甚至她连澡都没洗。

这样的一个人，又怎么会想着去剪手指甲？Z邋遢了那么长时间，手指甲肯定已经长长了才对，但是，她的手指甲却很平整。再把时间往回推两天，在查理受伤的前两天，诡异的事件基本没怎么发生了，Z手臂上的抓痕也没有再增加。

原因很简单，Z的手指甲被查理剪掉了，Z手臂上的抓痕，也都是自己在意识模糊的情况下抓的。查理剪Z的手指甲，也是因为我在话里埋的陷阱，说只要凶手再搞什么动作，我就会抓到他。

查理担心东窗事发，所以强行控制，让那两天什么都没有发生，自然也剪了Z的手指甲。Z在这种精神状况下，绝对不会去在意自己的手指甲是长是短，没有在意，也是非常正常的。

查理一定早就知道Z有精神类的疾病了，否则，以经纪人的身份，早应该把Z送去大型医院进行治疗，而不是保持放任的态度。而查理，正好利用了Z的精神状况，让Z自己都相信，是有脏东西在作怪。

查理长期和Z住在一起，Z身上发生了什么，查理一清二楚，Z抓了自己的手臂，查理再偷偷地把Z的手指甲清理干净，一点都不难办到，就像今天晚上，查理让Z和其他警察陷入昏睡那样。

查理这两天没有单独的时间出去买迷药之类的东西，可是警察、Z、Z的妈妈全部都昏倒了，这足以说明查理的身上常备着这些东西，而这些东西，就是用来对付Z的。

"Z为什么会变成神经病？"陈凡问我。

精神类疾病，一般在生活中，被人轻蔑或者不经意地表达为神经病。我告诉陈凡，等事后带Z去医院做个精神病鉴定就可以当作证据了。而Z之所以会产生精神病，是因为我先前分析出来的心理压力。

"愧疚、恐惧、劳累、焦虑，所有你能想到的负面情绪，Z都有，慢慢地，她就人格分裂了。"我盯着Z，Z正无力地坐在地上，有些事情，她自己都不知道，而有些事情，她绝对是知道的。

"查理，你以为你能瞒天过海，想知道你败在什么地方了吗？"我问查理。

查理肩膀上的伤口还在流血，他已经快昏厥过去了。他早已经绝望，对我轻轻地点了点头。

我面带轻蔑："作为一个经纪人，你很厉害，这是你的能力。Z深陷丑闻风暴之中，但是仅用了两年的时间，你就让她东山再起，对于这个娱乐圈，你应该要比任何人都了解才对，可是，你最终也败在了娱乐圈的手上。"

查理就是输在港区的狗仔和记者手上的。

一开始让王雅卓推波助澜，把Z养古曼童的消息传播出去的时候，我还没有真正怀疑到查理的身上，而调查出来的结果，以及我对查理的试探，让我最终锁定了他犯罪嫌疑人的身份。

一两个记者的能力自然有限，而这次，我却利用一个噱头，几乎动用了整个港区的记者。我的目的，正是要搜集更多关于Z和查理的情报，不得不说，舆论是很好的情报员，它们间接地给我提供了很多关于Z和查理的信息。

以前的旧报道、旧照片，全部一次性像爆炸般地被翻了出来。

Z被媒体捕捉到的照片不少，其中有一些，也能看出来Z的确像老了几十岁一样，她也的确瘦到了让人害怕的地步。可是，在那些照片和报道中，却有一些矛盾的地方。我说起了当初被我认定为有些矛盾的那张照片。

那张照片加上另一则关于Z和查理出国求神的报道，足以证明那张照片是在同一时期拍的，可是，当时的Z看上去，却没有那么消瘦。

这是因为，我们眼前的这个Z，根本就不是Z！

第59章

花非花，雾非雾

"花非花，雾非雾，任谁都没有想到，你们竟然自导自演了这么一出戏。"这句话说出口的时候，陈凡大惊，他指着Z，问我说的是不是真的。我没有回答陈凡，而是让陈凡去问Z。

Z低着头，最终点头，确认了我说的话。

她不是Z，我不知道她的名字，只能继续称呼她为Z，而且，她的这张脸，也很难让我把她和真正的Z区分开来。Z在这个时候，终于鼓足了勇气，她知道她已经逃不掉了，她问我是怎么知道的。

"如果我没有猜错的话，查理和真正的Z去求神拜佛的照片，也是查理故意让媒体拍的。"我说道。

之所以最后一张照片和之前的照片有些矛盾，是因为最后一张照片上的Z，裹得严严实实，戴着口罩和毛线帽；而那张照片上的Z，是眼前的Z，她看上去不那么消瘦，根本不是因为穿着的伪装，而是因为，她根本就是一个体重和外形都正常的人。

而之前被媒体捕捉到的照片，才是真正的Z。Z没有刻意掩饰，那个时候，她已经陷入了人生的最低谷，出门又怎么会想着要刻意装扮自己。查理和没有刻意掩饰的Z一起出门，是故意要让媒体拍到Z不成人形的模样。

那个时候，查理就已经在策划一起偷龙转凤的惊天大案了。

让我彻底确定下来的，是周生的父亲查到的内容。我让陈凡、罗峰还有周生的父亲帮我的，就是查查当初查理和Z出国，到底去了哪里。媒体传言他们去了东南亚的某个国家，那里是古曼童的发源地。

然而，我并不相信。如果他们真的去了那个地方，又那么虔诚信奉的话，恐怕早就求得一个古曼童人偶回来了。在那个国家，求一个古曼童人偶并不困难，他们根本没有必要再去找吴青山。

所以我肯定，他们根本就没有去那个国家。查理和Z是在两年前出国的，港区的机场又经过改建，正式更名，一些以前的信息，本来就不好查，陈凡只是个小警察，想要查出结果，很困难。

幸运的是，周生的父亲利用他的地位查到了。

和我推测的一样，查理和Z，根本就没有去东南亚的那个国家。他们乘坐飞机，离开港区之后，到了一个中转机场，随后又朝着我们国家东部的某个国家去了。那个国家的整容技术，世界领先。

九十年代末，整个世界的整形技术都才刚刚起步，而那个国家，却领先于其他国家。

陈凡有些吃惊，整容，早已经不是一个新鲜的名词了。

"整容能让她和Z长得一模一样？"陈凡问我。

我摇了摇头："以目前的整容技术，想要制造出两张一模一样的脸来，根本不可能。"

陈凡问我究竟是怎么回事，我微微一笑："在娱乐圈里，有一个名词叫明星脸。"

所谓明星脸，是指和明星长得非常相像的人。一些出名的明星，总有数不清的人去模仿他们，有的模仿声音，有的模仿外形。其中模仿外形的，除了自身有些相像之外，还需要通过化妆等方法好让自己看上去更像。

厉害的人，时常让人真假难辨。

而我们眼前的Z，就属于那种万中无一，本身就长得非常相像的人。在此基础上，再去那个国家，通过整容技术，把脸整得更加相像，这是这个时代的技术完全可以做到的。

"之所以说查理很聪明，就是因为他给媒体制造了先前印象。"我继续说道。

查理让已经瘦得不成人样的Z抛头露面于媒体之中，就是想让所有人都知道Z已经发生了天翻地覆的变化。大家对Z的印象，也全部停留在那个时期。等Z再次出现在公众视野中的时候，她看上去又发生了天翻地覆的变化，大部分人对比的，都是不成人样的Z和重新出现的Z。

Z很年轻，再往前，她才十几岁，如果有人把重新恢复了容貌的她再和从前的她对比，只要稍作解释，一般人就不会起疑了。人在长大，容貌多多少少是会发生变化的，而且，Z出现在公众视野的时候，大部分是化了妆的，女人化妆和不化妆，差别很大，知道Z素颜是什么样的人，少之又少。

这也是Z为什么更多时候都化浓妆的原因。

唯一可能揭穿的，便是Z的好友和亲人了。

利用港区的媒体，我又找出了几则关于Z的新闻。Z东山再起之后，和她从前所有的好友断绝了来往。虽然有人为Z说话，说是因为Z落难的时候，无人相帮，断绝关系也是正常的，但是真正的原因，恐怕是怕在真正熟悉Z的人面前，露了馅儿。

而且，Z东山再起之后，美其名曰要对粉丝负责，专心演戏，不再唱歌，也是因为我们眼前的Z，根本模仿不了真正的Z的声音。说话的声音是会改变的，但是唱歌的技巧，很难改变，怕露馅儿，所以她就干脆不唱了。

而最熟悉Z的人，莫过于Z的妈妈了。

Z落难的时候，Z的妈妈一直陪在Z的身边，可是到如今，Z却一直不愿意和妈妈相处。原因很简单，Z的妈妈是最有可能识破他们诡计的人，所以Z和查理宁可承受关于Z不孝的负面新闻，也不愿意和Z的妈妈多接触。

查理故意把Z养古曼童的传闻炒得沸沸扬扬，也是在为他的偷龙转凤做准备，同时还能为Z进行炒作，提高知名度。

因为根本不是同一个人，为什么Z会在那么短的时间内，恢复正常的体形，也就很好解释了。为了确认我的推测，我还数次去试探Z，一开始，我故意对Z非常轻浮，最后索性扒光了Z的衣服，睡到Z的身边去。

我没有碰她，只是想试探而已。

Z醒来的时候，情绪非常激动。

真正的Z有数个男朋友，被曝光的照片，也是表情迷离，一副享受的样子，说难听点，Z很淫荡。这样的人，在知道自己被人睡了之后，第一时间表现出来的情绪，会倾向于愤怒，而Z醒来的时候，先是惊声尖叫，随后哭泣。

她，更像是一个清纯的女孩，和媒体报道的Z根本不一样。

"真正的Z，早就被查理放弃了。那种情况，Z抑郁而死，只不过是迟早的事，或许是有意寻找，又或许是巧合，查理找到了一个可能替代Z的人。他们一起把Z害死了，我让你记的地址，就是埋葬Z的地方。"我对陈凡说。

陈凡已经彻底惊讶得说不出话来了，这样的案子，他闻所未闻。的确，这样的案子，需要的条件太多了，这只会是个案，也只能是个案，否则，这个世界早就乱套了。

这起案子很复杂，Z和查理害了真正的Z之后，用了两年的时间，让Z东山再起了。但是，我们眼前的Z并不是古曼童案的凶手，她也并不知道古曼童案是查理制造出来的，不知道人都是查理杀的，甚至她也完完全全相信了古曼童反噬的谎言。

我们眼前的Z，是真的相信了吴青山说的，只是，她求供养古曼童的原因，并不是为了事业。

我说到这里的时候，陈凡也忍不住了："到底是怎么回事？还有周生，他为什么会死，查理为什么要杀他？"

我想了想，把目光放在已经失血过多的查理身上："在此之前，我想问问你，古曼童里，为什么会有我的照片？"

第60章

娱乐圈往事

问出这个问题之后，我一直盯着查理，我的心里很不安，我担心自己的期望是白费的。Z是真是假、查理是不是凶手、谁死谁活，和我一点关系都没有，揪出真凶，只是为了弄清楚古曼童案为什么会和我有关系而已。

然而，我心里的担忧成了真，查理听到我的问题，下意识地反问我什么照片。我又把目光放到了面如死灰的Z身上，她仍旧低着头，这两个人，竟然都不知道为什么吴青山给他们的古曼童人偶里会有我的照片。

如果当初我没想过要锯开那个古曼童，恐怕照片的事会就此隐瞒。我攥紧拳头，深吸了一口气，我指着查理，问他想死还是想活。查理点了点头，我冷冷一笑，让他把该交代的事情全部交代了，我就替他止血。

查理肩膀上的伤口血还没有止住，尽管我一枪打中的并不是查理的致命部位，但是如果血一直这么流下去，等警方赶到之前，查理就会因为失血过多而性命不保。查理没有太多的犹豫，他告诉我，一切都要从两年前说起。

查理告诉我，真正的女星Z，也是死在两年前。当时，Z还非常年轻，或许是因为年轻气盛，又或许是因为功名早成，她的脾气一直很差，眼里根本容不下其他人，包括查理。查理说到这里的时候，表情一下子变得很狰狞，骂了一声："这个死女人，要不是我，她会变成大明星吗？"

查理一激动，伤口又疼了起来，他倒吸了好几口冷气，才终于镇定下来。

早年的时候，查理在港区的娱乐圈，算不上非常出名的经纪人，他的手里没有其他艺人。查理说，他以前也上过演员培训班，但却一直碌碌无为，他开始意识到，自己没有这方面的天赋。

查理出身贫寒，演艺圈是最容易让人一夜爆红的地方，可惜的是，他努力了多年，也没像其他人那样，飞上枝头当凤凰。查理是个很果断的人，他立刻放弃了自己的念头，开始走经纪人的道路。

他自己当不成艺人，就准备挖掘有潜力的艺人，这样同样能出人头地。刚开始那几年，查理走得也非常艰难，在同行之中，他几乎可以说是垫底的。终于，他遇见了Z，那个时候，Z还只是个黄毛丫头。

Z小小年纪，就已经长得很漂亮了，演艺天赋也非常好。查理抱着试一试的态度，花了很多金钱和精力去培养Z，让查理和Z都没想到的是，因为一部电视剧，Z一夜爆红了。因为Z的出名，来找Z和查理合作的剧组越来越多，查理收到的钱也越来越多。

Z也是从那个时候开始性情大变的。Z在媒体面前表现得温婉可人，但是实际上，她的脾气很差，经常对查理又吼又叫的。查理心里很不舒服，他觉得Z会红，完全靠他，可是Z非但没有感恩，还经常责骂他。

Z对查理非常重要，Z就像是一棵摇钱树，查理一摇，数不清的钱和好名声就掉了下来。

真正的Z，从出名的时候开始，就已经算不上是个好姑娘了。Z吸烟、酗酒，甚至是吸毒，所有负面的行为，都出现在了她的身上。同时，Z开始秘密交往很多长得好看的男人，纵情纵欲，毫不收敛。

查理不止一次地劝Z，让她不要那样做。只是，查理根本劝不住Z，他深知Z不会听自己的，只能让Z小心一点，同时自己高度警惕，防止媒体曝光。但是，娱乐圈的事情，有时候是防不胜防。

因为一次照片的泄露，Z的负面新闻席卷而来。照片中的Z，正睡在一个男人的床上，表情迷离，全身赤裸，万分享受。查理看到照片的时候，就觉得可能要完蛋了，他还来不及想办法对那张照片做出说明，又有好几张丑照被曝光了。

Z和多个男人纵欲的新闻一下子狂卷整个港区娱乐圈，就连风声很紧的大陆都收到了消息。照片事件，就像是一条导火索，引燃了所有负面的舆论。关于Z脾气差、滥交、酗酒等所有传闻，都被传得铺天盖地。

查理慌了，面对声势浩大的舆论风暴，他束手无策。

"那个女人，那个时候知道后悔了。"查理说到这里，突然嘲笑了起来，"她来求我了，求我一定要帮她！当时，我恨不得掐死她！一切都是她自作自受！"

我也嗤笑了一声："但是你必须帮她，因为你不甘心，对吗？"

查理点了点头，继续说起了那段被他隐瞒的娱乐圈往事。

当时，查理忍住了心头的怒火，他让Z暂时躲起来，等丑闻风暴过去，再想办法东山再起。Z和她的妈妈住到了一起，也不知道她究竟是怎么想的，或许，她考虑过后，真的已经决定退出娱乐圈，找个人嫁了，好有个依靠。

于是，年轻的Z跑去找和她有关系的那些男朋友，可是，自丑闻风波发生之后，那些曾经和她在床上翻云覆雨的男人，全部选择和她断绝所有关系。查理知道这件事后，忍不住痛骂了Z一顿，因为这件事，也被当时虎视眈眈的媒体知道了。

Z从那个时候开始，真正绝望了。

短短的数月之内，Z因为厌食症和抑郁症，变得像老了几十岁一样，不仅人老珠黄，而且身体消瘦、皮包骨头。查理偷偷带着Z去看了很多医生，但是医生都束手无策，因为Z得的是心病。

Z的身体状况变得越来越糟糕，查理也开始慢慢放弃了。以Z的模样，就算等到风波过去，也不可能东山再起了。但是，查理在这个时候，遇到了一件对他来说，不知道是福还是祸的事情。

他遇到了张木。

我也终于知道眼前这个假Z的真正名字了。

张木，一个有些像男生的名字，很普通。张木没有父母，从小进城打工，日子过得很苦。查理在非常偶然的机会下，看到了张木的脸，一切的犯罪计划，都是从那个时候萌生的。

查理发现，张木长得和Z非常相像。张木打工的地方，也时常有人开玩笑地说张木长了一张明星脸。查理思前想后，做了一个非常大胆的决定，他找到了张木，问她想不想成为明星，赚大钱。

张木受到了诱惑，只是，查理从一开始并没有跟张木说要杀了Z。

查理发现，化了妆之后的张木，和Z简直有七八分像，查理心里很激动，他觉得自己的机会又来了。查理很不甘心，他把自己的前途全部赌在了Z的身上，可是因为Z，他的赌注全部输光了。

不仅人去财空，而且查理受尽了冷眼和嘲笑。因为Z的丑闻风波，所有人都对查理避之不及，查理想要再捧出一个明星来，几乎不可能了。Z尽管深陷负面新闻，但是粉丝是疯狂的，Z还有大批的影迷基础。

因为不甘心，查理也坚定了自己的决心，他要让张木彻底取代Z，成为另一个Z。

在查理的诱惑和帮助下，张木辞去了打工的工作，就此隐藏起来，接受了查理的秘密训练。而查理，则以古曼童的神奇传说劝动了Z，带着Z开始四处求神拜佛，谎称绝对有办法让Z的生活平安。

查理也的确是故意让媒体捕捉到Z不成人形的模样的，他的目的就是想让公众慢慢忘记Z原来长什么样子，为张木取代Z做准备。

查理告诉我，他从一开始也没有想过要杀了Z，而是想让Z慢慢死去。他认为，Z那副消极的模样，活不了多久。

"但是那个女人，就像是蟑螂一样，怎么也死不了！"查理突然瞪大了眼睛。

第61章

最简单的犯罪动机

查理想带着张木去整容的计划，早就已经有了，一切也都准备好了，但是Z还是没有死，查理等不及了，他决定动手杀了Z。杀人是件大事，查理一旦行动了，就没有退路；而一旦稍有差池，他就会踏入万劫不复的深渊。

查理带上了张木，让她一起动手，查理要让张木也没有后路可走，这样张木才会帮着他守住这个秘密。查理还记得，那是个雨夜，他以拜神为由，把Z带到了一个荒无人烟的山上，天降大雨，他们只能在山上的一间破庙里休息。

一直到深夜，雨还没有停。而张木，早就已经被骗到了那座破庙里，但Z见到张木的时候，这两个女人都愣住了，特别是Z，她想不到竟然会有人和她长得那么像。Z是警觉的，她已经察觉到了什么，想往外跑的时候，查理拿起地上的石头，重重地砸在了Z的后脑勺上。

Z倒在了张木的面前，查理逼张木动手，否则就把她也给杀了。张木惊慌失措，在查理不断的威胁和诱惑下，接过了查理手里的石头，一下一下地砸在了Z的后脑勺上。人一旦惊慌，就很难控制自己的行为。

张木在害怕之下，一直把Z的脑袋彻底砸烂了，依然没有停下来。最后是查理制止住了张木，查理的目的已经达到了，他们一起把Z埋在了后山，那座山上荒无人烟，没有人知道他们的滔天罪行。

张木也已经彻底没有了退路，查理故意让张木穿得很厚实，戴着帽子和口罩出现在机场，并故意暴露出他们是要去东南亚国家求古曼童的消息。女星养古曼童，在任何时候都是一个爆炸性的新闻。

控制得好，可以炒作，成为其实是张木的Z东山再起的重要因素；而控制得不好，则可能让Z彻底没有重新出现在荧屏前的可能。当时，他们的情况都是最糟的，所以查理毅然决然地决定冒险。

而事实证明，查理的确是一个很有能力的经纪人，两年的时间，他不断地通过新闻炒作、让张木取代Z向媒体真诚道歉等方式，重新缔造出了一个红遍港区的影星。可惜的是，他没想到时隔两年之后，我竟然会利用港区的媒体，翻出当年的报道，从而找出了蛛丝马迹。

他更想不到，我竟然能在两年之后，查到他们当时出国的真正去向。

查理的犯罪手法很复杂，但是犯罪动机，却是所有刑事犯罪案件中最简单的：名和利。

偷天换日，查理已经交代得非常清楚了。陈凡叹了一口气，看向查理："天网恢恢，疏而不漏，你逃得过一时，却逃不过一世。"他说着警察常说的话，又问，"周生呢？你还是没说你为什么要杀周生。"

张木已经明白过来了，她突然笑了起来，这种时候，我们真的不知道应该称呼她为Z，还是张木。张木扶着墙站了起来，她跌跌撞撞走了几步，终于站稳了："我来说吧，查理会杀周生，和我有关系。"

一切，都要从查理带着张木去找吴青山开始说。

杀了Z之后，查理带着张木去完成了整容手术，张木本来就长得很像Z，经过面部的局部整容，她看上去更像Z了。查理让媒体记住了不成人形的Z的模样，再利用小女孩长大成人的模样改变和传得沸沸扬扬的古曼童事件，成功地骗过了公众，他有信心能做到瞒天过海。

但是，所有的犯罪过程，都不会是一帆风顺的。张木的身上，开始出现了两个让查理担忧的因素。其中一个，出自张木本身。杀了Z之后，张木终日提心吊胆，开始出现精神状况不稳定的情况。

张木每天都生活在自责和愧疚之中，这种心理压力，不是常人可以忍受的。试想，杀了一个人，还要每天以死者的身份活着，回到家里，面对镜子里那张几乎和死者一模一样的脸，任谁都会情绪崩溃，更不要说张木是一步一步被逼、被诱惑而实施犯罪行为的。

张木的整容手术成功，并且手术痕迹消失之后，查理担心露馅儿，所以没有立刻带着张木回港区。另一个，也是因为当时港区的舆论对Z不利，所以查理带着张木先到京市发展，找机会再打回港区娱乐圈。

看着张木的精神状况越来越不好，查理用了一个老计策：带着张木去求神拜佛，以求心安。张木最早的身份，只是一个打工妹而已，查理抓准了张木迷信的心理，通过数次的求神拜佛，果然让张木心安了一些。

但是，查理认为这还不够。

查理在那段时间里，也听说了道士吴青山的传闻。查理并没有和张木去过东南亚的那个国家，听闻吴青山早年见过东南亚的高僧，学会了供养古曼童的方法，于是查理先偷偷去见了吴青山。

查理自己，根本就不信这些东西，他只是想稳住张木而已。但是，让查理没有想到的事情发生了，那个吴青山，竟然对查理说了一句让他非常诧异的话，而这句话，我竟然在不久前也说过。

"'花非花，雾非雾。'吴青山对我这么说。"查理缓缓地吐出了这几个字。

吴青山没有说明白，但是他的意思，隐隐地表明他好像知道查理做的这些事情！

"他还对你说了什么？！"我的情绪也略微激动了起来。

查理告诉我，他当时问吴青山，是不是知道些什么。但是吴青山却笑而不答，只是问查理来找他，是求心安，还是求事业顺利。查理回答说，他都想求，于是，吴青山让查理把该带的人带到山上来。

第二天，查理带着张木到了山上，只是，吴青山却只肯见张木。当时，查理心里有些担心，但是张木出来之后，情况真的变得好了很多。我问张木，是不是当时吴青山对她说了什么。

张木点了点头，她告诉我，吴青山当时对她说的话，也是暗藏玄机，给她的感觉，吴青山仿佛能看破一切似的。这让张木彻底相信了吴青山的道行和能力，吴青山给了张木一个古曼童人偶，并说，只要每天供养古曼童人偶，一切噩运都不会发生。

一年的时间，竟然也是真的。

查理和张木回去之后，看到张木的情况变得越来越好，查理开始全心策划让张木取代Z东山再起的事情。查理心里也觉得很神奇，甚至开始慢慢相信吴青山所说的是真的了，但是，吴青山的行为，却让他产生了怀疑。

在京市的时候，吴青山曾经数次邀请查理见面，而见面的地点，就在郊外那个闹鬼的老宅。吴青山向查理索要高额的报酬，当作封口费。查理开始觉得，吴青山可能是通过某种方法，知道了他所做的事情，所以故弄玄虚，目的是要钱。

查理每一次都给了，而且，他发现他们见面的那个老宅，开始传出了闹鬼的传闻。查理也认为，那可能是吴青山故意搞出来的，为的是让别人不敢靠近，从而掩盖他们在那里见面的秘密。

时隔一年，查理已经和张木回到了港区，并在娱乐圈里风生水起。

张木迷恋于巨大的成功当中，和查理商量说，不想把古曼童送回去。查理当时并不觉得问题严重，他的目的只是为了稳住张木而已，所以他同意了。

但是让查理没想到的是，一年多的时间过去后，张木的精神状况又开始出现问题了。

—— 第62章 ——

恋情

张木的确经常在做梦，也的确梦到了一个分不清男女的小孩，这一切，都是她的心理在作怪。张木的潜意识已经认为，帮助她的就是那个古曼童了，虽然她不想把古曼童还回去，但是心里还是有些担心的。

一开始，那种担心并没有产生什么严重的后果，但是，张木因为心理的压迫，又逐渐开始精神分裂了。等问题严重的时候，张木彻底后悔了，她后悔自己没有听吴青山的话，在一年之内把古曼童还回去。

后悔的，不仅有张木，还有查理。查理说，如果他早知道张木会因此精神再度出现分裂，他当时就应该直接把古曼童还回去，哪怕只是做给张木看。张木的情况变得一发不可收拾，她经常疑神疑鬼、自言自语。

一波未平，一波又起，查理突然发现，张木和一个人有联系，而那个人，就是周生。

张木和周生是恋人关系，他们的恋情，开始于张木成为Z之前。张木开始说起了她和周生之间的事情，我微微一笑，张木说的，和我推测的差不多，当一个纨绔子弟身陷情网，有的时候比一般人更一发不可收拾。

周生和张木也是在偶然间相遇的，那个时候，张木还在打工。一开始，张木也能感觉得出来，周生接近她，只是想和她睡觉而已，因为他长得很像漂亮的女星Z。但随着相处，他们竟然真的慢慢产生了感情。

周生没有对任何人说，他在想办法让张木能进自己的家门。周生的父母，因为腰缠万贯，所以特别在意是否门当户对，周生深知这一点。就在他们陷入情网的时候，Z的丑闻被曝了出来，查理找上了张木。

张木自己被诱惑了，她觉得这是个很好的机会，只要她取代了Z，那她的身份和地位一下子就提高了。让查理头疼的是，张木竟然把所有的秘密都和周生说了。周生是真的喜欢上了张木，所以一直替张木隐瞒着。

特别是在知道张木杀了Z之后，周生更是不敢轻易对别人提起。

或许，一开始，周生也觉得这是个好机会，但是，他没想到的是，父母除了要求门当户对之外，还很在意女方是否是正经人家。周生一定觉得很头疼，只不过，那个时候，一切都已经开始了，他们没有办法改变主意，只能走一步看一步。

但来京市的时候，张木的精神状况变得更糟了，好几次自言自语的时候，差点把自己犯的罪给说出来。张木自己心烦意乱，开始和周生有些疏远了，但是周生却很疯狂，查理为了稳住周生，一开始让周生好好在港区待着，并说张木希望他成为一个正经人。

查理把周生打发了一个月左右，周生又按捺不住，竟然主动跑到京市来找张木了。

与此同时，吴青山又开始向查理索要高额的封口费，查理越来越觉得事情快要隐瞒不住了。吴青山见过张木之后，找了个借口，说自己没有办法搞定产生怨念的古曼童，但刚离开，就又和查理约好在那个老宅见面。

当时，查理心里的歹意已经产生了。于是，就在见面的那天晚上，查理趁着吴青山不注意，拿起一个金属质地的古曼童，朝着吴青山的后脑重重地敲了下去。之后，查理趁着吴青山还没死透的时候，剜下了他的眼睛，割掉了他的鼻子，吴青山的五官，全被怀恨在心的查理给毁了。

查理利用那个老宅闹鬼的传闻，索性把吴青山的五官全部粘在了古曼童人偶上，想把一切转嫁到古曼童的身上。

"老宅里那么多的古曼童人偶，都是你准备的？"我问。

查理摇了摇头："我到那里的时候，老宅里的古曼童人偶，就已经有那么多了，我找了一个古曼童堆，把他埋在了里面。"

我微微诧异，原以为那些古曼童是查理准备的，但是现在看来，那些东西，要么是吴青山自己准备的，要么是另有其人。我们去老宅的当晚也发生了很诡异的事情，这些事情，都不是查理搞出来的。

我暂时把心里的疑惑收了起来，让查理继续说下去。

杀了吴青山之后，吴青山失踪的消息，传到了张木的耳朵里，张木吓得脸色发青，说一定是被古曼童反噬了。查理见张木的反应，觉得可能没有办法再继续控制住张木了，于是，另一个犯罪的念头产生了：他要把所有知道这件事的人全部杀了，最后再杀张木。

两年的时间，张木大红大紫，查理也通过这棵新的摇钱树赚到了不少钱。在他眼里，名和利始终没有自己的性命重要，于是，赶到京市来的周生，成了他的下一个杀害目标。

周生到京市来，始终没能联系上张木，查理则见了周生好几次。他告诉周生，张木已经不爱他了，让他滚远一点。查理这也是在冒险，他知道周生一个富家子弟，知道张木是杀人犯，竟然还肯赶到京市来找她，肯定是真的爱张木，所以他猜测周生不会揭露张木的犯罪事实。

果然，周生因为心烦而在地下车库自暴自弃，而查理也开始制造出地下车库的诡异事件，为杀周生做准备。

周生深爱张木，他对她的恋情到了一种癫狂的地步，这就能解释为什么周生始终不离开那个地下车库了。在诡异的监控画面中，周生看到或者听到的，都是查理故意制造出来的，周生心里害怕，却不甘心就那么离开。

本来，查理是要再进行更加周全的准备，让周生死得跟吴青山一模一样，这样更能把案子推到古曼童身上。但是查理没想到的是，我和陈凡去地下车库的时候见到了周生，还在电梯里向他询问周生的事情。

我和陈凡的发现，加速了周生的死亡。

查理觉得心里不妙，他没有更多的时间再准备，只好匆忙作案。这就是他为什么会那么匆忙杀害周生的理由。

在这之后发生的案子，是查理遇害，这是他自己做的，目的是为了洗刷他自己的嫌疑。所有的案子，都围绕着Z身边的人，查理也正是Z身边非常亲密的人，受害者，一般不会被怀疑成犯罪嫌疑人。

查理的计划，正在一步一步地实施着，他最后的目标是让张木死亡，然后伪装成自己幸免于难的现象，最后再带着捞到的钱去国外生活。但是查理没想到的是，我竟然设下了一个圈套让他跳。

查理很厉害，他没有在犯罪过程中留下任何证据。

尽管我已经基本确定查理就是凶手，可是却没有证据将他定罪。

和鬼叫餐案的凶手李德水相比，查理更加小心。李德水最后败在了一个电吹风上，查理就没那么容易被定罪了，我能想到的只有诱惑他再次犯罪，从而当场抓获。

我让罗峰把Z的妈妈绑到了京市，带Z的妈妈去见张木的时候，张木的反应更加让我确定她不是Z。

我没有对Z的妈妈详说，和她一起演了一出戏。

Z的妈妈才是破案的关键，她的突然到来，是查理绝对没有想到的。

我也确定，因为Z的妈妈的到来，查理绝对会作案，因为，Z的妈妈是最有可能揭穿张木取而代之的人。

当天，我让张木和查理去跟Z的妈妈一起住，张木明显害怕了，还反复犹豫，那个时候，查理就要果断多了。

── 第63章 ──

撒网抓鱼，结案

是查理劝张木答应的，这也是查理为自己洗脱嫌疑的表现。只是，查理恐怕早就交代了张木，让她不要和Z的妈妈多接触，所以，大家吃饺子的时候，张木直接说自己没有胃口，回房去了。

我敢肯定，查理会着急地对Z的妈妈下手，张木能躲得过一两天，但是大家同住一个屋檐下，诡计总会被揭穿。而可笑的是，和张木有关的人一个一个地死去，张木竟然还在认为是古曼童反噬在作怪。

查理的苦肉计，没有骗过我，却骗过了张木。

我和陈凡白天的时候没有到地下车库守着，我确定，查理只会在晚上的时候作案。因为这个小区也是我精挑细选出来的。我找了一个供电间和安全通道位置、车库大小，都非常符合前两个地下车库特征的地方，为的就是让查理少做一些准备，尽快对Z的妈妈下手。

那个小区，开车的人很少，车库里白天都没什么人，更不要说晚上了。

警方派人保护张木和查理，也是我故意安排出来的，有警方的保护，就注定查理只能在夜间动手。白天的时候，大家都保持着高度的紧张，查理用迷药不好下手，而且，白天的时候，保护他们的警察，时常会和警局里的其他警察联系，如果警局里的人联系不上他们，肯定会起疑。

所以，查理只能在夜间动手。他想的是，等杀了Z的妈妈，再用迷药把自己迷晕，等鉴定的时候，他的体内也会有迷药成分，这就排除了他的嫌疑，Z的妈妈突然出现在地下车库并离奇死亡，又会成为一起无头案。

小区的其他地方不适合下手，我刻意提供的环境条件，让查理想都没想就利用了地下车库，只是，他没想到的是，我和陈凡早就候在那里了。我撒了一张大网，在查理马上要杀死最后一个可能揭穿他们计谋的人时，抓住了一条大鱼。

此时，张木和查理都已经彻底绝望，古曼童案的前因后果，就此全部清楚，案子结了，全部的功劳必将都是陈凡的。我让陈凡现在可以通知警察了，陈凡很兴奋，马上叫了队里的人深夜出警。

"我说话算话，你全部交代了，我替你止血。"我对查理说。在替查理止血的时候，我问查理认不认识玄一，到了这个地步，查理已经没有必要撒谎了，他告诉我，他听说过玄一，因为在求神拜佛的时候，他去过三松观。

但是，查理却不认识玄一。

从查理的口中，问不出我想知道的，我站了起来，算算时间，警方的人快要赶到了，我不适合再待在这里。我刚站起来，一直瘫坐在一边的张木突然扑向了查理，她竟然一口咬住了查理的耳朵，等陈凡要去阻止的时候，张木已经把查理的耳朵给咬了下来。

张木把查理的耳朵吐在了地上，满嘴是血。陈凡立刻拿出手铐，把张木铐了起来，查理疼得直接昏迷了过去。我看着面部狰狞的张木，摇着头笑了笑："说实话，你很可怜，但是你自作自受。你恨查理，那你恨我吗？该不会也想把我的耳朵咬下来吧？"

张木的眼泪不停地往下掉，她先是怒视着我，随后摇了摇头："我不恨你，我让你救我，你的确救了我，至少，我再也不用被心里的恐惧纠缠了。"

我冷冷一笑："但到你死之前，你都会被愧疚纠缠，这种惩罚比死亡恐怖多了。"

张木："你还有什么对我说的吗？"

我摇了摇头，转过身，拍了拍陈凡的肩膀，走出了房间。在走到房门的地方，我突然又止住了脚步："如果非要我再说什么的话，我只想说，你的身体很好看。"

我的身后传来了张木的怒吼声，但这一切都和我没有关系了。我走出小区的时候，警笛声和救护车的声音响了起来，警方的人赶到了。我开着车，离开了小区，回到罗峰家时，天都快要亮了。

罗峰一晚上没睡，我一回来，他就问我怎么样了。

我伸了个懒腰："案子破了。"

罗峰一脸惊讶："真的破了？看你的表情，没有那么轻松。"

我叹了口气："古曼童的案子是破了，但是更大的谜团来了。查理也不知道古曼童人偶里为什么会有我的照片。还有那个吴青山和玄一的关系，他也不知道。"

我暂时不去想了，先回房睡了一觉，再醒来时是被电话铃声吵醒的。一觉从白天睡到晚上，此时，又是一个深夜，给我打电话的是王雅卓。王雅卓问我到底要什么时候救她出去，我回答她，明天。

明天就是我离开京市的时候了，时间拖得差不多了，我决定明天就动手把王雅卓从王家的四合院里带出来。王雅卓有些激动，问我需要她做什么，我给她说了一个时间，让她明天那个时候，一定要想办法跑到四合院中部去。

我最多只能够走到四合院中部去，再往里，就进不去了。

王雅卓说没问题，她会以上卫生间为借口，想办法往外跑。

跟王雅卓具体商量过后，我联系了一下陈凡。

陈凡告诉我，查理伤得很重，张木已经对所有犯罪事实供认不讳，古曼童的案子，在今天彻底结束了。再过不久，查理和张木就将由检察机关提起公诉。

陈凡立了大功，他听上头有意要提拔他，所以很兴奋，说升职的命令，可能近期就会下来。

"我明天会离开京市一段时间，如果警方对罗峰有什么动作，你一定要提前通知我，否则不要怪我对你不客气。"我对陈凡说。

陈凡见过我的手段，自然马上说他会帮我。

把所有事情全部交代完之后，我开始收拾行李了。小鬼恨不得钻进我的行李箱，生怕我会不带她去。

下楼的时候，罗峰正在和手下说着什么。

他们在商量明天要怎么配合我行动，我笑了笑，让他们明天只需准备一辆车和一把枪给我就行了，其他人，都留在家里。罗峰满脸震惊，问我是不是准备一个人去救王雅卓。我点了点头，罗峰马上就不同意了："如果你是怕连累我，那你就太不仗义了，王家的四合院，是你一个人可以闯的吗？"

我摇头："我一个人去，还有可能把王雅卓带出来，人多了，反而救不了。"

我把自己的计划跟罗峰说了，罗峰始终皱着眉头，他还是觉得我有些冒险，但是我已经做了决定，他最后也没说什么，只说会全力配合我。

罗峰把枪交到我手里的时候，问了一个问题："你不是自己有两把枪吗？为什么从来不见你用？"

我耸了耸肩："不好使了。"

罗峰一副不相信的样子，但他也没有再多问。

等第二天天亮的时候，不仅是罗峰，就连我的心里都有些紧张，这是件大事，稍有疏忽，我可能就会没命。但是，救出王雅卓，就能知道当年的那场大火是怎么回事，我不可能放弃这个机会。

我准备给王鉴明打电话的时候，王鉴明却先给我打来了电话。

王鉴明让我到他家去继续商量计划，我故意带着歉意，告诉王鉴明我遇到了点事，暂时去不了他的家里。王鉴明马上问我出什么事了，我说是被警方缠上了，我让王鉴明到罗峰的家里，和罗峰先商量着。

王鉴明的时间耽误不得，他马上同意了。

接完电话之后，我出门去了，罗峰让我小心点，他说他的眼皮一直在跳，总觉得我会出事。

—— 第64章 ——

单枪匹马

怕撞上王鉴明，我特地走了一条小道，车子就在不远处等着我，可是，就在我马上要出小道上车的时候，有人拦住了我，是小眉。我没想到这个时候，她会出现。我看了看手表，所剩的时间不多了，我绕过小眉，想从她的身边直接走过去。

但是小眉却又一个横步挡在了我的面前。她问我要去哪里，我冷哼一声，反问她我去哪里和她有什么关系。小眉对我的态度丝毫不在意，她想了想，开口对我说："你是要离开京市了吧？"

我不准备和小眉纠缠，可是小眉却始终挡在我的面前，不肯让开，一怒之下，我推开了小眉。小眉撞到了墙上，我大步地往外走，小眉从地上站起来之后，又一次从我的身后把我给揪住了。

我猛地转过身，怒喝："你到底要干什么？！"

小眉紧紧地抓着我不肯放手："方涵，我劝过你了，不要离开京市，你真的连命都不要了吗？"

我冷哼一声："我不离开京市也可以，你跟我说说，你到底是谁？接近我是为什么？玄一和老道长以及三松观，到底有什么秘密？"

小眉皱着眉头，脸上满是犹豫。我嘲讽小眉连身体都可以给我，却始终不肯把这些事情跟我说清楚。这些秘密，她看得比她的清白还要重。小眉深吸了一口气："方涵，我暂时不能告诉你，但是请你相信我，待在京市，对你只有好处，没有坏处。"

"我相信你说的，离开京市或许真的有危险。"我对小眉说。

小眉脸上一喜："那就不要走了。"

我的嘴角一扬："我必须走，我没时间和你纠缠，离我远一点。"

我抽回了自己的手，但是小眉依旧不依不饶，我气得直接揪住小眉的衣领，把她提了起来。小眉的身体很轻，非常轻易地就双脚离地了。小眉有些喘不过气来，我带着怒意一字一句地对她说："你真的不要以为我不会对你动手，我不知道什么叫怜香惜玉。"

小眉的眼泪突然掉了下来，我没想到她竟然哭了。

"如果你打我就可以留在京市，那你就打我吧。"小眉哭着回答。

我举起自己的手，一巴掌扇了过去，但是手掌最后却停在了小眉的脸边。看到小眉眼泪从脸上滑落的样子，我心里莫名的熟悉感又升了起来，我最后也没有打下去，我把小眉放了下去，把她推倒在地上。

趁着她还没有从地上站起来，我跑了出去，上了车。

在车上的时候，我突然心烦意乱。

车子停在了四合院远处，一直等接到罗峰的电话，我才终于下车。罗峰告诉我，王鉴明已经到了他的家里，我放下心来，把罗峰给我的枪揣在兜里，慢慢地朝着王鉴明的四合院走去。

门口的人把我拦了下来，我已经来过这里很多次了，他们认得我，也对我很客气。他们问我来干什么，我说来找王鉴明。我自然知道王鉴明已经去了罗峰的家里，他们告诉我之后，我故意表现得有些惊讶，还让他们打个电话给王鉴明。

电话拨通之后，我拿过电话，王鉴明问我是怎么回事。

我说事情已经解决好了，所以就到四合院来找他，但没想到他速度这么快，已经去了罗峰的家里。我让王鉴明回来，说是计划有变，让他赶紧回来。王鉴明对于他的计划非常慎重，在电话里也没有多问，马上说他会赶回来。

我光明正大地进了王家的四合院，我也不着急，就坐在厅堂里。我知道，王鉴明没有那么快赶回来，因为罗峰的人会在路上制造出各种事情，拖延王鉴明，这是我们早就计划好的。

坐在厅堂里，我一直在找机会下手。我看了看手表，我和王雅卓约定的时间快到了，我站了起来，厅堂里的人问我要去哪里，我说去卫生间。他们没想到我会图谋不轨，只派了一个人带我去。

只是，四合院里的人依然很多。

进了卫生间之后，我趁着那人不注意，从背后打晕了他。

走出来之后，我装作若无其事地慢慢朝着四合院的中部走去。路上的人碰到我还会跟我打招呼，四合院的中部，也不算是什么敏感地带，但很快，我再要往里面走的时候，有人却拦住了我。

那人问我是不是迷路了。四合院比较大，我点了点头，他正说要带我去厅堂的时候，我看了下手表，约定的时间已经过了，但是还不见王雅卓的踪影。我的心里有些着急，正不知道该怎么办的时候，四合院突然骚动了起来。

我听见有人在喊，王雅卓跑出来了。

果然，我很快就看到王雅卓朝着我跑过来，她的身后，还追着一大堆王家的下人。我也在这个时候出手，直接把身边的人给打翻了，我从口袋里掏出罗峰给我的那把手枪，指向了王雅卓。

王雅卓被我吓住了，愣在了原地，其他所有人，一时之间都不敢轻举妄动。

"过来。"我对王雅卓说。

王雅卓很聪明，马上明白我要干吗，乖乖地走到了我的身边，我从背后环住了她的脖子，把枪指在了她的脑袋上。没有人敢拿王雅卓的性命开玩笑，在我一次又一次的威胁下，我走出了王家的四合院。

我听到有人正在给王鉴明打电话，只是，等王鉴明来的时候，我恐怕已经把王雅卓带走了。

王雅卓的身上很香，她的头抵在我的下巴下面，有些紧张，身体在发抖。我小心翼翼地退到了四合院外面，车子早就在等着我了，小鬼也在上面，上了车之后，我立刻踩动油门。

我开得很快，四合院里的人追得也很快，但是没过多久，我就把他们甩开了。我早就让罗峰的手下在路段上故意卡着他们，不让他们追到我。

我单枪匹马地把王雅卓给带了出来，王雅卓很开心，把小鬼抱到她的腿上，还说自己终于自由了。

我嗤笑了一声："你爷爷应该急坏了，你还笑得出来，你知不知道，今天的行动如果有一点差错，我就会死无葬身之地？"

王雅卓嘿嘿一笑："但是你做到了，你不是把我带出来了吗？"

"跟你爷爷的仇是结定了，就看我能躲多久了。"把车子开到安全的地方，我才踩住了刹车，"希望你说话算话。"

王雅卓没有马上回答我的问题，而是问我今后准备怎么办。王雅卓说，我把她带出来，她的爷爷恐怕不会放过我。我冷冷一笑："你现在开始为我担心了？"

王雅卓摇了摇头："我不担心你，我知道你一定会没事，我就想问问你有什么打算，你应该要离开京市吧？"

王雅卓觉得我会去避难而离开京市，不过，她没猜对理由，但却猜到了结果。我懒得和王雅卓废话，直接对她点头。等我把话问出来之后，我就会把她送回去，她现在感激我，恐怕再过不久，就会怨恨我了。

趁王雅卓还没有开口的时候，我就直接问她："当年的大火是怎么回事？"

王雅卓想了想，回答："当年，我亲眼看到有人在卡拉OK厅里放火。"

我皱起了眉头："你没骗我？据我所知，王鉴明在这方面对你管得很严，你那个时候毛都没长齐，怎么会出现在那种地方？"

心急之下，我没注意自己的用词，王雅卓的脸一下子就红了。

我深吸了一口气："快说，再不快点，你爷爷的人就要追上来了。"

——— 第65章 ———

纵火人

王雅卓的脸越来越红了，可爱的小鬼还在这个时候指着王雅卓的脸，无比天真地问了一句："雅卓姐姐，你的脸怎么红了？"小鬼说的话让王雅卓更尴尬了，她把车窗打开，沉默了好一会儿，才终于开口。

她说起了几年前那场卡拉OK厅着起大火的事。王雅卓并没有告诉我她为什么会出现在那里，我也不再问了，我要知道的只是那场大火的原因，而不是王雅卓为什么小小年纪会去那种地方。我有把握，如果王雅卓说谎的话，我能看得出来。

在几年前，尽管京市群众的思想已经越来越开放，但是卡拉OK厅这种地方，一般只有男人才会去，而去那里的女人，一般都被看为异类，说难听点，就是风尘女子。会去那种地方的十几岁少女，一般也会被视为不良少女。

王雅卓虽然出身于犯罪家庭，但是显然不是那样的人。但我也没有过分的疑惑，以王雅卓的性格，对很多新奇的事情都充满了好奇，所以她当时才会跟我们去郊外闹鬼的老宅。如果王雅卓是因为王鉴明去了那种地方，所以好奇之下偷偷跟去，倒也勉强说得通。

王雅卓说，她到的时候，卡拉OK厅里的人非常多，她好不容易才摆脱跟着她出门的人，挤进了人群里。因为她长得水灵，卡拉OK厅里有不少人都来搭讪，但是她都没有搭理。

那家卡拉OK厅很高档，和其他普通的歌厅相比，还有大大小小的包间，那个时候，大部分的歌厅都是没有单独的包间。而有包间的歌厅，道上的人时常光顾，这是非常方便的地下交易场所。

王雅卓一个包间一个包间地找，最终在一个大包间的玻璃小窗口外看到了王鉴明。王雅卓说到这里，语气突然变得有些低落了，她说，那是她第一次看见她的爷爷和别人进行毒品交易。

我微微一愣，没想到在那之前，王雅卓竟然不知道王鉴明平日里做的勾当。卡拉OK厅里充斥着嘈杂的音乐，到处人来人往，她站在包间外，听不到王鉴明和对方说了些什么，她只看到包间里只有王鉴明和一个男人，那个男人戴着墨镜，一头短发，她没记住那个人长什么样子。

听到这里，我起疑了，王雅卓的话当中有很大的矛盾。王鉴明平时出门，身边绝对是带着人的，如果真的是在和别人进行毒品交易的话，包间外面绝对会有人把风，王雅卓不可能那么轻易地就透过包间门的玻璃小窗看见里面在干什么。

并且，我冲进已经着火的卡拉OK厅想找可能知道段坤下落的人时，也分明看到站在人群里的王鉴明身边有不少他的手下。我把我的疑惑说了出来，王雅卓摇了摇头，说她也不知道这是为什么，但是她却向我保证，绝对没有骗我。

王雅卓还有些许紧张，似乎非常担心我会说她骗我似的。我只好再一次把疑惑收起来，让王雅卓继续说下去。王雅卓继续说，她看见王鉴明带了一个箱子，那箱子里全是一包又一包白色粉末状的东西，包装袋是透明的。

当时，王雅卓还不知道那是什么东西，只是有些起疑，因为，她还看到对方拿了一整箱钱交给了王鉴明。只要不是傻子，都看得出来那是一场交易，粉末状的东西很像毒品，又那么值钱，王雅卓已经开始怀疑了。

她说是她回到四合院后，逼问孙煜骁，孙煜骁瞒不住，最终才告诉她的。王鉴明知道后大发雷霆，但是怒火不是对王雅卓发的，而是对孙煜骁。据王雅卓说，当时孙煜骁被王鉴明打得几乎都要没命了。

王雅卓低着头，我看不清她的表情，但是我却能隐隐地感觉到，她似乎并不喜欢王鉴明从事这样的犯罪。

"后来呢？"我继续问，"说重点。"

王雅卓犹豫了一会儿，这才抬起头，只不过，她把脸转向了窗子外，只留了一个侧脸给我。车窗外的冷风灌进来，把她俏皮的短发吹得有些凌乱。

"他们要出来了。"王雅卓接着说道。交易完成之后，王鉴明和对方的那个人都站了起来，王雅卓惊慌失措，拔腿就往没人的地方跑过去，她当时心里很乱，也不知道自己往哪里跑了。等她气喘吁吁地停下来后，她才发现自己跑到了阴暗的安全通道口。

王雅卓没有就此放松下来，反而更加紧张了，因为那个地方一片漆黑，也没有开灯，而且很快，她听到了脚步声。她吓得马上躲到了门后，现在说起来，她的语气里还满是后怕。

她说，她听到那脚步声离她越来越近，她紧张得差点出声，多亏自己及时捂住了自己的嘴。那个人最终也没有发现躲在门后的王雅卓，等那个人走远之后，王雅卓才把自己的头探出去。

那个人朝着有光的地方走去，那是卡拉OK厅的里面，她看到那个人的背影，确定他是个男人，而且，那个人的手上还拿着一个大袋子，王雅卓并不知道那是什么东西。但是没过多久，卡拉OK厅里突然骚动了起来，她听到很多人在大喊着火了。

王雅卓吓得往卡拉OK厅里面跑，她只认得那一条路，安全通道一片漆黑，王雅卓不确定那里是否能够让她安全逃离，情急之下，没有想太多。很快，她撞上了一个人，那个人直接把她撞倒在地上，看样子，那个人非常惊慌。

王雅卓看清了他的脸，四周的骚动声越来越大，那个人直接朝着王雅卓的脑袋上踢了一脚，王雅卓迷迷糊糊地倒在了地上。那个男人继续往安全通道的方向跑，王雅卓看到那个男人的背影，确定他就是从安全通道进到卡拉OK厅、手里拿着一个大袋子的男人。

"你看清了他的脸？"我反问。

那个男人，应该就是纵火的人，他手上拿着的大袋子，应该就是一些易燃的化学品。纵火后，大家一窝蜂地都往卡拉OK厅的大门跑，说是安全通道，恐怕也只是应付安全部门检查用的，否则安全通道里也不会连灯都不开。

情急之下，没有人会想到往安全通道跑，那里距离卡拉OK厅的大门反而更远。往那里跑的，一定是事先就已经勘察过路线的纵火人。王雅卓对我点了点头，说她看清了那个人的脸。

那个人当时看上去三十岁到四十岁的年纪，一头金黄色的短发，看上去很健壮。一个人的容貌，很难被描述出来，王雅卓说她如果再遇到那个人，肯定会认出来，但是要将那个人的容貌描述清楚给其他人，她办不到。

王雅卓还说，她逃脱了那场大火，事后王鉴明还大动干戈地要找那个人，可是，经过数月的查找，王鉴明都没有任何收获，最后这件事也就不了了之了。而警方最后也没有找到纵火人，只是抓了卡拉OK厅的负责人，把那场大火当成一起安全隐患事故追究责任了。

王雅卓说完之后，我仔细地思考了起来。

假如王雅卓没有说谎的话，当时的王鉴明也是有问题的。

如果只是进行毒品交易的话，卡拉OK厅并不是一个好的地方，毕竟人太多了。但是，如果说王鉴明就是利用最危险的地方反而是最安全的反激心理，在那个地方交易，也勉强说得过去。

但是，没有人把风，这就太不正常了。

—— 第66章 ——

带我走

　　我盯着王雅卓，她还是侧着脸望着窗外，我看不透她此时的心情，只是隐隐约约地觉得她有些难过。我和王雅卓见面的次数并不多，但是她给我的印象，已然是俏皮、任性了，我总觉得，这种安静、悲伤的情绪，不应该出现在王雅卓的身上。

　　她不像是在说谎的样子，而只要她没有说谎，王鉴明在卡拉OK厅里进行的那场交易就必然有问题。突然之间，我想到了一种可能性：那场交易，或许也只是在以毒品交易做的幌子。

　　因为那只是个用来隐藏秘密的幌子，王鉴明没有让手下在包间外面把风，倒也说得通了，因为那件事，王鉴明不允许其他人知道。

　　时隔几年之后，王鉴明会以贩毒开辟一条连接港区、渝市和京市的路线出来完成他自己的目的，那在几年之前，他同样可能做相同的事情。王鉴明的计划很隐蔽，这是毋庸置疑的，但这也只是针对警方而言。

　　大部分道上的人，肯定都知道王鉴明在做什么，警方身处明处，王鉴明还能提防，而道上的人，都在暗处，就算他再怎么提防，也没有办法判断某个朝他迎面走来或者不经意路过的人，是不是道上的人。

　　王鉴明也没有办法保证他在做事的时候，会不会被那些散落在各地的小混混儿看到，从而有了泄露秘密的可能性。

　　或许，在包间里进行的那场交易，也是做给难以防范的道上的势力看的，正因如此，王鉴明才没有刻意挡上玻璃小窗，而真正的目的，根本就不是毒品交易。至于是什么，恐怕只有王鉴明自己知道了。

让王鉴明始料未及的是，他防了警方，也没招来其他道上的人，反而把自己的孙女给引来了。在那之前，王鉴明还一直隐瞒着王雅卓自己贩毒的事实，恐怕他是一直准备隐瞒下去，好让自己的孙女以后过正常的富裕生活了。

我正想着的时候，我的手提电话响了，显示的是一个非常熟悉的号码。我接起电话之后，若无其事地对着手提电话笑了笑："明爷，你回四合院了吗？"

而回答我的，则是王鉴明的怒火，显然，王鉴明已经回到了四合院里。他怒斥我在搞什么，为什么要绑走王雅卓。我一笑，让王鉴明不用担心，说王雅卓现在很安全，怕王雅卓听到我的话，我打开车门，下车走远了几步。

王鉴明继续怒斥，说找到我，一定会将我碎尸万段。王鉴明的语气，让我听得很不舒服，我冷冷一笑："明爷，我可是救了你。"

王鉴明的脾气根本压抑不住，他那边非常吵闹，恐怕他的手下都在商量要怎么救回他们的大小姐吧。王鉴明冷声问我说的话是什么意思，我朝车里扫了一眼，镇静地对王鉴明说道："你的孙女说你把她囚禁起来，都快要报警了，如果我不把她救出来，警察应该已经到贵府上喝茶了。"

王鉴明冷笑："方涵，说吧，你掳走雅卓，到底想要干什么？"

我："我说了，她求我带她出来，我就带她出来玩一会儿，过一个小时，在火车站，我把她还给你们。"

王鉴明根本不相信我的话，他问我就不怕被他找到之后死无全尸吗。王鉴明还刻意强调，京市是他的地盘，他想找个人，只是时间问题而已。王鉴明算是彻彻底底地威胁了我，我一点都不害怕，依然只是笑笑："明爷，我说了会还就会还。"

王鉴明："方涵，你到底有什么底气对我这样说话？你以为罗峰就能保住你吗？"

我嗤笑一声："明爷，你敢对罗峰出手吗？"

我确定，王鉴明不会，也不敢。罗峰在京市的人手虽然少，但是只要罗峰一出事，港区的帮会肯定会一窝蜂地涌到京市来。港区的帮会疯狂起来，比京市的黑社会团体可怕多了，王鉴明绝对知道。

"他能保住自己就不错了，方涵，在我眼里，你只不过是一只蚂蚁而已！"王鉴明怒喝。

我不想再和王鉴明纠缠，我对着手提电话说："我说了会还就是会还，一个小时后，火车站见，过时不候，如果你还想和罗峰的合作继续进行下去，最好不要轻举妄动。"说完，我直接把手提电话给挂断了。

上了车之后，我直接把车子开到了火车站。我找了一个人多的地方，附近还有巡逻的警察，这样就确保王鉴明的人不敢直接对我出手。除非是真的逼急了他们，否则他们肯定不想吸引警方和公众的注意力。

我看了看时间，距离火车的开车时间还有半个钟头。我接到了罗峰的电话，说王鉴明带了一大批人到他家里。王鉴明说，如果我敢骗他，就直接对罗峰动手。罗峰自然也不怕，他肯定王鉴明除非是脑子进水了，否则不可能会用这种两败俱伤的方法。

我让罗峰也不要轻举妄动，并说等时间一到，我会把王雅卓交还给王鉴明。

我和罗峰早就商量过了，在这件事发生之后，王鉴明肯定会仇恨我，甚至找人暗中对我下手，但是那都是在王鉴明的计划实施完成之后了。我让罗峰配合王鉴明，这样就能稳住王鉴明，让他不要做出什么出格的事，也顺便查查王鉴明进行这次计划的真正目的是什么。

挂断电话的时候，我发现有人靠近王雅卓，我紧张了起来，走近之后，才发现那只是个普通人。王雅卓找了个人，把身上的钱全给了那个人，让他把去渝市的火车票让给她。我微微一愣，王雅卓倒是不傻，她一定开始怀疑我会把她丢下了。

不过，王雅卓也没有说破，距离约定的时间越来越近了，我站了起来，小鬼突然拉住了我的手，她哭着求我带王雅卓一起走。王雅卓也拉住了我的手，她说，我下车接王鉴明电话的时候，小鬼已经跟她说了。

小鬼之前听到了我要把王雅卓交还回去的计划。我扫了一眼小鬼，小鬼低着头："方涵哥哥，对不起，我想让雅卓姐姐跟我们一起走。"

我朝四周扫了一眼，在人群之中，看到了好几个人，看他们的穿着，应该就是王鉴明的手下。他们也发现了我们，正慢慢地朝着我们走过来，王雅卓看到那几个人彻底急了，她紧紧地抓着我的手："方涵，带我走！求求你！"

"你跟着我会有危险，至少你的爷爷不会害你。"我想挣脱王雅卓的手，但是她拉得却很紧。我不敢有大动作，如果引起警方的注意，我们谁都走不掉。

王雅卓的眼泪掉了下来："带我走，求求你，我不想再待在那个四合院里，我不想被关着。"

我的声音提高了一点："放手，你还看不出来吗，我只是在利用你！"

王雅卓摇着头，她又一次重复了她的请求："带我走，我只想跟着你。"

我低声骂了一声，广播已经在通知火车马上要开了，王鉴明的手下也越走越近。小鬼揪着我的裤脚，也在一个劲地求我。

王雅卓咬着嘴唇，她的嘴角已经渗出血来了，眼泪不停地从她的眼眶里滚落下来，盯着她白皙漂亮的脸，我皱起了眉头。

"方涵，带我走，求求你！"

第四次。

"带我走！"

第五次。

那几个人已经离我们很近了，他们朝着我做着手势，示意我赶紧交还王雅卓。

就在王雅卓马上要说第六遍的时候，我吼道："妈的，跟我走！"

第67章

妥协？渝市

　　我拉住了王雅卓和小鬼的手，朝着检票口冲去，我回头，看到那几个人先是吃惊得愣了两秒，随后推开挤在他们周围的人，朝着我们追了上来。我们的速度还是比他们快，检票过后，我们冲进了月台。

　　火车已经要开了，我把小鬼抱上火车，又拉着王雅卓的手，把她拖上了火车。等火车门关上，慢慢朝前驶去的时候，我们才彻底松了一口气。王雅卓和小鬼很开心，王雅卓把小鬼抱了起来，小鬼则非常亲昵地把头埋在王雅卓的胸口。

　　王雅卓已经破涕为笑，她看着我，什么也没说，只是微笑着。不得不说，王雅卓笑起来的时候，让人觉得更漂亮了。王雅卓是开心了，但是我却忧心了起来，我也不知道自己怎么会突然脑子一热，把王雅卓带上了火车。

　　然而，事情已经做了，没有办法后悔。我第一时间给罗峰打了个电话，果然，那边很吵，罗峰用难以置信的语气问我在搞什么鬼，他说王鉴明得到消息之后，暴怒了起来，双方都掏出了枪，如果不是王鉴明还有一些理智，枪战早就发生了。

　　我叹了一口气："计划有变，给你添麻烦了，你把电话给王鉴明，我亲自跟他说。"

　　我的脑袋有些混乱，王鉴明接过电话之后，他的怒吼声几乎要刺破我的耳膜，我想了一会儿，不知道要怎么跟他说。王雅卓在这个时候让我把手提电话给她，我没有办法，只好把电话递了过去。

王雅卓接过电话之后，走到了火车上没人的地方，她不让我过去，所以我也不知道她对王鉴明说了什么。我耐心地等着，最坏的打算就是直接向王鉴明表明我们已经知道了他的计划，然后再利用王鉴明没有更多时间进行计划准备的情况，稳住他。

这也是一种威胁，或许的确能够把王鉴明稳到计划完成之后，但是我把王雅卓带走，算是彻底把仇给结下了。等王鉴明不再需要罗峰，直接杀了罗峰，他或许还不敢，但是肯定会处处给罗峰找麻烦，届时，罗峰既要提防警方，又要提防王鉴明，京市恐怕是待不下去了。

而且，王鉴明忌惮的是罗峰，并不是我，他不敢杀罗峰，却不代表不敢对我下手。

"方涵哥哥，我是不是又闯祸了？"小鬼拉了拉我的裤子，问我。

小鬼一脸孩子气的愧疚，事到如今，责怪小鬼也没有用，要怪只怪我当时和罗峰说要把王雅卓交还回去的时候，没考虑到小鬼就在我们身边。我叹了口气，轻轻地揉了揉小鬼的头，告诉她没事。

王雅卓和王鉴明通了足足十几分钟的电话，再过不久，火车就会进入隧道，到时候手提电话肯定是没有信号了。我担心罗峰那边的情况，谁都不能保证王鉴明会不会什么都不管，直接对罗峰出手。

就在我有些着急的时候，王雅卓回来了，她把手提电话交给我，说王鉴明要跟我说话。我把手提电话放到耳边，立刻，我听到了王鉴明的声音，出乎意料的是，王鉴明没有了之前的怒火。

"方涵，如果雅卓出什么事的话，我一定会将你碎尸万段！"

我有些不敢相信自己的耳朵，王鉴明这似乎是有些妥协了。

我没有回答，王鉴明又问了一句："你听明白了吗？"

我反应了过来："明爷，我很想知道你的态度为什么会转变这么快。"

王鉴明的声音很冷："不用问那么多，雅卓可以暂时跟在你的身边，但是如果你敢对她怎么样，或者让她发生危险，你就不用再想活在这个世界上了。"王鉴明顿了顿，"另外，你最好能够求神拜佛，保证罗峰能够帮我完成我们的合作，否则……"

王鉴明没有把话说完就把电话挂断了，尽管心里满是疑惑，但我知道，王鉴明是真的暂时妥协了。至少，在王鉴明的计划未完成之前，他是真的不会对罗峰下手。我们都还站着，王雅卓抱着小鬼，找到了我们的座位。

王雅卓的车票是从别人手里买来的，她还特地跟人换了座位才跟我们坐到一起。一路上，王雅卓和小鬼打打闹闹，两个人都开心得不得了。我没有问，王雅卓似乎也没有打算告诉我她跟王鉴明说了什么。

我知道，王鉴明突然转变态度，肯定是因为王雅卓跟他说了些什么。火车开了很久之后，我终于忍不住了，我问王雅卓到底是怎么回事，可是，王雅卓只是笑笑："问那么多干吗，没事不就好了吗？"

王雅卓根本就不准备告诉我，似乎怕我再把她给丢下，她还刻意跟我说，只要她没事，王鉴明就肯定不会对我们下手。王雅卓话里的意思很明显，把她的话反过来，就是让我不要把她丢下，免得出事，到时候谁都保不了我们。

王雅卓看了我一会儿，扑哧一声笑了出来："方涵，你是不是第一次拐人？这么冷的天，你的头上都是汗。"

我下意识地擦了擦额头，果然，额头上早就冒出了汗珠。说不紧张是不可能的，这不仅关系到我自己，还关系到罗峰的生死。我深吸了一口气，不再和王雅卓说话了，但王雅卓却一个劲地找我搭话。

她的大部分话我都没听进去，但是其中一句，说得倒是很对。王雅卓说，我把她带在身边，也绝对不是没有好处的，她说她如果再遇上当年的纵火人，肯定可以马上认出来。这也是我能想到把王雅卓带在身边的唯一好处了。

虽然王鉴明妥协了，但是明显还是不甘心。

他可能暂时真的不会对我们怎么样，但是绝对会派人跟着我们，找合适的机会把王雅卓抢回去。渝市和京市虽然相距一千多公里，但以王鉴明的能力，恐怕渝市也到处是他的眼线。

我的心里更加不安了起来，小眉和匿名者的提醒一直在我的脑海里回响着，渝市之行，恐怕真的会有不少危险。

太长时间没有休息，我在火车上睡了很久。

终于，两天多的车程总算熬完了。这是王雅卓第一次出远门，下火车的时候，她已经累得不行了。

渝市经常下雨，我们刚到的时候，天就下起了大雨，我们在火车站附近找了一处大酒店，住了进去。我从周生的父亲那里得到了一大笔钱，周生的父亲倒是爽快人，我替他破案的第二天，他就把钱打到了我的账户里。

我没有少要，这是我第一次脱离罗峰，有了自己的一大笔资金。我知道，我今后需要用钱的地方不少。

和小宾馆相比，大酒店要安全得多。

王雅卓的房间就和我的房间挨着，夜里洗完澡，王雅卓敲门进了我的房间。

她问我到渝市有什么打算，要去哪里玩。

我冷冷地扫了她一眼："我来渝市有事要办，我答应让你跟着我，但是你不能给我闯祸。"

对于王雅卓的性格，我非常不放心。

王雅卓问我要办什么事，我的一个冷眼让她乖乖地闭上了嘴。离开房间的时候，她还抱怨了一通，说我是除了王鉴明，第一个敢对她这么说话的人。

等王雅卓走了之后，小鬼躺在我的身边，喃喃地说了一句："方涵哥哥，你不要对雅卓姐姐那么凶，她是好人。"

我无奈地摇了摇头，接下来，小鬼说了一句让我有些无语的话："能不能把雅卓姐姐叫过来一起睡？我想和你们一起睡觉。"

〔未完待续〕

图书在版编目（ＣＩＰ）数据

犯罪痕迹师. 2, 尸偶 / 黑眼圈著. —— 北京：中国
友谊出版公司, 2020.2
ISBN 978-7-5057-4810-1

Ⅰ.①犯… Ⅱ.①黑… Ⅲ.①推理小说—中国—当代
Ⅳ.①I247.5

中国版本图书馆CIP数据核字(2019)第299911号

书名	**犯罪痕迹师. 2，尸偶**
作者	黑眼圈
出版	中国友谊出版公司
发行	中国友谊出版公司
经销	新华书店
印刷	嘉业印刷（天津）有限公司
规格	700×980毫米 16开
	17.5印张 280千字
版次	2020年5月第1版
印次	2020年5月第1次印刷
书号	ISBN 978-7-5057-4810-1
定价	45.00元
地址	北京市朝阳区西坝河南里17号楼
邮编	100028
电话	（010）64678009

如发现图书质量问题，可联系调换。质量投诉电话：010-82069336